U0455724

诗歌 戏剧 书信卷

萧红全集

全五卷

萧红 著

章海宁 主编

北京燕山出版社

一九四〇年一月，萧红在重庆北碚

萧红到达重庆后曾对朋友张梅林说："我总是一个人走路，从前在东北，到了上海后去日本，从日本回来，现在的到重庆，都是我自己一个人走路。我好像命定要一个人走路似的……"

画家冯咏秋一九三三年为萧红
所作漫画像

漫画家丁聪一九四〇年为萧红所
作漫画像

画家颜仲作萧红木刻像

画家罗雪村作萧红木刻像

画家冯羽作萧红木刻像

1

端木蕻良忆萧红

　　萧红临死有这样的一个遗言：希望被埋在一个风景区，要面向大海。这样我选定了香港风景最好的浅水湾。……我去找管理的人，他也是高级知识分子，懂英文，我用英文跟他说，他很高兴，他问葬在哪儿，我说葬在浅水湾，他也不知浅水湾是哪里，因为那里根本不能葬人，但他批准了。我当时没有用他的车子，要甩开他们，我是抱着骨灰瓶走去的。

2

3

4

5

6

1　一九四二年四月八日，延安《解放日报》刊发萧红病逝的短讯
2　一九四八年，郭沫若在香港浅水湾萧红墓前演讲
3　香港浅水湾萧红墓
4、5　一九五七年，香港浅水湾萧红骨灰迁葬到广州银河公墓
6　呼兰西岗公园内的萧红青丝墓

1

2

3

4　　　　5　　　　　　6　　　　　　　7

8

9

10

11　　　　12

1　萧红生前整理抄录诗稿的日制笔记本
2　萧红少女时用过的扇子
3　萧红、萧军用过的相册
4　萧红生前随身携带的黑豆和包裹黑豆的手帕
5　萧红生前装饰花盆所用的门楼饰物
6　萧红生前为萧军（张莹）所刻的印章

7　鲁迅、许广平夫妇赠送萧红的红豆
8　萧红穿过的上衣衬里
9　萧红使用过的小皮箱
10　萧红使用过的小铁箱
11　萧红生前留下的两页剪报
12　萧红生前赠送友人李洁吾的藏画

香港玛丽医院
萧红在港期间，曾三次入住此院治疗。

香港养和医院
一九四二年一月十二日，萧红入住此院，在此院手术。

香港圣士提反女子中学
一九四二年一月二十一日夜萧红被送到学校礼堂，二十二日上午在此辞世。

一九八六年，修整后对外开放的萧红故居

萧红故居内的萧红雕塑
雕塑家王松引作

二〇〇九年，修缮后的萧红故居俯瞰图

萧红故居——后花园

HSAIO UNG（《萧红》）

葛浩文著，美国印第安纳
杜尼公司一九七六年初版

《萧红传》

肖凤著，天津百花文艺出
版社一九八〇年二月初版

《萧红传》

尾坂德司著，日本东京燎原
书店一九八三年一月初版

《萧红传》

丁言昭著，南京江苏文艺出
版社一九九三年九月初版

《手》

中英文对照本，上海世
界英语翻译社一九四七
年二月初版

《萧红小说选》

英译本，中国文学杂志社
一九八二年初版

《萧红小说选》

法文本，中国文学杂志社
一九八七年初版

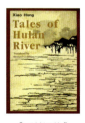

《呼兰河传》

英译本，香港三联公司
一九八八年初版

《染布匠的女儿》

中英文对照本，香港中文大
学出版社二〇〇五年初版

顾彬说萧红

让人称奇和赞叹的是，一位英年早逝的女作家在战争和艰难的个人生活环境
下竟能有这样的成就。她的名声姗姗来迟。她在中国文学史上所占据的巨大分量
只是在现在才清楚地显露出来……

卷首说明

本卷收入诗歌六十四首、戏剧两篇、书信五十二封。

诗歌包括:《可纪念的枫叶》《偶然想起》《静》《栽花》《公园》《春曲》(组诗,六首)、《幻觉》《八月天》《苦杯》(组诗,十一首)、《异国》《沙粒》(组诗,三十七首)、《拜墓》《一粒土泥》。其中,除《幻觉》《八月天》和组诗《沙粒》中一首外,其他均由作者收入自集诗稿中。《异国》一首,原附《致萧军:一九三六年八月十四日》信后,现收入诗歌中,书信部分不再重复收录。

戏剧包括:《突击》(三幕剧)、《民族魂鲁迅》(哑剧)。

书信收入一九三六年七月至一九四一年二月间萧红致萧军、黄源、高原、胡风、许广平、白朗、华岗等人书信。其中,一九三六年七月二十日致萧军信,为首次收入。一九三六年十月二十四日萧红致军信,曾以《海外的悲悼》为篇名公开发表;一九三九年三月十四日致许广平信,曾以《离乱中的作家书简》为篇名公开发表,两封书信已收入全集的《散文卷》中,本卷书信中不再重复收录。

为方便读者对萧红生平、创作等背景的了解，本卷附录收入了《萧红谈话录》(共三篇)、《萧红年谱》《萧红创作年表》《萧红作品版本简目》六篇，另附《萧红作品篇目首字笔画检索》，以备查阅。

目录

诗 歌

戏 剧

书 信

附 录

诗 歌

XIAOHONG
QUANJI

可纪念的枫叶①

红红的枫叶，
是谁送给我的！
都叫我不留意丢掉了。
若知这般别离滋味，
恨不早早地把它写上几句别离的诗。

---

① 该诗创作于一九三二年，作者生前未公开发表。首刊于一九八〇年十月《中国现代文学研究丛刊》第三辑《萧红自集诗稿》。

可紀念的楓葉

紅々的楓葉，

是誰送給我的！

都叫我不留意丟掉了。

若知這般別離滋味，

恨不早々地把它寫上幾句別離的詩。

偶然想起①

去年的五月，
　正是我在北平吃青杏的时节，
　　今年的五月，
　我生活的痛苦，
真是有如青杏般地滋味！

① 该诗创作于一九三二年春，作者生前未公开发表。首刊于一九八〇年十月《中国现代文学研究丛刊》第三辑《萧红自集诗稿》。

偶然想起

去年的五月，

正是我在北平吃青杏的時節，

今年的五月，

我生活的痛苦，

真是有如青杏般地滋味！

10×20

静①

晚来偏无事，
坐看天边红，
红照伊人处。
我思伊人心，
有如天边红。

① 该诗创作于一九三二年春，作者生前未公开发表。首刊于一九八〇年十月《中国现代文学研究丛刊》第三辑《萧红自集诗稿》。

栽　花[①]

你美丽的栽花的姑娘，
　弄得两手污泥不嫌脏吗；
　任凭你怎样的栽，
　　也怕栽不出一株相思的树来。

---

① 该诗创作于一九三二年春，作者生前未公开发表。首刊于一九八〇年十月《中国现代文学研究丛刊》第三辑《萧红自集诗稿》。

公　园①

树大人小，
秋心沁透人心了。

① 该诗创作于一九三二年，作者生前未公开发表。首刊于一九八〇年十月《中国现代文学研究丛刊》第三辑《萧红自集诗稿》。

春　曲①

一

那边清溪唱着，
这边树叶绿了，
姑娘啊！
春天到了。

---

① 该组诗创作于一九三二年。一九三三年十月，组诗的第一首收入哈尔滨五画印刷
社初版《跋涉》，其他五首生前未发表，首刊于一九八〇年十月《中国现代文学
研究丛刊》第三辑《萧红自集书稿》。收入《跋涉》的《春曲》与自集诗稿的
《春曲》第一首略有不同。收入《跋涉》的《春曲》如下：
　　　这边树叶绿了。
　那边清溪唱着：
　　——姑娘啊！
　　春天到了。

二

我爱诗人又怕害了诗人，
　　因为诗人的心，
　　　是那么美丽，
　　　　水一般地，
　　　　　花一般地，
　　　　　　我只是舍不得摧残它，
　　　　　　　但又怕别人摧残。
　　　　　　　　那么我何妨爱他。

三

　　你美好的处子诗人，
　　来坐在我的身边，
　　你的腰任意我怎样拥抱，
　　你的唇任意我怎样的吻，
　　你不敢来在我的身边吗？
　　诗人啊！
　　迟早你是逃避不了女人！

四

只有爱的踟蹰美丽，
三郎，我并不是残忍，
　　只喜欢看你立起来又坐下，
　　坐下又立起，
　　　这其间，
　　　　正有说不出的风月。

五

谁说不怕初恋的软力！
就是男性怎粗暴，
这一刻儿，
也会娇羞羞地，
为什么我要爱人！
只怕为这一点娇羞吧！
但久恋他就不娇羞了。

六

当他爱我的时候，
我没有一点力量，
连眼睛都张不开，
我问他这是为了什么？
他说：爱惯就好了，
啊！可珍贵的初恋之心。

幻　觉[1]

昨夜梦里：
听说你对那个名字叫 Marlie 的女子，
也正有意。

是在一个妩媚的郊野里，
你一个人坐在草地上写诗，
猛一抬头，你看到了丛林那边，
女人的影子。

我不相信你是有意看她，
因为你的心，不是已经给了我吗？

疏薄的林丛，
透过来疏薄的歌声；

---

[1]　该诗创作于一九三二年七月三十日，首刊于一九三四年五月二十七日哈尔滨《国际协报》副刊"国际公园"，署名悄吟。

——弯弯的眉儿似柳叶；

红红的口唇似樱桃……

春哥儿呀！

你怕不喜欢在我的怀中睡着？

这时你站起来了！仔细听听。

把你的诗册丢在地上。

我的名字常常是写在你的诗册里。

我在你诗册里翻转；

诗册在草地上翻转；

但你的心！

却在那个女子的柳眉樱唇间翻转。

你站起来又坐定，那边的歌声又来了……！

——我的春哥儿呀！

我这里有一个酥胸，还有那……青春……

你再也耐不住这歌声了！

三步两步穿过林丛——

你穿过林丛，那个女子已不见影了……！

你又转身回来，拾起你的诗册，

你发出漠然的叹息！

听说这位 Marlie 姑娘生得很美，

又能歌舞——

能歌舞的女子谁能说不爱呢？

你心的深处那样被她打动！

我在林丛深处，
听你也唱着这样的歌曲：
——我的女郎！来，来在我身边坐地；
我有更美丽，更好听的曲子唱给你……

树条摇摇；
我心跳跳；
树条儿是因风而摇的，
我的心儿你却为着什么而狂跳。
我怕她坐在你身边吗？不，
我怕你唱给她什么歌曲么？也不。
只怕你曾经讲给我听的词句，再讲给她听，
她是听不懂的。
你的歌声还不休止！
我的眼泪流到嘴了！
又听你慢慢的说一声：
将来一定与她有相识的机会。

我是坐在一块大石头上的，
我的人儿怎不变作石头般的。

我不哭了！我替我的爱人幸福！
（天啦！你的爱人儿幸福过？言之酸心！）
因为你一定是绝顶聪明，谁都爱你；
那么请把你诗册我的名字涂抹，
倒不是我心嫉妒——
只怕那个女子晓得了要难过的。

我感谢你，
要能把你的诗册烧掉更好，
因为那上面写过你爱我的词句，
教我们那一点爱，
与时间空间共存吧！！！

同时我更希望你更买个新诗册子，
我替你把 Marlie 的名字装进去，
证明你的心是给她的。
但你莫要忘记：
你可再别教她的心，在你诗册里翻转哪！
那样会伤了她的心的！
因为她还是一个少女！
我正希望这个，把你的孤寂埋在她的青春里。
我的青春！今后情愿老死！

1932，7，30。

八月天①

八月天来了，
牵牛花都爬满栏杆了，
遮住了我的情人啊，
你为什么不走出来给我会见呢？

我知道你是个有用的青年，
你整天工作着，计划着，
现在日西斜了，
你为什么不走出来给我会见呢？

听说你的父亲是死在工厂里，
我的父亲也是死在工厂里，
我们两个不都是一样孤独么？
为什么不出来会见？

---

① 该诗创作日期不详，首刊于一九三三年八月十三日长春《大同报》周刊"夜哨"
第一期，署名悄吟。

为什么不出来呢？
你以为我是魔鬼么？
你以为我是小姐么？
我不是谁家的小姐，
我穿着与你同样褴褛的衣裳。

我也和你一样忙碌，
我也和你一样计划着，
那么你为什么不出来呢？
怕爱情烧毁你的计划么？

我期待你依遍门栏，
依遍晚风，
你赶快出来吧，我的情人。
你的计划，就是我的计划，
我们共同相思着这个计划吧。

我走进屋来，为什么眼泪流呢？
落满了襟袖。

八月天过了，
为什么牵牛花永不落呢？

苦　杯[①]

一

带着颜色的情诗，
一只一只是写给她的，
像三年前他写给我的一样。
也许人人都是一样！
也许情诗再过三年他又写给另外一个姑娘！

二

昨夜他又写了一只诗，
我也写了一只诗，
他是写给他新的情人的，
我是写给我悲哀的心的。

三

爱情的帐目，

---

① 该组诗创作于一九三六年夏萧红去日本之前。作者生前未公开发表。首刊于一九
八〇年十月《中国现代文学研究丛刊》第三辑《萧红自集诗稿》。

要到失恋的时候才算的，
　　　算也总是不够本的。

四

　　已经不爱我了吧！
　　　　尚与我日日争吵，
　　　　我的心潮破碎了，
　　　　他分明知道，
　　他又在我浸着毒一般痛苦的心上，
　　　　　　时时踢打。

五

往日的爱人，
　　　　为我遮蔽暴风雨，
而今他变成暴风雨了，
　　　　让我怎样来抵抗？
敌人的攻击，
　　　　爱人的伤悼。

六

他又去公园了，
我说：
"我也去吧！"
"你去做什么？"他自己走了。

他给他新的情人的诗说：
"有谁不爱个鸟儿似的姑娘！"

"有谁忍拒绝少女红唇的苦!"
我不是少女，
我没有红唇，
我穿的是从厨房带来油污的衣裳。
为生活而流浪，
我更没有少女美的心肠。

他独自走了，
他独自去享受黄昏时公园里美丽的时光，
我在家里等待着，
等待明朝再去煮米熬汤。

七

我幼时有个暴虐的父亲，
他和我的父亲一样了！
父亲是我的敌人，
而他不是，
我又怎样来对待他呢？
他说他是我同一战线上的伙伴。

八

我没有家，
我连家乡都没有，
更失去朋友，
只有一个他，
而今他又对我取着这般态度。

九

泪到眼边流回去，
流着回去浸食我的心吧！
哭又有什么用！
他的心中既不放着我，
哭也是无足轻重。

十

近来时时想要哭了，
但没有一个适当的地方：
坐在床上哭，怕是他看到；
跑到厨房去哭，
怕是邻居看到；
在街头哭，
那些陌生的人更会哗笑。
人间对我都是无情了。

十一

说什么爱情！
说什么受难者共同走尽患难的路程！
都成了昨夜的梦，
昨夜的明灯。

影蓝（一）

这未时又想要哭了。
但没有一個適當的地方：
要在床上哭，怕是他看到，
跑到厨房裡去哭，
怕是给在看到了。
在街裡笑，
那些陌生的人更会讥笑，
人间对於我都是無情了。

影蓝（二）

带着颜色的情诗，
一隻一隻写给他的，
像三年前他写给我的一样，
也许人人都是一样！
由於情诗再过三年他又写给另外一個姑娘！

影蓝（三）

昨夜他又写了一隻诗，
我也写了一隻诗，
他是写给他新的情人的，
我是写给我悲哀的心的。

影蓝 四

说什麼爱情！
說什麼受唯有共同走向悲哀的路程！
都成了昨夜的梦，
昨夜的明灯。

异　国^①

夜间：这窗外的树声，

　　　　听来好像家乡田野上抖动着的高粱，

　　　　但，这不是。

　　　　这是异国了，

　　　　踏踏的木屐声音有时潮水一般了。

日里：这青蓝的天空，

　　　　好像家乡六月里广茫的原野，

　　　　但，这不是，

　　　　这是异国了。

　　　　这异国的蝉鸣也好像更响了一些。

---

① 该诗创作于一九三六年八月十四日，附于一九三六年八月十四日《致萧军》信后，作者生前未公开发表。首刊于一九八〇年十月《中国现代文学研究丛刊》第三辑《萧红自集诗稿》。

沙 粒①

一

七月里长起来的野菜，
八月里开花了；
我伤感它们的命运，
我赞叹它们的勇敢。

二

我爱钟楼上的铜铃，
我也爱屋檐上的麻雀，
因为从孩童时代它们就是我的小歌手啊！

三

我的窗前结着两个蛛网，

---

① 该组诗创作于一九三六年底至一九三七年一月初，前三十四首，首刊于一九三七年三月十五日上海《文丛》第一卷第一号，署名悄吟。发表时标注"一九三七.一. 三. 东京"，为公开发表的组诗创作完成的日期。"第三五、三六、三七"三首诗未公开发表，收入自集诗稿《沙粒》中，首刊于一九八〇年十月《中国现代文学研究丛刊》第三辑。

蜘蛛晚餐的时候，
也正是我晚餐的时候。

四

世界那么广大！
而我却把自己的天地布置得这样狭小！

五

冬夜原来就是冷清的，
更不必再加上邻家的筝声了。

六

夜晚归来的时候，
踏着落叶而思想着远方。
头发结满水珠了，
原来是个小雨之夜。

七

从前是和孤独来斗争，
而现在是体验着这孤独，
一样的孤独，
两样的滋味。

八

本也想静静的生活，
本也想静静的工作，
但被寂寞燃烧得发狂的时候，

烟，吃吧！

酒，喝吧！

谁人没有心胸过于狭小的时候！

九

绿色的海洋，

蓝色的海洋，

我羡慕你的伟大，

我又怕你的惊险。

一〇

朋友和敌人我都一样的崇敬，

因为在我的灵魂上他们都画过条纹。

一一

今后将不再流泪了，

不是我心中没有悲哀，

而是这狂魈的人间迷惘了我了。

一二

和珍宝一样得来的友情，

一旦失掉了，

那刺痛就更甚于失掉了珍宝。

一三

我的胸中积满了沙石，

因此我所想望着的：

只是旷野，高天和飞鸟。

一四

蒙古的草原上，
和羊群一样做着夜梦，
那么我将是个牧羊的赤子了。

一五

偶然一开窗子，
看到了檐头的圆月。

一六

人在孤独的时候，
反而不愿意看到孤独的东西。

一七

生命为什么不挂着铃子？
不然丢了你，
怎能感到有所亡失？

一八

还没有走上沙漠，
就忍受着沙漠之渴，
那么，
既走上了沙漠，
又将怎样！

一九

月圆的时候，
可以看到；
月弯的时候，
也可以看到，
但人的灵魂的偏缺，
却永也看不到。

二〇

理想的白马骑不得，
梦中的爱人爱不得。

二一

东京落雪了，
好像看到了千里外的故乡。

二二

当野草在人的心上长起来时，
不必去铲锄，
也绝铲锄不了。

二三

想望得久了的东西，
反而不愿意得到。
怕的是得到那一刻的颤栗，
又怕得到后的空虚。

二四

可怜的冬朝，
无酒也无诗。

二五

失掉了爱的心板，
相同失掉了星子的天空。

二六

当悲哀，
反而忘记了悲哀，
那才是最悲哀的时候。

二七

此刻若问我什么最可怕？
我说：
泛溢了的情感最可怕。

二八

可厌的人群，
固然接近不得，
但可爱的人们又正在这可厌的人群之中；
若永远躲避着脏污，
则又永远得不到纯洁。

二九

海洋之大，
天地之广，
却恨个自的胸中狭小，
我将去了！

三〇

野犬的心情，
我不知道；
飞到异乡去的燕子的心情，
我不知道，
但自己的心情，
自己却知道。

三一

从异乡又奔向异乡，
这愿望多么渺茫，
而况送着我的是海上的波浪，
迎接着我的是异乡的风霜。

三二

只要那是真诚的，
那怕就带着点罪恶，
我也接受了。

三三

我本一无所恋，
但又觉得到处皆有所恋，
这烦乱的情绪呀！
我咒诅着你，
好像咒诅着恶魔那么咒诅。

三四

什么最痛苦，
说不出的痛苦最痛苦。

三五

烦恼相同原野上的青草，
生遍我的全身了。

三六

走吧，
还是走。
若生了流水一般的命运，
为何又希求着安息！

三七

眼泪对于我，
从前是可耻的，
而现在是宝贵的。

拜　墓①

跟着别人的脚迹，
我走进了墓地，
又跟着别人的脚迹，
来到了你墓边。

那天是个半阴的天气，
你死后我第一次来拜访你。

我就在你墓边竖了一株小小的花草，
但，并不是用以招吊你的亡灵，
只是说一声：久违。

---

① 该诗创作于一九三七年三月八日，首刊于一九三七年四月二十三日天津、上海《大公报》副刊"文艺"第三二七期，署名萧红。一九三七年五月一日，长春《大同报》副刊"文艺"转载（有删节），署名萧红。一九三七年五月六日，威海卫《黄海潮报》第六版转载，署名萧红。一九三七年六月十日，上海《好文章》第九期"诗选"转载，署名萧红。收入作者自集诗稿时，改篇名为《拜墓诗——为鲁迅先生》。

我们踏着墓畔的小草，
听着附近的石匠钻刻着墓石，
或是碑文的声音。
那一刻，
胸中的肺叶跳跃起来，
我哭着你，
不是哭你，
而是哭着正义。

你的死，
总觉得是带走了正义，
虽然正义并不能被人带走。

我们走出墓门，
那送着我们的仍是铁钻击打着石头的声音，
我不敢去问那石匠，
将来他为着你将刻成怎样的碑文？

一粒土泥①

别人对你不能知晓，
因为你是一棵亡在阵前的小草。

这消息传来的时候，
我们并不哭得嚎啕，
我们并不烦乱着终朝，
只是猜着你受难的日子，
在何时才得到一个这样的终了？

你的尸骨已经干败了！
我们的心上，
你还活活地走着跳着，
你的尸骨也许不存在了！

---

① 该诗为纪念革命烈士金剑啸（1910—1936）而作。创作于一九三七年六月二十日。一九三七年八月一日，收入上海夜哨丛书出版社初版《兴安岭的风雪》附录中，署名萧红。一九八〇年十月，再刊于北京《中国现代文学研究丛刊》第三辑《有关〈萧红自集诗稿〉的一些情况》。

我们的心上，
你还活活地说着笑着。

苍天为什么这样地迢迢！
受难的兄弟：
你怎样终止了你最后的呼吸？
你没喝到朋友们端给你的一杯清水，
你没听到朋友们呼叫一声你的名字，
处理着你的，
完全是出于我们的敌人。

朋友们慌忙的相继而出走，
只把你一个人献给了我们的敌手，
也许临行的时候，
没留给你一言半语；
也许临行的时候，
把你来忘记！
而今你的尸骨是睡在山坡或是洼地？
要想吊你，
也无从吊起！

将来全世界的土地开满了花的时候，
那时候，
我们全要记起，
亡友剑啸，
就是这开花的一粒土泥。

戏 剧

XIAOHONG
QUANJI

突击①（三幕剧）

第一幕

时　间：一九三八年的初春,在黄昏后。

地　点：太原的附近,在山坡上。

人　物：石头：三十多岁,忠厚淳朴的农民,背着大铁锅。

　　　　童先生：村公所的所长。四十多岁,忠实,顽固,带着一个包袱。

　　　　福生：十三四岁的男孩。活泼天真,带一把日本小刀。

　　　　田大爷：五十多岁,倔强,执拗,扛着扁担。

　　　　田双银：田大爷的孙女,十六岁,顽皮憨厚。

　　　　李二嫂：三十岁,拿着一件小孩的棉斗篷。

幕　开：一群疲倦零乱的人影出现在左边的山坡上,一会儿就走进山峡里去了。福生突然在对面的石坪上出现。

---

① 该剧与塞克、端木蕻良、聂绀弩等共同创作于一九三八年三月初,由塞克整理完成,首刊于一九三八年四月一日武汉《七月》第二集第十期,署名塞克、端木蕻良、萧红、聂绀弩。

福　　生：(大声呼喊)童先生！童先生！(没有回应，又招手)石头！石头！到这儿来呀！(仍无回应)

童先生：(疲倦的爬上石坪)你吵什么！你这小鬼！不要命啦？叫日本鬼子听见怎么办哪！

福　　生：我没有喊，我招呼你呢！

　　　　　(石头，李二嫂上)

石　　头：去你妈的，滚蛋！

童先生：这里还好，就在这里歇下吧！……哎呀，好冷，福生，你到那边去拣点树枝来烧火。

　　　　　(李二嫂疲倦的偎坐一旁，福生去弄火，石头拉过童先生的包袱往屁股底下一坐。)

童先生：哎，不能坐，不能坐，起来！

石　　头：什么坐不得？

童先生：不成，不成，你知道里头有什么东西？

石　　头：管他什么东西，这年头连都不知道是谁的呢！

童先生：(抢过包袱，解开，慎重的，双手捧出灵牌，找地方安放，无可奈何的摇头，自言自语)唉，连祖宗的牌位都没有放处了。(又拿出一个小包)嗯，这个也没丢。

石　　头：什么？

童先生：这是村公所的官印。

石　　头：他妈的，全村子的家财人命都没有了，你还带着这破印干吗？

童先生：(又拿出户口册来翻阅着)高大东家的房子烧得片瓦不存了。(翻一页，手指停在一个名字上)他大年初一还给我拜年来着呢，这才几天就死得这么惨！……

　　　　　(福生站在童先生背后看着，童先生止翻过一页，他立刻给翻回来。)

童先生：你翻什么？

福　生：李家豆腐房的那个小毛驴也完了。

石　头：你怎么知道的？

福　生：刚才我从破墙口钻出来的时候，李磨官正在倒豆腐渣呢。五个日本兵进去，问他要肉吃，他没有，他说有豆腐，他们还说，还说，不要，不要，后来又说要，"八个"，李磨官他就拿来八块豆腐。他们就踢他，李磨官就往后退，一下子跌在小毛驴身上，小毛驴一抖蹶子，一蹶子没踢着日本鬼子……

童先生：后来又怎么啦？

福　生：那小日本一枪就把小毛驴给打死了。……他们就在灶里烧火，用刺刀来切肉，他们连毛也没褪呀！……那李磨官抱着驴脑袋还哭呢？那驴的两耳朵就不楞不楞的……

石　头：我说不出来，你非要我出来，我家的叫驴也不知怎么样了。你看，现在就随便让人家胡作非为了。

童先生：你不出来，还不是跟驴一样的下汤锅？

石　头：出来又怎样？跑到这儿荒山僻野的，吃什么，喝什么？慢慢的还不是得回去干？

童先生：干当然也得有个干法。

石　头：什么干法，还不是他妈个打？今天不打明天也得打呀！要等明天打，何不今天就打呢？

童先生：要打，你也得合计合计呀！孔明用兵还得看看天时地利人和呢。

石　头：你总有你那篇大道理，可是什么也作不成。比方说那回抓汉奸吧，依着我就使小刀子捅了，你还要问，还要审还要具结，弄得五花八门，结果汉奸还不是跑了！

童先生：我是为大家着想哪！我是为了公义，我也不是成心放了他呀！要是误杀了人命，是我来担不是哪……

石　头：你担不是，他妈的汉奸跑了，你又不担不是啦！

童先生：那你要把事情弄清楚一点,那是看守的疏忽啊。……

石　头：我不管你什么看守不看守的,当初我们把汉奸交给你的,我不管你交给谁,汉奸跑了就跟你要。汉奸该宰,你把汉奸弄跑了我们就宰了你作替身!

童先生：你真不讲理,怎么"跑了和尚抓秃子"呢?

石　头：你看,那汉奸跑了,他把日本人邀来了,弄得我们家破人亡,这都是你! 都是你!

童先生：那是一回事,这又是一回事,一码管一码,你别胡搅蛮缠!

石　头：我胡搅蛮缠? 谁胡搅蛮缠啦? 不是他邀来的,是你邀来的?我告你去! 是你通敌! 你勾结敌人!

童先生：你告谁去? 你上那儿告去?

石　头：上那儿告? ……(举起拳头)认识吗? 就上这儿告你!

李二嫂：(急躁的)吵哇,吵哇,一路就吵,怎么不叫日本鬼子打死呢?你们没日子好吵啦?

石　头：我没日子啦? 我看是你! 你男人死了,孩子死了,公公又死了,这回该轮到你啦! ……孩子都死了,你还从日本人手里把孩子的斗篷抢下来当宝贝哩! 呸!

李二嫂：我要是死倒好啦,可是又不死……死……

童先生：哎,你又跟她发火啦!

石　头：跟你也没完呢! 你以为我就饶了你啦吗?

　　　　(福生玩弄斗篷,被李二嫂抢下)

李二嫂：你不要动!

福　生：小鸦活着的时候,我抱都抱过的,连斗篷都不让我摸了,小气鬼!

童先生：(向福生)你到山上去看看田大爷来了没有,这半天还走不到……

福　生：(唱着跳走了)日本鬼儿,喝凉水儿,来到中国吃炮子儿。日本鬼儿,损到底儿,坐头车,翻了轨儿,坐轮船,沉了底儿……

童先生：（叫）福生！你要早点回来,别跑丢了呀。

福　生：知道啦!

童先生：这孩子这样小年纪就死了爹娘,连个亲人也没有……

石　头：（没好声没好气的）亲人,我们不是他亲人吗?

童先生：我们不过是一个村上住着,既不是他三叔,又不是他二大爷,我们不过是看他可怜……（沉默）我那一次看见他的刀子,我就痛心,妈妈让日本鬼子给欺负了,从敌人手里夺下来的刀子还天天拿着……

石　头：别唠叨,唠叨啦,霉气!

（童先生坐下来向灵牌呆看）

石　头：（用石块刮锅底）妈的,你祖宗的坟都给日本鬼子刨了,你还把灵牌带出来,"活时不孝死了乱叫",他妈的假惺惺!

李二嫂：石头!你少说两句好不好!

石　头：臭女人,也来说我!我说我的,碍你什么事?

童先生：（对李二嫂）哎,不要理他!"宁跟君子吵顿架,不跟小人说句话。"

石　头：我他妈是小人?我又不偷人摸人,到处背黑锅,我还是小人?我要是小人,天底下没有好人啦!（刮锅底）

童先生：商量点大事吧,弄个破锅干什么?

石　头：干什么?不吃饭啦?

童先生：哎,我真昏了,怎么现成一袋子头号洋面没带出来呢?

石　头：有十口袋,不带出来也是没用。

童先生：那怎么办呢?

石　头：怎么办?想法子弄饭吃,怎么办?

童先生：锅能当饭吃?

（石头站起来搬石块架锅,只听咕咚一声,福生哭上）

童先生：怎么回事？你怎么啦？（孩子哭，不说）说呀！这孩子到底是
　　　　怎么啦？你看见田大爷他们没有？

福　生：我，我走到那边，看见树上有个……有个大鸟窝，我就拿棍儿
　　　　捅，捅了半天够不着，我看那树是个歪脖树，我就爬上去啦，
　　　　嗯嗯，我爬到老鸹窝边，就听见刮刮……一叫，翅膀一扑鲁，
　　　　我一哆嗦，就掉下来啦！嗯……

石　头：摔坏那儿没有？你这坏蛋！

福　生：（摸着屁股）屁股还痛呢！……

双银的声音：爷爷你来，他们在这儿呢！

童先生：别吵吵啦，听着！小点声！是他们来了吧？

双银的声音：爷爷你上这边来，那边不好走！

　　　　（双银和田大爷爬上石坪）

福　生：田大爷，我找你半天都没找着，怎么这么晚才来呀！

双　银：李二嫂，小鸡呢？我出来时看见你抱着他的。（李不答）啧！
　　　　谁把他抢走了，把斗篷留下，这冷天的？

福　生：（低声）你别问啦，别问啦！

双　银：（低声）怎么啦？怎么啦？

　　　　（福生招手，双银过去，两人在一旁悄悄的说话）

石　头：田大爷，你怎么什么也不带，光带着个扁担呢？

童先生：田大爷累了吧？到这边来坐。

石　头：田大爷，你怎么什么也不带，拿着扁担干吗？

田大爷：不，是我从家里出来，担了两件行李和双银的新作的棉袄，还
　　　　有半口袋粮食……连饭勺子都带出来啦……

双　银：（突然的）哎呀！可惜了的小鸡，又精又灵的怎么死了呢？
　　　　（摇着李的臂）李二嫂，李二嫂，小鸡不是都学话了吗？我还
　　　　听见他说："妈妈，妈妈"……（李二嫂起来了，双银拿起衣服
　　　　给她拭泪，福生溜走了）

田大爷：(看看他们,接下去说)后来什么都跑丢了,就剩这一条扁担。

石　头：你什么都丢了,拿着这扁担什么用呢?

田大爷：辛苦了一辈子,就剩这条扁担了,还让他丢下吗?

童先生：老爷子,你的东西就是跑不丢,这样的山路你也担不动啊!

田大爷：担不动也得担哪!

童先生：你的儿子呢? 没跑出来吗?

田大爷：那孩子……我不叫他回去,他偏要回去,他不放心地契,我一想,也对呀! 我就说你去吧,我在外面给你望着,那时我们的房子已经烧起来了,我看太危险了,叫他不要去吧,他非要去,我拦也拦不住,看看他跑进去了,刚进去,那房子就塌下来了……

石　头：怎么啦?

田大爷：我想他一定没命了,可是他又跑出来,我打算招呼他,叫他快点,别的东西都不要了,拿出地契就够了,可是又听见啪啪两下,他就倒了,我还以为房梁砸下来了呢,呆一会儿两个日本兵从我们院子走出来了,我再招呼他也不答应了……

石　头：你的儿子呢?

田大爷：唉,我就向前跑,反正儿子是死了,我也和他死在一道吧,我就往头里跑(我就往火里跳),那知双银拉着我又哭又号的,我的心就软了下来,想着她这么小年纪,怎么活下去呢,就跟着她来了。我们就追你们,走过庄头的时候,在马家菜园子里看见朱老万的大儿子血淋淋的倒在地里,脖子给砍了一半,他直叫:"田大爷你修修好吧,再给我一刀吧!"我一眼也不敢多看,心一狠就走过来了。

双　银：那时爷爷直着眼往前走,东西都忘记了,我就喊:爷爷! 挑东西呀!

田大爷：我就挑着东西跑,跑到壕沟沿上,就听见后面劈利叭啦一排枪,我们连爬带滚的往前跑。攀着一棵小榆树才爬上壕沟那边。又跑了五六里,双银就问我:爷爷,你的东西呢?我一看,手里就剩了一根扁担了。(太阳渐渐落下去了,舞台呈一种阴郁沉重的气氛)

李二嫂:唉!真惨哪!

双　银:哎,我们在路上看见的那那那个那个什么,那才惨哪!那个小孩子才有两三岁,扒得光溜溜的挂在树上,那小脚就一蹬一蹬的,我跑得老远回头看,他那红兜兜还直飘呢!

　　　　(李二嫂突然大哭,大家都呆了。童先生想去劝,几次欲言又止,老头子坐着,阴沉沉地烤火。双银拉拉李二嫂,李不理她,石头捡起一块石头,狂吼一声,把石头扔出去,声震山凹。静默,只能听见女人抽泣声,忽然听见狗叫声。)

童先生:哎呀!山底下有人来了!快把火熄了!(大家用脚踏火)

双　银:我们往那儿逃呢?

石　头:往那儿逃?来吧!帮我捡石头!(二人把石头堆起来)

童先生:恐怕是日本鬼子搜村子啊!这就是他们的猎狗,……别胡闹!

　　　　(大家向山前注视,不敢出气,双银招呼田大爷)

童先生:不要动!(拿出手枪,石头举起石块,田大爷拿起扁担)有脚步声了,你听!越来越近了!

　　　　(福生先咯咯的笑,悄悄的出现在他们后面。)

童先生:谁?(大家掉过头来,发现是他,放下武器,双银过去抓他,石头仍抓着石块不放。)

双　银:你这野东西!你这小死鬼儿!你这没后脑勺的,你没皮没脸的,你还咯……的呢!……谁跟你笑!我打你!……你还笑什么?

福　生:(指石头)你看,你看,……他石头还没放下呢!

双　银：(也笑了)哈哈哈哈！……

石　头：(莫名其妙的看看双手,把石块放下,难为情的问福生)笑什么？还不快把火点上！怪冷的。(福生不动,撅嘴)叫你哪！听见没有？

福　生：你那么大个子怎么不自己点？我不会点。

石　头：你点不点？

双　银：这可怎么说的呢？他那么小要他点。嘘！"大懒支小懒,一支白瞪眼!"我来点！(瞪石头一眼,过去把木柴堆好)

石　头：你放下,让他点！

双　银：瞧你那凶样！活阎王似的！

　　　　(划火柴点火！福生不语,过来帮她弄火)

　　　　(隐隐听见山风呼呼的响！大家围火坐下,石头坐在一边。)

童先生：石头过来,商量商量咱们以后怎么办。

石　头：你们说吧,我听着。

　　　　(福生用小刀刻树玩)

田大爷：我们这老少三辈,要在平常不都是一家人一样？到现在弄得睡也没得睡,过了今天没有明天,唉,这是什么年头啊！

李二嫂：唉,这倒霉的年头,早死了也算了！

童先生：咱们算是都逃出火坑来了,总算是有缘分的,可是以后的日子怎么过还不知道。这个地方不过是离敌人稍稍远一点儿,我们坐下喘喘气之后,还得往前逃哪,或者……听说王家甸子都干起来……所以我们大家得商量商量,合计合计,想个万全之策,逃不是事,不逃也不行,所以哪……

田大爷：我们这一群老弱残兵,怎末着也得干一场,说什么也不能白饶了他。

童先生：哎,说的就是呢！我们合计就是想合计这件事情,日本鬼子占了我们多少地方,杀了我们多少人,这先不说他,就说田大爷一家子,死的死,散的散,剩下他这么大年纪,带着双银东奔西逃的。还有李二嫂的孩子,那么点小命也跟着遭劫。我们祖先三代留下的房产地业,平常我们省吃俭用,连一个小钱都不敢胡花。这回日本鬼子一来弄得连个草棍儿都没有了,这笔帐你说怎么算法?

双　银:怎么算法,他杀死我们多少人,我们就杀死多少小日本,怎么算法!

李二嫂:一个抵一个? 那太便宜他们了,我的孩子……他们,这群疯狗! 生擒活捉的把我们的孩子抢去了! ……一个连话也不会说的孩子,也招着他们了吗? 我的孩子……他们为什么非弄死他不可呀! ……这些没天良,没心肝的野兽! ……

　　　　(福生用刀猛戳树干,接三连二的几下)

田大爷:我——我活了五六十岁了,连一个蚂蚁都没弄死过,我弄死过一个蚂蚁吗? 可是这回我要杀人了,我要杀人了! 我非——

童先生:对! 要杀! 凭着我们的力量要跟他们算这笔帐!

石　头:(爆发的)我们要活,要报仇!

大家一齐喊:我们要活,要报仇!

石　头:要杀! ——

大　家:要杀! ——(用脚踢锅,发出沉郁钝厚的声音)

(闭幕)

第二幕

地　点:郭村近边

时　间:夜月

人　物:与第一幕同

　　　　壮丁:王林,赵伍。

下弦月照着一棵古树,树杈上挂着一个古色斑剥的大钟,后侧有石牌一座,露出严峻的颜色。

开　始：童先生用五个制钱摇卦,口中念念有词。双银站在他旁边呆
　　　　看着,李二嫂在一头烧水,福生为她劈木块,田大爷在远方抽
　　　　烟,望着他们的动作,石头靠在树干上,抱膝低首假寐。
　　　　童先生摇完卦,将制钱摆在地上,用手在地上划,并且翻动卦
　　　　本,参阅对照,灵牌仍然好好的摆在身旁。

童先生：(读卦词)……"目下如冬树,枯落未开花,看看春色动,渐渐
　　　　发萌芽。"

双　银：童先生,你噜嗦半天,这一卦到是好不好哇?

童先生：好是好,不过……要走东方,东方是生门。(自语)金木水火
　　　　土……金克木,木克土,水生金,唔……这么吗……(翻日历,
　　　　风丝丝的吹,日历震动作响。)

双　银：(急迫的摇他)倒是好卦坏卦呀?

童先生：别急呀,这还得看日子呢?"成开皆大用,逼迫不相当!"你等
　　　　我查查看,初七,嗯初八……初九……

石　头：(打哈欠)什么初八初九的?

童先生：用兵得看天数啊。从前出兵,钦天监还得观星呢! 这个兵书
　　　　上都载着的。当初孔明用兵的时候,不也是借东风祭北斗
　　　　吗? 要不然怎么回回打胜仗呢?

石　头：我看人家日本兵进攻我们,也没有看日子。

田大爷：你别不信,听说日本人身上还带着护身符呢? 算卦也有点道
　　　　理,不能全信也不能不信,过去多少英雄豪杰比我们聪明的
　　　　多,人家也都信。要是没有一点道理,谁还弄这些玩艺儿
　　　　干吗?

童先生：还是田大爷上点儿岁数，比你多吃几斤咸盐，他经验的多，他知道这个。这不能小看了它，国家兴亡都是有个气数的，咱们这回出师，得往东打呀！往东打是暗中有人扶持，一定是百战百胜，无攻不破，无坚不入。……

石　头：他妈的，日本鬼子由西边抽你屁股，你他妈的往东打？（大家都笑了，福生一不当心，刀子劈在手上，哭了起来。）

田大爷：怎么啦？

福　生：（哭）手……手……手……

李二嫂：这孩子！谁叫你不当心呢！

童先生：（搔首叹息）唉！

石　头：（望望星）三星晌午了，这些兔崽子还不来，简直不是他妈的办正经事儿的……（向童）你给我枪，让我打两下叫一叫。

童先生：这怎么可以呢？半夜三更的打枪，人家不是都知道了吗？唉，这些年轻的，什么也不信。

石　头：那你说怎么办呢？我们就这样死等吗？（回头看福生）福生！你找找他们去！

童先生：你别去，福生！深更半夜的让小孩子去跑。

田大爷：福生上这边来吧！让我拿衣服给你盖上。（福生走过去）让我看看你的手还痛不痛啦！

福　生：痛！（睡下，田给他盖衣服。）

田大爷：可不是，他们也该来了。（抽完一袋烟，磕磕烟袋）不会出什么岔吧？

石　头：再等一会儿看。（大家昏昏欲睡，李二嫂吹火，过了一会儿，石头不耐烦起来向后转望。）

福　生：（梦话）哎哟！不要打我！不要打我……妈妈？妈妈？你往炕梢上滚哪……那儿有把剪子你伸手哪，伸手啊……

童先生：这孩子总说梦话。

田大爷：(推福生)醒醒！你醒醒！

福　生：(一翻身又睡了)……妈妈,你拿剪子……扎他,扎他,使劲扎他！

　　　　(忽然坐起来四外一看,失望似的又倒下去了。稍停)

石　头：水还没有开吗？

李二嫂：就开。(石头站起来向后走)你干什么？(一排枪响,很远有狗咬声,恐怖而深远,除了福生,大家都站起来,小声说话)

童先生：哎呀！一定是他们出毛病了。

石　头：我去看看。(欲下)

田大爷：石头！(当心的)

石　头：啊——

田大爷：你怎么这么冒失,你知道前边是什么事情,就这样冒冒失失的跑去。

石　头：管他什么事,总得看看去呀！

李二嫂：别是日本鬼子吧！

童先生：要是日本鬼子的枪声,绝不会这么近哪……好像就在耳朵边上似的……先不要动,沉着气,我们听听看。

田大爷：(问石头)你对他们说了,来的时候走那条小路啦吗？

石　头：那还用说,他们又不是不认识路。

田大爷：他们一定是碰上日本鬼子了。

李二嫂：哎呀！那可怎么办啦！

　　　　(远远有口哨声,石头注意倾听,也同样的吹一声,远远的再答一声。)

李二嫂：是我们的人。

双　银：哎呀！他们都来啦！……(叫)王大哥,王大哥,赵大哥！

赵　伍：(远远的回答)唉！……双银！

　　　　(双银跑过去,王,赵上,双银扑在他们身上欢跳)

双　银：王大哥，王大哥，我们算卦啦！那才好玩呢，东方是生门，我们要往东走……福生还要找你们去，大家伙不让他去他就作梦啦！还叫呢！……我等你们，左等也不来！右等也不来！

王　林：来，约一约多少斤，看长了没有。（约了一下）长了多少？

双　银：长啦半斤零八两啦！

福　生：（醒了过来，坐起来）赵大哥！招镖！啪！（把小刀丢过去，赵用手一格，掉在地上。）

赵　伍：你这小子，比日本人还厉害！
　　　　（福生站起来笑着。提着裤子去捡刀，赵伍不动声色的用脚踏着刀，福生弯下腰去，赵伍打他的屁股，他装狗咬，赵伍跳开，福生拿了刀，看他一眼，大踏步回去。）

石　头：枪声是怎么回事？

赵　伍：哎！不用提啦，真糟！（抬头招呼大家）啊？田大爷，童先生，噢，李二嫂，你的孩子好吗？睡着了？

李二嫂：（苦笑）嗯——（背过脸去。）

石　头：你们带家伙了没有？

赵　伍：（从袖里掏出铁尺）这个家伙怎么样？

石　头：嗯，行！

童先生：怎么，你们走错了路了吗？

赵　伍：他妈王林真不是玩艺儿，我说走小路吧，他说不要紧，好像很有把握似的，到了撞上啦！（王林摸摸头，抽口气）要不是那壕沟，恐怕我们的小命都没有啦！

田大爷：我说是吧！（问石头）年轻人就是这么不可靠，不管什么事小心点好。

王　林：我们出村子的时候，一个人都没有，倒是很好的，我们就溜溜搭搭，指天划地的，越谈越起劲，那鬼子要不放枪，说不定我们还走到他们跟前去了呢！

赵　伍：你这小子真不是玩艺儿!

王　林：得啦,别说啦吧! 我要不拉你,你他妈还往前走呢!

童先生：来啦就得啦,我们谈正经的吧,别说这些了。

李二嫂：水开了,过来喝水吧! 谁喝水自己舀好了。

　　　　(大家喝水)

石　头：好了,你们都来了;咱们还是按着白天打算的,大家都出发到郭村去,那儿有十个日本鬼子十杆枪,童先生这儿留守……

童先生：不成,你们都去,我也得去。

双　银：我也去。

王　林：瞧你那个傻样,你还去呢,没作事先敲锣,你要去,在十里开外人家就知道了。

双　银：那我不讲话不行吗?

王　林：不讲话你还咳嗽呢!

田大爷：你们别吵啦! "嘴上无毛办事不牢。"

石　头：我说啊,童先生留在这儿,双银,福生,李二嫂你们四个人看家,我跟田大爷,王林,赵伍几个人到郭村去,田大爷把风,我们分两处,一齐下手,管保它成功。

福　生：石头,我也去。

石　头：去他妈的小鬼也去!

童先生：你年纪还小呢,等长大了再干。

福　生：童先生,我也会抢日本鬼子的枪。

石　头：你也会抢枪!

福　生：我有刀,砍起鬼子来跟削萝卜似的。

王　林：好小子,有种!

赵　伍：(突然)嗐,我想起来了,我们来的那条路上不是有两个鬼子吗? 咱们先把他们干掉再说!

石　头：别忙,让我想想看……

赵　伍：想什么呀！先把枪弄来再说！

田大爷：(问石头)让他们去吧，他们两个在这边下手，我们几个到郭村去。

王　林：(拿起田大爷的扁担)这是谁的扁担？

田大爷：这个家伙给我，就凭这一条扁担，跟那一条铁尺，就要小鬼子的命。

赵　伍：走！(向双银)等着呗！我们打鬼子去！

福　生：(追过去)赵大哥！我呢？

赵　伍：你在家里等着啊！这孩子真乖，一会儿见啊！

福　生：(阴沉的)一会儿见！

田大爷：(走到王，赵面前，像有话说似的看了半天)当心啊！

赵　伍：田大爷！你放心好了，保管没有错！

王　林：(一手提扁担，一手拍胸，自信的)哼！走！

　　　　(王，赵下，其余的人呆望目送)

石　头：(很快的回身走向童前)童先生！

童先生：什么？

石　头：把你的手枪给我。田大爷！咱们走吧！

童先生：(走过去问石头)我一向没说过你的短处，现在我要说了，我知道你性子粗暴，好出乱子，这次你可不得不当心啊！我们自己的死活不要紧，我们能不能回家去全看你们了。

石　头：童先生！你等着瞧吧！等我们回来的时候，起码一个人一杆枪，你别看我斗大的字认识不几个，我是粗中有细啦。(笑)

李二嫂：呸！

石　头：(在童先生臂膀上打了两下)再见啦！

童先生：好！瞧你的！

　　　　(石头和田大爷下)

　　　　(李二嫂坐在大石上，寂寞的哼着小调子，双银靠在他身旁发

呆,福生玩弄小刀)

童先生：(坐在树下看天上的星斗,停了一会儿)双银！怎么发起呆来了哪？

双　银：我在想石头他们走到什么地方了。

李二嫂：傻孩子,你怎么能想得出呢？

童先生：(拿起卦本)我们还是算卦吧！

双　银：童先生,我给你摇钱好不好？

童先生：好啊！你可别弄错了！

双　银：给我钱！

童先生：钱不在那边吗！

双　银：(摇钱,摆好,看)三个字儿,两个满儿。

童先生：别忙,别忙,让我看看……三个字儿,两个满儿……这一卦是谁的？

双　银：(瞪着两眼想)……算赵大哥的吧！

童先生：(翻卦本)上中……上吉……(读词)"如人行暗夜,今天得天明,众恶皆消灭,端然福气生。""谋事可成,寻人得见,出门见喜,马到成功。"他们一定成功！一定成功！让我们再摇一卦看田大爷他们怎样？

李二嫂：童先生！你给我摇！

童先生：你摇也好,只要心诚,谁摇都是一样。

李二嫂：(摇钱,摆好)你看吧！

童先生：(翻完卦本摇头)"什么马登程去,饥人走远途,前程多阻碍,退后福无方。"哎呀……哎呀……

双　银：(很急的)怎么哪？怎么哪？你快说呀！(福生悄悄的爬起来,预备逃走,一不留神刀子落在地上,他吃惊的不敢动一动,见三人都未注意,便匆匆的拾起来溜走了。)

童先生：这一卦……这一卦……

李二嫂：不好吗？

童先生：不好也不是的，不过有一种不吉之兆。

双　银：瞧你，童先生！

李二嫂：你再念一遍给我们听听。

童先生：糟糕！我的《康熙字典》没带出来。

双　银：什么康七刺典哪？

童先生：有一个字儿憋住了。

李二嫂：你刚才不是念过了吗？

童先生：我刚才是囫囵吞枣的把那个字给咽下去了。

李二嫂：你就照样再念一遍吧！到底是什么意思？

童先生：田大爷这一趟是凶多吉少啊！

双　银：你说我爷爷这一趟去不好吗？

童先生：本来吗？那么大年纪啦！唉！

双　银：(不语，站起来就走)

李二嫂：双银！双银！你干什么去啊？

双　银：(带哭的声音)我找我爷爷去！……

童先生：回来吧，傻孩子！深更半夜你到那儿找去？……

双　银：那爷爷不回来怎么办哪！

李二嫂：童先生的卦不一定灵的，这傻丫头！他一会儿就回来啦！

　　　　(把双银拉回来)

童先生：(突然)咦！福生到那儿去了？

　　　　(大家找，叫喊)

童先生：他也许找石头他们去了吧？

李二嫂：对啦！刚才他不是直闹着要去吗？说不定是跟他们走啦！

双　银：那怎么办呢？

童先生：别急，让我给他问一卦看看。(摇钱，一看就把手往膝上一
　　　　拍。)好啊！我算了多少年的卦也没见过这么好的！这，这，

　　　　　这孩子小狗命才旺呢！你看！你看！（李二嫂凑过去）
　　　　　这……这……一看就是那孩子有出息,将来一定成大事！

李二嫂：你快念哪!

童先生：（读词）"天兵诛贼寇,旌旗得胜回,功动为将帅,门第有光
　　　　　辉。"太岁星下界,这孩子的命才硬呢！将来大富大贵,从小
　　　　　就克爹克娘……

李二嫂：噢！噢！……（坐下）

童先生：将来还要克老婆呢！将来还要……克老婆呢！

双　银：那我可不会嫁给他。（李,童都笑了）

李二嫂：羞啊！羞啊！

双　银：嗯——（不好意思的向李怀中乱扎）

　　　　　（后有王林,赵伍的笑声）

王林的声音：我说的不错吧,一个扁担一根铁尺换来两杆大枪来!

赵伍的声音：妈的,一铁尺就把鬼子的后脑勺子开了花啦! 哈
　　　　　哈! ……（上）

王　林：（上）你别说啦! 我要是不给那一个小鬼子一扁担,你小子还
　　　　　不知怎么样呢!

李二嫂,双银：（迎上去）怎么样? 怎么样?

赵伍、王林：（一人手中一杆枪向前一举）你们看!

双　银：（笑着把枪往怀中一抱）一二一! 一二一! 立正! ……（一
　　　　　个人操着喊着）

李二嫂：哎呀! 你们一个人抢了一杆枪回来啦!

童先生：你看我的卦灵不灵? 我的钱呢? ……（找钱来摆在臂上）你
　　　　　看! 哎! 你看,这……这……这卦简直是……

赵　伍：（拍童的臂,把钱打掉）什么卦不卦的?

童先生：我给你们算的卦是"谋事可成,寻人得见,出门见喜,马到成
　　　　　功!"是不是? 果然不错吧?

赵　伍：我们走得离他们不远,就在地下爬,看见两个鬼子在那儿吉
　　　　哩刮啦的,说一会儿叹一口气,说一会儿叹一口气……

王　林：看那样子还很伤心的呢!

赵　伍：他们正伤心呢,我们就爬到他们后面。看见一个家伙还抹眼
　　　　泪呢! 我心想,你别伤心啦! 回老家去吧,一铁尺就揍了个
　　　　脑浆迸裂,连叫也没叫一声。(大家笑了)

王　林：旁边那个小子愣了一愣,手里抓着枪就要搂火,我就搂头一
　　　　扁担,我看他晃了两晃就来了个狗吃屎。
　　　　(大家又笑了)

童先生：他们一枪都没开?

赵　伍：他把枪子儿留给我们用了,他舍不得开。
　　　　(大家又都笑了)

王　林：把枪拿过来吧!

双　银：不! 我还操操呢! 二嫂! 你也来! (给李一杆枪)向后转!
　　　　向后转! ……(开步走)

李二嫂：(把枪给王)搁下吧! 别把枪鼓动坏了!

双　银：你不跟我练兵,回头我跟那小没后脑勺的练去。

赵　伍：把枪给我,回头动坏了!

双　银：不! 我给我爷爷! ……
　　　　(远处有狗咬)

童先生：你听,老远的狗叫了,别胡闹啦! 许是他们回来!

双　银：(跳起来)可不是! 又是小没后脑勺的在那儿装着玩儿呢!
　　　　我去接他! (跑过去)

赵　伍：(拦着她)给我枪!
　　　　(双银把枪给他,叫着跑下去,王,赵也下)

双　银：小没后脑勺的! 操操来! (石头背枪上)

赵　伍：怎么样? (石不答)都回来了吗?

石　头：(看看他沉重的低头)都回来了。

田大爷的声音：别吵！

　　　　(田大爷背福生上，王，赵随在后面，双银在田大爷后面乱叫。)

双　银：小没后脑勺的！刚才你怎么跑啦？我们找啦你半天！我们给你算卦啦；咱们有枪啦！咱们操操玩好不好？你怎么啦？怎么不理我呀！小没后脑勺的！别装死喽！

石　头：滚一边去！

　　　　(田大爷把福生放在大石块上)

李二嫂：这是怎么啦？

田大爷：这孩子怕是没指望啦！

双　银：(看福生)二嫂！你看！

　　　　(福生呻吟着)

李二嫂：福生！福生！(福生呻吟)孩子，你觉得怎么样？

童先生：石头，他是怎么伤的？

石　头：这孩子实在太好了，要没有他，说不定我们都回不来啦！

赵　伍：你怎么搞的，怎么不看着孩子呢？

石　头：不是，是这么回事。我们走到郭村跟前，我就干了一个哨兵，摸到他们营房外边。原来是叫田大爷把风，一边接枪。我进去，刚从架上摘下来三杆枪；正往外递，就听见炕上一个鬼子醒了……

赵　伍：怎么了？

石　头：我想掏手枪，可是手里拿着两个大枪，正急得没办法，就听见醒了的(那个)家伙哎呀一声……

王　林：怎么？

石　头：我看见一个黑影提着刀子就往外跑了……

童先生：谁呀？

石　　头：是福生,他把那鬼子一刀给捅死了……

大　　家：是他!

田大爷：(沉重的点头)是他。

石　　头：他先蹲在炕边,鬼子一翻身他就给了一刀,就往外跑,他们不知道有多少人,也不敢出来,屋子里直往外打枪,我也不敢招呼,拉着田大爷就在地下爬着走,跑到墙拐角的地方,就看见福生在那爬着呢! 手里还拿着这把刀。

　　　　　　(大家沉默,听见风响)

福　　生：(说呓语)鬼子……鬼子……杀啦! ……(坐起来睁眼找)

李二嫂：福生! 福生! ……你找谁? (福生作手势)你要什么啊!

福　　生：我的……

双　　银：你的什么呀?

福　　生：刀……刀……(杂着呻吟)

石　　头：给你刀……(把刀递过去,田大爷接刀给福生)

田大爷：福生! 你的刀在这儿呢! ……拿着啊!

福　　生：把这血给擦下去……

田大爷：(用袖子擦了刀又递给他)拿着吧,孩子,你看,已经擦好了。

福　　生：田大爷……(对着月光看刀)嘿嘿……(笑了)这是刀吗? ……这是我的……(举起刀往上戳)就这一下! 就这一下! (笑)爸爸! 妈妈! (手在空中乱摸)

李二嫂：福生! 福生! (扶他躺下)

福　　生：(挣扎着向前扑)爸爸! 妈妈! 妈妈! (躺下,大家围过来)

李二嫂：福生,孩子,你看看我! (福生不答,李二嫂拿起他的手贴在脸上,手一松,他的手就掉下来。)

双　　银：哎呀,他! ——(向后退)

　　　　　　(大家低着头退开)

田大爷：(眼直望着前面,风飒——飒——的响)这孩子……这……

这……这是怎么……一个十几岁的孩子……他的爸爸他的妈妈……他……这是怎么的？……他应该活着,他正好活着……我们,石头,李二嫂,童先生,王林,赵伍……我们都活了几十岁了,要怎么都成,死就死,活就活……他,这孩子……孩子们……才十几岁呀!……

(李二嫂和双银痛哭起来,双银投入童先生怀中,童先生扶她坐下,取出一炷香点着,用棒敲钟,田大爷把孩子抱起来向后台走,大家沉默着,风仍在飕——飕——的响,清寒的月光冷静的照着石牌上突击来的几杆枪,幕随着钟声慢慢的落下去了。)

第三幕

时　间：黎明之前
地　点：田大爷的家
人　物：石头,童先生,田大爷,李二嫂,双银,王林,赵伍,日本兵二名,乡民多人。
景　物：在村头,塌了顶的房子,被炮火轰毁了的土墙,打折的树木,死了的牲畜,男女的尸体,这一块被蹂躏的痕迹,还都新鲜的存在着,穿红兜兜的小孩挂在树上摇动着,田大爷的地契零乱的挂在柴草上。

开幕时舞台静寂,稍顷两日本兵上。

甲：呃! 香烟有!
乙：有,坐下歇歇腿吧!
(乙从口袋里拿出五台山香烟二支,擦着火柴照着香烟,甲看了香烟的牌子)
甲：哦,五台山的牌子(吸一口后,夹在指间,沉吟的)五台……

乙：(轻轻的推甲)喂！想家了吗？

甲：(转脸向乙)你听说过五台山的游击队吗？

乙：别提这些吧！提起这个我的头就痛。

甲：我们那次用几个师团包围他们。

乙：去，去，去，不管他几个师团。

甲：听说他们还自己开银行，印邮票呢！

乙：他们也用我们大日本的邮票吗？

甲：大概是不用吧！

乙：我就讨厌游击，来，不知道他们从那里来，去，不知道他们从那里去。

乙：好像地缝中都会钻出来一样。(急转头看，惊慌的寻找)你看什么？(甲用手摸头顶，很难为情的笑一笑)

甲：听说我们来到中国的队伍都不能回国了。

乙：(深深的吸口烟，向天徐徐的吐出，从破墙上跳下来)走。

甲：休息，休息呀，我们好多天也没得休息了，我的腰都痛了。

乙：腰痛啊！等回国后到皇军医院免费电疗吧！

甲：等我的骨灰送回国再电疗，免费电疗！

乙：走吧，走吧！(焦躁的)

甲：(仍坐在那儿)妈妈的，我们的大队都走开了，这村子里就留下我们十几个人，老百姓也逃光啦，我们用飞机送来的给养，都接济不上，连香烟都没得抽啦！

(懒洋洋的，二人起身走，乙摔倒在尸体上。)

乙：(摸一手血，惊疑的)什么玩艺！倒霉倒霉！

甲：怎么啦！

乙：怎么闹的，弄了一手。(拿起于束嗅了一下，恶心。)

甲：血。

乙：讨厌，讨厌！(两手无处放)走吧！

甲：走吧！

（稍停，石头，王林，从破墙壁后紧张的走过来，各处查看了一遍。）

石　头：(爬上高处，砰砰两枪，即跳下，躲避起来，四面枪声大起，墙旁退过日本兵二名，均被石头击死。在石头身后墙壁上出其不意的跳下日本兵一名，抱住石头的头滚在地上，二人扭打。王林抽空打了一枪，日兵死，王林转到石头身旁，不料墙后又来一日兵，被石头击死在墙后，四面杂乱的枪声中传来喊杀的声音，石头用口哨回答，石头喊着）追呀！见一个杀一个，冲呀！杀呀！干呀！

赵　伍：石大哥，这边怎么样？

石　头：从墙上翻下四五个，全解决了。（向王）王老弟，你走往这路口，我们冲过去。（石、赵下）

田大爷声音：(在幕后喊)双银！快呀！别丢在后头！

双银的声音：爷爷，这回我们可回家了。

（田大爷、双银上）

田大爷：(木然的呆看，向四下望，手扶着墙上)墙，房子，(走过去)双银！拿根蜡来，(弯着腰在找什么，忽然站起)还有，还有锅台，(强烈的)我到底回到我的家来了。(狞笑)哈哈……

双　银：(从柴棍上拾起地契)爷爷，爷爷，你看这上头有你的名字。

田大爷：拿来我看。

双　银：爷爷，这是什么东西？

田大爷：我们家的地契。双银！你帮我找……帮我找……

双　银：爷爷，找什么呀？

田大爷：你二叔，你二叔……

双　银：二叔不是死了吗？

田大爷：死了也要看看他的尸首。

双　银：爷爷！拉倒吧，死了你还找他干吗？看见他你更要难过呢！

田大爷：我要找着他……一定得找着他，难过，(苦笑)哼……

王　林：谁？(人声)

双　银：爷爷！有人，快把蜡吹灭了。

田大爷：(吹灭了洋蜡)。

童先生声音：我。(幕后)

王　林：哦！童先生吗？你怎么这时候才来？

双　银：童先生你可把我们等死了，哎呀，李二嫂怎么啦，怎么这个样子啦！

童先生：可把我急死啦！走在半路上李二嫂也不知道怎么回事，一人乱跑，她喊着你别抢我的孩子，把他还给我，你别抢去他，他是我的，他离不开妈妈，他离不开……一边喊着，一边疯了似的乱跑。起初上我还追得上，后来她越跑越快，把我一丢就丢得好远，我连一个人影都看不见了。黑天半夜的我也没有办法，人既然找不着了，只好回来找我们的队伍，没想到走到村外的小河沟里我就听见一个女人哭，起初上我很奇怪，这时候那儿来的女人哭呢？后来越听越像李二嫂的声音，我就大着胆子走去一看，果然是她披头散发的，衣服也都撕开了，胳膊上还刺伤一块，看这样子一定是被鬼子糟踏了。

王　林：快安排她坐下吧，童先生。(把李二嫂放下，李二嫂呻吟着。)

双　银：李二嫂，李二嫂！

童先生：你不要动她，快找个东西来盖盖。

王　林：妈的，这些活造孽的鬼子！

童先生：(叹息)唉！谁想得到李二嫂那么好的人，得这么个结果。

王　林：男人都太没有用了！那么多人在一道走，会让她一个人跑开，谁会想得到呢？

童先生：谁会想得到啊……

双　　银：童先生,你看她胳膊上的血还直往外流呢!

童先生：我脑子弄昏了,快找东西给她包扎起来。

双　　银：(四面看看,找不到东西。)

王　　林：来,来,来,(把腰带解下撕下一条)拿这个给她包上。

　　　　　(双银给李二嫂包扎。)

李二嫂：(先是呻吟,后呼痛)唉,唉……哎哟(睁眼立起)你们,你们
　　　　　还在这儿,还不给我滚开,你们这些肮脏,下贱,恶心……你
　　　　　们这些鬼子,你们以为我就这样好欺侮吗?我不怕……(站
　　　　　起来)

童先生：李二嫂,李二嫂,你不认识我们啦?李二嫂,你把眼睁开
　　　　　看看!

双　　银：哎,李二嫂!……这是童先生……我……我是双银。(扎着
　　　　　手,吓得没办法)童先生,你快叫她坐下吧!

李二嫂：(把童先生一推,疯狂的跑,喊叫)你们以为我就不能报仇了
　　　　　吗?我儿子终久要长大的,他终久会宰了你们的……
　　　　　嗯!……(狂笑坐在墙头上)

田大爷：(站着,茫然地直起腰)嗯?嗯?(看看她又低下头去找)

童先生：王林快来!我们架着她!

王　　林：她这样的人,你得顺从她,不能强制她,越强制越厉害。

童先生：那怎么办呢?要不叫双银……

双　　银：我不去!我怕!

童先生：还是我来吧,你不让她跑怎么办呢!(向李那边走去)

李二嫂：(看见童走来,拿起墙头上的砖向他投去)你来!你敢,你这
　　　　　没廉耻的狗!你敢动我一动!

童先生：这……这……这……真糟心!……你这样闹下去怎么是个
　　　　　完啦!(自语)总得想个办法!(叫)李二嫂!你这是干什么
　　　　　呀!你怎么变成这个样子啦!

李二嫂：哎！（对着墙）你们别站在那儿不动哪！你们快来帮我的忙呀！快来呀！你们瞪着眼干什么？你笑？……你笑什么？……嘿嘿……你们这些不中用的东西！

双　银：童先生！你让她别这样啦！

童先生：你报仇也不是这么个报法呀！人家前边打得那么厉害，你在这是什么样子？什么样子？你这样就报仇了？

李二嫂：（向观众）你们来呀！鬼子在这儿呢！你们快来呀！你们跟我来呀！我们一道去呀！报仇！杀！——杀——！（跑下去了）

童先生：（追去）李二嫂！李二嫂！……

王　林：童先生！让她跑去吧！（自语）唉！一个人糟踏得这么可怜！
（田大爷由墙后背个死尸出来，一不留神被日本兵的尸体绊倒，上气不接下气的呻吟）

童先生：啊！田大爷！（回身向双）双银！快！

双　银：（急转身，跑到田面前）爷爷！你怎么了？

田大爷：你二叔……你二叔……我的蜡呢？我的蜡呢？

双　银：爷爷！不是在你手里拿着吗？……童先生！你给划个火！
（掏出火柴给童，童划洋火点蜡）

田大爷：（用蜡照死尸的脸，一手拿蜡，一手抚死尸的脸）是他……这就是他……他……

双　银：哎呀！爷爷！我怕！你不要照啦！我怕呀！

童先生：田大爷！田大爷！你太累了，到那边休息休息吧！

田大爷：（揭开儿子的伤口）你看这伤口，这血，这是鬼子的枪打的……

双　银：爷爷！看你的眼，多怕人呀！你不要这个样子了！

童先生：田大爷，反正他是死啦！你也就不要难过啦！

田大爷：难过吗，没有，我一点也不难过。

双　银：爷爷,不难过,你为什么哭呢?

田大爷：没有,我没有哭! 我……我……(抽气)我儿子死得冤枉! 他
　　　　没有杀着一个鬼子,他没有杀着一个呀! ……

赵伍的喊声：弟兄们加劲儿呀! 我们要使他斩草除根,一个不剩!

石头的声音：你们分三路搜索,检查一下我们受伤的弟兄,我去看看
　　　　童先生他们来了没有。

童先生：石头来啦! (喊)石头!

石　头：哎!

双　银：我们打胜了吗?

石　头：(上)胜啦! 哈哈! 鬼子都收拾干净啦! 王家甸子的队伍和
　　　　我们会合了!

童先生：一个也没留吗?

石　头：留下了几个? 都见阎王去啦! 哈哈! ……

童先生：(向双银)你看我的卦灵不灵? 真灵啊! 你不能不靠天数!

双　银：别说了吧! 你把福生都算死了还灵呢! 爷爷! 爷爷! 我们
　　　　打胜啦!

田大爷：胜啦? 我们打胜啦? 真的?

童先生：我们打胜啦!

田大爷：(向死尸)你听见没有? 我们打胜啦! (向石头)我们把鬼子
　　　　都杀光啦?

大　家：都杀光啦!

田大爷：杀光啦! ……杀光啦! ……(向死尸)都杀光啦!

童先生：双银! 来扶你爷爷到那边去。(二人扶田到墙边坐下)

田大爷：(走时不住回头看死尸,自言自语)可惜,他看不见了!

石　头：童先生,双银,你们去把枪给捡一捡……王林,来,把双银的
　　　　二叔抬到后面去,……把这些死狗扔出去! (两人抬死尸,两
　　　　人捡战利品)

双　银：童先生！你把这些都写上！……(检视)……水……壶……五个！(童先生重复他的帐)……铁帽子三个……(摘下童先生的帽子,把钢盔给他戴上)……枪子儿……三大串！……(一抬头看见墙头穿日本大衣的王林,吓得后退)鬼子！(石头举枪要放)

王　林：石头！你也不剥皮认认瓢！(大摇大摆的过来,拍拍胸脯将大衣散开让别人看)。

石　头：他妈的,有你穿的没我穿的？看我的！(下去找大衣)

童先生：还有我的印！

双　银：你要什么？快记你的帐去吧！

　　　　(鸡叫了,石头披大衣上,打着呵欠。黎明的光辉往地平线上升起,远处有群众的歌声。田大爷扶墙起立,和着歌声,断断续续的唱着。)

田大爷：打起火……呵把,拿……啊……起枪,带足……喔了子弹！干！……安……安粮,赶快上……安……战场！(群众的歌声渐近渐响)

石　头：(招呼)哎咳唉！……

双　银：(向童)你快……快……快！大家都来啦！都来啦！

　　　　(田大爷更大声的唱,群众拿着火把,枪,唱着上……王林用手将枪钟摆一样的摇动,石头猴子一样的跳着舞着……群众的喜悦冲上了天穹。)

(幕下)

民族魂鲁迅[①]（哑剧）

（剧情为演出方便，如有更改，须征求原作者同意。）

第一幕　人物

少年鲁迅　　何半仙[②]　孔乙己[③]　阿 Q[④]　　　当铺掌柜甲、乙

单四嫂子[⑤]　王　胡[⑥]　牵羊人　　蓝皮阿五[⑦]　祥林嫂[⑧]

---

①　该篇创作于一九四〇年七月，首刊于一九四〇年十月二十一日至三十一日香港《大公报》副刊"文艺"九五二期至九五九期、"学生界"二三六至二三八期，署名萧红。

②　何半仙：鲁迅小说《明天》中的人物"何小仙"。

③　孔乙己：鲁迅小说《孔乙己》中人物。

④　阿 Q：鲁迅小说《阿 Q 正传》中人物。

⑤　单四嫂子：鲁迅小说《明天》中人物。

⑥　王胡：鲁迅小说《阿 Q 正传》中人物。

⑦　蓝皮阿五：鲁迅小说《明天》中人物。

⑧　祥林嫂：鲁迅小说《祥林嫂》中人物。

民族魂鲁迅

萧红编剧

（剧情为演出方便，如有更改，须徵求原作者同意。）

剧本布一人物

少年鲁迅

当铺掌柜甲乙

蓝皮阿五　　孔乙己

何半仙　　　王胡

何单四嫂子　阿Q

祥林嫂　　　看羊人

第一幕一剧情

六十年生辰的今天，鲁迅先生在浙江省绍兴府，他的父亲姓周，母亲姓鲁，鲁迅是

北京鲁迅博物馆藏萧红编剧的《民族魂鲁迅》油印稿

第一幕　表演

六十年前的八月三日,鲁迅先生生在浙江省,绍兴府,他的父亲姓周,母亲姓鲁。鲁迅先生的真姓名叫周树人,鲁迅是他的笔名。

他生来记性很强,感觉很敏,生性仁慈,对于人类怀着一种热爱。他的一生的心血都放在我们民族解放的工作上,他的工作就是想怎样拯救我们这水深火热中的民族。但是他个人的遭遇很坏,一生受尽了人们的白眼和冷淡。

这哑剧的第一幕是说明鲁迅先生在少年时代他亲身所遇的,亲眼所见的周围不幸的人群,他们怎样生活在这地面上来,他们怎样的求活,他们怎样的死亡。这里有庸医误人的何半仙,有希望天堂的祥林嫂,有吃揩油饭的蓝皮阿五,有专门会精神胜利的阿 Q⋯⋯

鲁迅小时候,家道已经中落,父亲生病,鲁迅便不得不出入在典当铺子的门口。

鲁迅看穿了人情的奸诈浮薄,所以从很小的时候,就想改良我们这民族性,想使我们这老大的民族转弱为强!

第一幕　剧情

舞台开幕时,是一片漆黑。

黑暗中渐渐的有一颗星星出现了,越来越亮,又断断隐去。

黑幕拉开,舞台有个高高的当铺柜台,柜台上面摆着一个浑圆的葫芦,一个毡帽大小的一把酒壶。

当铺门口西边有一张桌子,桌裙是一张白布,什么字也没有写。东边是两件破棉袄乱放在那里。

近当铺门口有个小石狮子的下马台,是早年给过路人拴马用的,下马石旁边立着一根红色的花柱,柱顶上有块招匾,写个很大的"押"字。

开幕后,哑场片刻。

单四嫂子上,手中抱着一个生病的小孩,她显出非常的疲倦,坐在小石狮子上休息、擦汗、喘气、叹息、看视小孩、惊惶,将小孩恐惧的放下,左右找人,没有,又将小孩爱抚的抱在怀里。流泪,用手摇小孩,看天,作祈祷的样子,掠发,擦汗,又检视小孩。

蓝皮阿五上,形状鬼祟,以背向后退,作手势和别人讲话,手势表示下面的意思:小孤孀,好凄凉,我明天,和你痛痛快快喝一场……在咸亨酒店,半斤不够,一个人得喝三斤,明天见……正退在石狮子上,差一点没有和单四嫂子相撞。

看见了单四嫂子,又看见了她病了的孩子,故作惊奇的样子,又表同情的样子。替单四嫂子抱孩子,专在单四嫂子的胸前和孩子之间伸过去。

单四嫂子很不安,要把孩子再接过来。

蓝皮阿五表示没有什么。

单四嫂子想找个医生给孩子看病。

蓝皮阿五把孩子交给单四嫂子抱着。

蓝皮阿五走到桌子前边,将桌子大声一拍。

桌子自己掉转过来,桌裙上写"何半仙神医,男妇儿科,老祝由科①,专售败鼓皮散,立消水鼓,七十二般鼓胀。"

桌子后钻出何半仙来,头戴帽翅,身穿马褂,手拿小烟袋,指甲三寸长,满身油渍,桌上放一个小枕头。单四嫂子走过去,把孩子给他看。

何半仙看了以为没有什么,作手势说得消一消火,吃两帖就好了。

单四嫂子掏钱给他。何半仙认为还差三十吊。单四嫂子解下包

---

① 祝由科:用祷告、符咒等心理疗法治病的医学专科,为中国古代治病十三科中的一科。

孩子的袍皮托蓝皮阿五去当。

蓝皮阿五到柜台上大声一拍，柜台上的葫芦和酒壶处就出现了两个人，一个是掌柜甲，一个是掌柜乙，原来葫芦是秃头的秃顶，酒壶是那一个的毡帽。

蓝皮阿五当了四十吊钱，自己放了十吊在腰包里，给单四嫂子三十吊，又把手贴着单四嫂子的胸前伸过去，替她抱孩子，走在小石狮子面前，他用脚一踢，石狮子打碎了，出现了已经折了腿的孔乙己，他用手在舞台上膝行着走来走去。他在花柱上用力一拍，柱后转出祥林嫂。

祥林嫂一直找到何半仙那儿去问病去，问人死了之后，有没有地狱和天堂。

蓝皮阿五随便用脚拍的一声踢着两件破棉袄，里面钻出王胡和阿Q，两个人比赛拿虱子，他说他的大，他说他的响，两个人龃龉起来。

王胡后来终于没有比过他，就拿出火链来，点起亮来，吹灭了又点，点了又吹灭，故意戏弄阿Q，阿Q大气。他是癞痢头，最忌讳别人说亮了，亮了。一手就捏住了王胡的辫子，王胡也来捏住了阿Q的辫子，两个人不分上下，两个人在墙壁上照出一条虹形的影子，两个人都不放手。

少年鲁迅带着可质的物件上，一直走到柜台上，把质物递上了。

两个掌柜本来正看着王胡和阿Q打架，一面随着他俩的动作眉飞色舞，一面还作着两面的指导人。

看见鲁迅来了，耽误了他们的兴趣，就非常的不高兴起来，故意刁难，故意揶揄。

掌柜甲以为：哈哈你又来了。掌柜乙便作态着来数落，昨天来，今天又来，明天还要来的。

掌柜甲认为货色不好，显出很不愿意收的样子。掌柜乙以为这已是老主顾，收是可以收，但得典费从廉。

掌柜甲以为你和他何必斟斤驳两,你反正从廉从优,他都得典的,你索兴摆个面孔给他看就完了。

掌柜乙以为这不过还是买卖,卖身也得卖个情愿的,便肯出五十吊。掌柜甲认为不值,只肯出四十吊,对掌柜乙大示挖苦。掌柜乙为了保持自己的尊严,所以一定坚持五十吊不可。两个人争起来。掌柜甲不服气,把掌柜乙推开,伸出一只手来表示只肯给四十吊。掌柜乙趁势又钻出头来,把掌柜甲推开,伸出手来,表示肯出五十吊。掌柜甲又把他推开,伸手只肯出四十吊,掌柜乙出来又把他推开,伸手肯出五十吊。他们三番五次闹了半天,他们俩都疲倦了,于是他俩互相调和起来,协商的结果,肯出四十五吊钱。

少年鲁迅站在柜台前边,面对着这幕喜剧,不言不动不笑……直到他们耍完了,收了钱便走了。

两个掌柜因了这个少年没有参加他们的喜剧,非常不满足,彼此抱怨起来。

这时祥林嫂看见鲁迅走来,便探视他,地狱和天堂到底有没有呢?

鲁迅想了一会儿,点头说有的。祥林嫂脸上透出感慰的光辉。

鲁迅走过何半仙那儿的时候,孔乙己追着他讨钱。鲁迅给了他,下。

孔乙己掏出酒瓶来饮酒,阿Q,何半仙都围拢来争看他手中的钱。舞台渐暗。

舞台全陷在黑暗里,只有脚尖有亮,一个人牵一条羊上,四面黑暗里显出百千只的猫头鹰的眼睛,牵羊人大惊而逃。小羊仔怔忡了半天,不知往那里逃。黑暗重重的洒落下来。

(幕慢慢的落下来。)

第二幕　人物

鲁迅　日本人甲　朋友　"鬼"

第二幕　剧情

鲁迅先生十八岁的时候,那时父亲已经死了,连鲁迅先生读书的学费也无法可想了。母亲给他筹了一点旅费,教他去找不要学费的学校去。鲁迅先生就拿着母亲筹给他的旅费,旅行到了南京,考入了水师学堂,后来又进矿路学堂去学开矿,毕业之后,就派往日本去留学。

在日本,鲁迅先生学的是医学,他想要用医学来医中国人的病。

在仙台医学专门学校,学了两年,这时正值日俄战争①,鲁迅先生偶然在电影上看见一个中国人因为做侦探而将被斩,因此鲁迅先生觉得在中国医好几个人也没有用处,还应该有较为广大的运动……

从那时起鲁迅先生就放弃了医学,坚决的想用文学来拯救我们中华民族。

鲁迅先生二十九岁回国的。一回国,就在浙江杭州的两级师范学堂教化学和生理学,后来又在绍兴做了一个师范学校的校长。有一次鲁迅先生走夜路,在坟场上遇到一个影子,在前边时高时低,时小时大,似乎是个鬼。鲁迅先生怀疑了一会儿,到底过去用脚踢了他。虽然鲁迅先生也怀疑了一下,是鬼呢,不是鬼呢? 但到底他敢去老老实实的踢他一脚,这种彻底认准了是非,就是鲁迅的精神。

第二幕　表演

青年鲁迅正在试验室作试验,一面将试验管里面的现象,变化,反

---

① 日俄战争:指一九〇四年至一九〇五年间,日本与沙皇俄国为争夺中国东北和朝鲜,在中国东北进行的一场帝国主义战争,此战以沙皇俄国失败而告终。

应,结果……记录在纸上。

一个蒙在一条地毯□□□□□□□现在钻出来①。吃醉了酒,口吹着口琴,跳舞,闹着。

看了鲁迅在工作,非常惊奇。动动这个,摸摸那个,鲁迅依然不为所扰,沉静的工作着。

那个学生觉得无聊,就在地上乱找,他东找出一本书,西找出一本书,都生气的丢开了。找了半天,最后才找寻到一段香烟,非常喜欢。他在屁股上划火柴去吸,几次都吸不着。原来他找到的不是什么香烟,而是一支粉笔头儿。他停了跳舞,想在黑板上写字,故意作出听取鲁迅意见的样子,在黑板上写着,仿佛记录的是鲁迅的意见。

□+□□=□□□②

□+□□□=□□□③

鲁迅冷冷的看了他一眼,并不睬他,仍在工作。

那个醉鬼跳着下去。

□□□□□□□□④。手里拿着个幻灯,摆在桌上,开映照片,作出招呼鲁迅去看的样子。

幻灯映出一个中国人因为做侦探而将被斩,阿Q麻木不仁的在旁边看着。而且把下巴拖下来,嘻嘻傻笑。

鲁迅于是非常痛心,他觉得在中国医好几个人也是无用,还是应该有较为广大的运动……他默坐在桌边沉思起来。

---

① 一个蒙在一条地毯□□□□□□□现在钻出来:为避报刊检查,原文首刊时用空格替代,空格中的文字为"下面的日本学生"。

② □+□□=□□□:为避报刊检查,原文首刊时用空格替代,空格处文字分别为"人""兽性""西洋人"。

③ □+□□□=□□□:为避报刊检查,原文首刊时用空格替代,空格处文字分别为"人""家畜性""中国人"。

④ □□□□□□□□:为避报刊检查,原文首刊时用空格替代,空格文字为"另外一个日本人上"。

□□□□□□□□鬼祟的走去①。

鲁迅的一个朋友走来了，手里拿着许多文学书，有一本上面写着《新生》②两个字，还拿着一大卷稿子。

鲁迅非常高兴，立刻将化学仪器移到另一个桌子上，把许多书都排开在原来的试验桌上。

那个朋友也到幻灯那儿去放映，映出托尔斯泰，罗曼·罗兰，契诃夫……等人的半身像来。

鲁迅决定献身文学。

鲁迅立刻伏在桌上写稿。

灯光渐暗，舞台全黑。

舞台又渐渐亮起来。

鲁迅一个人在荒野上夜行。

远远有一座坟场，有一个鬼影子时高时低，时大时小……

鲁迅踌躇了一会儿，怀疑着是人是鬼呢，莫能决定，仍然莫睹一样的走向前去。走到那鬼的跟前，用脚猛力一踢，原来蹲在那儿的是个掘墓子的人。被这一踢，踢得站起来，露出是个人样儿来。把他的铁锤吓得当啷落地，瘸着腿儿逃走了。

鲁迅目送之下。

（幕急落）

附记：

如没有幻灯，可画几张大画，在舞台里边用布遮住，拉一次布幕就露出一张画来，拉数次布幕即可见画数张。

---

① □□□□□□□□鬼祟的走去：为避报刊检查，原文首刊时用空格替代，空格文字为"目送着那个日本人"。
② 《新生》：巴金小说，一九三四年十一月，被国民党当局冠以"鼓吹阶级斗争"的罪名所查禁。鲁迅一九〇六年弃医从文后，曾在日本筹办文艺杂志《新生》未果。

第三幕　人物

鲁迅　朋友　绅士　强盗　贵妇　恶青年二人　好青年二人

第三幕　剧情

鲁迅先生在北京的时候,和假的正人君子们,孤桐先生就是章士钊①那些人们所代表的反动势力,作着激烈的斗争,因为他们随便的杀戮青年。鲁迅先生在这个暗无天日的军阀政客统治的高压下,一个人孤军作战,毫不容情的把这般假的正人君子们击倒。

但在同一个时候,北京的学者,也有人在提倡实验主义,磕头主义,君子主义的主张,来和日人妥协。但鲁迅先生对这些都一概置之不听,认为和这些假的正人君子,假的猛人战士不能讲客气,只能打到底。

比如打已经落在水里的狗,非要再打它不可,一直打到它不能爬到岸上来,才放手。因为不这样,那狗爬到岸上还要咬人的,还要弄了一身泥污的。

所以后来有几个学者到段祺瑞②政府去告密,说鲁迅先生不好,要捕拿他。

鲁迅先生得了朋友的帮助,逃到厦门,又逃到广州,在广州中山大学作了教授,后来辞职才去上海。

第三幕　表演

开幕后,舞台上露出一段篱笆,用竹子破的,上边挂个牌子"内有

---

① 章士钊(1881—1973):字行严,笔名孤桐、秋桐等,湖南长沙人。学者、作家、教育家、政治活动家。一九二四年至一九二六年间,曾任段祺瑞执政府司法总长兼教育总长。
② 段祺瑞(1865—1936):字芝泉,安徽合肥人,皖系军阀首领,一九二四年至一九二六年间,任中华民国临时执政。

恶犬"，篱笆下有两块灰色的圆石头平放着。

篱笆的一边，有个水池子。

鲁迅先生正用一个竹杆在打着什么东西。

一个贵妇人牵着一条小哈巴狗轻俏的走过，路上有一块砖头，绊了她一下，差点儿没跌倒了。

鲁迅先生的朋友，一个很文雅的教授，带着眼镜，挟着一个很大的公事包走过来，对鲁迅先生作势，请他不要打。

鲁迅不听，认为非打又从而打之不可。

朋友又和他表示了一些仁侠精神的道理，走过去。

篱笆下面一块灰色石头底下，钻出一位绅士来，他把那盖在地上的，原来当作石头蒙着他的那张灰长衫穿起来，跑到另外的一块灰色石头的旁边去，把钱放在一个小小口袋里，打打呵欠，伸伸懒腰，站起来预备要走的样子。

忽然一个铜板当啷落地，那位绅士分明看见那个铜板，但不就捡起，他在地上假设一块可以找到的铜板的地方，有两码见方的地方，他把它等分的画着方格子。然后从第一格找起，一直找到有铜板的格子为止，才把铜板捡起。

他实行着实验主义。

他站起来走路的时候，他忽然忘记了人身上的四肢，不知那两肢是为的走路的，他先试着几步，觉得不能充分证明脚是用来走路的，便爬下去用手来走路试试，这一走，气喘汗流，才又转过来，用脚来走路。

他吃香蕉不知是带皮好吃呢，还是不带皮好吃。第一个香蕉他就带皮吃了，吃了之后，他发现它有好吃的部分，也有不好吃的部分，第二只香蕉就只吃皮，而把瓤丢了不吃，直到第三只他才决定香蕉是吃瓤儿的。

另外那块石头下面藏着一个强盗，强盗爬起，把那块原来当做石头的盖在他身上的一张空包皮,打叠起来,往背上一包,就去抢那位绅士的钱袋。

那位绅士见逃不了,慌作一团。因为手颤不止,把钱袋丢落在地上,要自己逃走。

强盗弯下腰来,拾取钱袋,以背向着那位绅士。

绅士本来可以乘他不备,抢回原物,刚想伸过腿去踢他,但是以为那样子太失去了绅士的体面,再说也太不公道,于是摆手,唤他转过脸儿来,再去打他不迟,不愿做背后进攻的事情。

强盗转过脸儿来,他伸手去打强盗,没有打着,反而自己挨了一掌。

绅士见身后有一块砖头,转身去取,以背向强盗。强盗却不如方才他那样客气,在他屁股上猛踢一脚,把他踢倒在地。

强盗因为回头注视他,没当心,被那块砖头绊倒了。

绅士走过来,本来可以乘他倒时打他,但也寻思了一会,仍然招手把他唤起,用手扶着他的肩膀,帮他站好,然后摆好阵势,才伸拳去打他,没有打着,反挨了对方一掌。

这时这位绅士又去拾取砖头,强盗乘他不备,伸出脚来,又把他踢倒。

强盗拿起钱袋扬长而去,绅士则懊丧失望,用脚走下舞台去。

这时二恶青年上,他们看见鲁迅在水边坐着。

青年甲认为鲁迅是有闲,有闲,第三有闲,一定是在看风景。

青年乙则认为鲁迅是醉眼朦胧,一定是看见了一只青蛙,以为是什么怪物,在那儿昏头昏脑的打了起来。

那青年学着鲁迅的样子在看,然后自己蹲在地上作出青蛙在跳的样子,然后又立直了,像个旁观者似的看着,看了一会儿,又自己作出打滚的样子,又作出被打到水里的样子。

表演累了,便从自己的口袋中取出酒瓶,喝起酒来,两人的结论相同,非常满意。两人携下。

前一刻下场的鲁迅的朋友又上,样子比较惊慌,装束同前。仍然挟着大皮包。

他来告诉鲁迅先生一些段执政惨杀青年①的消息。随后即走下舞台去。

这时有一青年,手持火把,从鲁迅面前跑过。

又一个青年,受了伤,手持火把,也跑过来,跑到舞台中间,倒地而死。

鲁迅急忙过来扶他。

看那青年没有再活转来的希望了。

鲁迅就从青年的手里,把火把接过来,向前走去。

舞台渐暗下去。

舞台再亮起来,映出广州的城垣,城上发出很大的火焰向天空照耀着。

鲁迅从大路上,手执火把向城垣走去。(此处不演也可以)

(幕慢慢落下)

附记

火光可以用下列作法,用原纸板作成城垣型,上面缀以纸条,下面用鼓风机或风扇,或者利用过堂风使纸条向上飞舞,下边用红光灯一照,远看去,就像火的样子。

---

① 段执政惨杀青年:指"三一八惨案"。一九二六年三月十八日,北京群众五千余人在天安门集会,要求段祺瑞执政府拒绝日、美、英等八国要求撤除天津大沽口国防设施的通牒,段祺瑞令其卫队开枪镇压,当场打死四十七人,伤二百余人,史称"三一八惨案"。

第四幕　人物

鲁迅　卖书小贩　朋友　外国朋友　开电梯人　德国领事馆人
僵尸　少爷　买书青年群

第四幕　剧情

鲁迅先生到上海以后的工作更严重了。鲁迅先生不但向国内呐喊，而是向着世界大声疾呼起来。

一九三〇年的二月，鲁迅先生加入自由大同盟①。

一九三三年的一月，鲁迅先生加入民权保障大同盟②。

同年五月十三日，鲁迅先生亲至德国领事馆为法西斯蒂暴行递抗议书③。

"九一八"和"一二八"的时候，鲁迅先生写了《伪自由书》④，坚决的指出了中国的命运。

在抗战的前一年，鲁迅先生为过度的工作夺去他的生命，他没能亲眼看到，中国是怎样的搬动起来，可是远在一九二三年，鲁迅先生就预言过，说过这样的话：

"可惜中国太难改变了，即便搬动一张桌子，改装一个火炉，几乎也要血，而且即便有了血，也未必一定能搬动，能改装。不是很大的鞭

---

① 自由大同盟："中国自由运动大同盟"简称。一九三〇年二月成立于上海，宗旨为争取言论、出版、集会、结社等自由，发起人有鲁迅、郁达夫、田汉等。一九三一年二月，自由大同盟主席龙大道在上海牺牲，该组织遂自行解散。

② 民权保障大同盟：即"中国民权保障同盟"。一九三二年十二月，由宋庆龄、蔡元培、鲁迅、杨杏佛等发起组织的进步团体，其宗旨为反对国民党法西斯统治，积极援助政治犯，争取集会，结社、言论、出版等自由。一九三三年六月，因总干事杨杏佛在上海被特务暗杀，中国民权保障同盟不久即自行解散。

③ 递抗议书：指一九三三年五月十三日，鲁迅与宋庆龄、蔡元培等人到上海德国领事馆递交抗议书，抗议希特勒迫害进步作家、烧毁进步书籍。

④ 《伪自由书》：鲁迅杂文集。

子打在背上,中国人自己是不肯动弹的,我想这鞭子总要来,好坏是一个问题。然而总要打到的……"现在这鞭子未出所料的打来了,而且也未出所料的中国是动弹了。

综括鲁迅先生一生的工作,鲁迅先生纪念委员会主席蔡元培先生和副主席孙夫人①说的,"承清季朴学之绪余,奠现代文坛之础石"。又说鲁迅先生的全部工作可"唤醒国魂,砥砺士气",是很正确的评论。

一九三六年十月十九日上午五时二十五分,鲁迅先生逝世,享年五十六岁。

现在开演的是本剧第四幕,表现鲁迅先生在他多病的晚年,仍然忍受着商人和市侩的进攻,这种进攻从来没有和缓过,或停止过。鲁迅先生的一生,就在这种境遇之下过去的。但现在他倒在了地上,在他殡葬的时候,却有了千万的群众追随着他,继承着他,并且亲手在先生的桐棺上献奉了一面旗子,上面题着"民族魂"。

一九三三年二月十七日,鲁迅先生在一个朋友的私宅欢迎外国朋友。(鲁迅先生递抗议书和欢迎外国朋友在时间的顺序上是倒置了,这是为了戏剧效果而这样处理的,请诸位注意并且予以原谅。作者特别声明。)

第四幕　表演

舞台开幕后,背景是一片大白纸,有一边堆着一个四方的包书纸的大包,白纸的下边还躺着一个白色僵尸。其他什么也没有。

大白纸幕中间,偏右画着希特勒法西斯蒂暴行的一张不太大的画。

幕开后哑场片刻,舞台上出现有很大的横幅旗帜,上面写着"自

---

① 孙夫人:指孙中山夫人宋庆龄。

由大同盟"五个字,缓缓前进,纸幕上映出群众行列的影子。哑场片刻。

鲁迅手持对法西斯蒂暴行的抗议书。

将纸壁上的法西斯蒂暴行的画面用手猛烈一扯,扯落地上。

舞台一端风起,将纸吹走。

画面扯去纸壁成一方洞,里面露一希特勒式的人头。方洞上面写着德国领事馆字样。

鲁迅把抗议书交给那个人。

纸壁上方洞已闭,什么也没有了。

大风吹舞鲁迅衣裤而下。哑声片刻。

那个白纸箱撞破了,钻出一个卖书小贩和几十本书,书特别大,比真书要大两倍以上。小贩戴鸭舌帽,窄短衣,长裤。肩上挂着一个大口袋是装钱的,里边钱已满了,钱票子就流出来了。

用鸭舌帽擦脸上汗水。取出笔来,在白幕上写了八个大字:"零割出让,价钱公道"。

写完了,想想,又写了"大文豪"三个大字。想想又写了"快快买啊"四个字。这两行是交叉形的歪斜的写着的,接续在八个大字的底下。

小贩清理好摊子,正式的出卖鲁迅的作品,大展买卖伎俩。小贩高兴过度,跌在白色的僵尸上,僵尸坐起,但动作直强,仍是僵尸的动作。僵尸是个老爷模样的人,戴着礼帽,穿着黑色马褂,两袖袖口很瘦,褪色袍子,戴石墨眼镜,留着中国的胡子,足上穿着布底鞋子,从东边用八字步走到舞台中央。

一个洋场少爷,穿着毕挺的西装,皮鞋,分发,从西边踌躇志满的走上来,和绅士热烈的握手。

小贩看见买主来了,向他们兜售。老爷非常鄙夷,不要买。少爷鄙夷,不要买。小贩虽然失望,但仍力辩这书值得一买。少爷看这书还没有他口袋里的那本书好，他从身上掏出一本来，书上画着一个三角△，一颗红色的心上穿着一颗箭。

小贩用笔在纸幕"大文豪"三字上加一"伟"字。

少爷看了仍不起劲，仍然不买。小贩擦汗，诅咒，为自己的生意而生气。

老爷表示书中那一套没什么道理，还不如他肚子里的那一套。少爷表示书中那一套没什么道理，还不如他肚子里的那一套。小贩追问他们那一套是什么呢？少爷主张表演给他们看，老爷认为没有必要。少爷认为那样会被轻视。老爷想演演又何妨。于是两人演了一套双簧。

不一会儿死人捉住了活人。

老爷在后，少爷在前，站了一会，老爷在前，少爷在后。又站了一会，研究了半天，揖让了半天，决定少爷在前，老爷在后。这时两人贴着站着，舞台上只见少爷，不见老爷。老爷把自己的帽子取下，戴在少爷的头上。

这时少爷用手臂向后伸出，将两臂勾在老爷身上。老爷把两手伸到前面成了少爷的左右手。两个人合为一人，青年人用老年人的手行动。两个人成为一个人了，但是一举手一投足之间，都感到非常和谐，俨如一人。

他们按照下面的进程表演：用手搔头，托腮，打自己嘴巴，挖嘴唇。用手弹头顶，擦鼻子尖上的汗。用手挖眼屎，耳腔。从口袋里取出小镜子，东照照，西照照，顾盼自如。从口袋里取出牙签剔牙。从口袋里取出长烟管来吸，取出火柴来划。从口袋里取出电话号码作出打电话的样子。从口袋里取出酒杯酒瓶来饮酒，颇为自得。忽然从一边传来一道强烈的光线，晃花了他的眼，他把眼用手遮起来向外看……他看见了什么，吓了一大跳，酒杯酒瓶遽然落地。

他俩分开了，各自狼狈遁去。

青年数人来买鲁迅的作品。有的围着翻看，小贩劈手夺之，令其出钱，才可以买。

小贩手里拿着一两本书，夸着说好，伸手与人讲价，青年围拢的更多了，他更起劲。

一个青年肋下各挟一只面包，两手拱着，口里正吃一块面包。吃完了面包，肋下各挟一本鲁迅作品，眼前摊着一本，边走边看，下。

四个青年联合来偷书，自第一个从胯下传到第二个，再传到第三个。到第四个手中转身扬长而去。

青年手抱了很多鲁迅的作品，一个个走了。

舞台另外一边，一个旅馆伙计，正穿着卖巧克力糖的服装，摊开纸片的原来割开的一个方格子的门洞走出，用笔写着电梯两个字，又按着可以开关的格子大小画成电梯的门。

伙计站在门口，一个大块头和一个漂亮小姐都来这儿乘电梯。

伙计伺侯他们非常周到。

一个送报的来乘电梯，逼之使去。

鲁迅由舞台另一端走来。看了卖书的一眼，小贩看他买不起，转过脸去，不打理他。

鲁迅来赶乘电梯，伙计看他穿着不好，连忙把"此梯奉令停止"的牌子挂出来。挥手让他往后门侍役通行的地方走上去。看他走过去，又笑嘻嘻的把牌子摘下来。

小贩一会儿功夫已经把书卖完，正在数点钱票子。

鲁迅和一个外国朋友从电梯里并肩走下来。开电梯的还是那个伙计，看了大惭。

小贩把钱藏起，用手扯掉白纸幕，然后来乘电梯。伙计看他来，用手也一把将电梯扯掉。这时小贩扯掉白纸幕表示收摊了，开电梯的人也帮着扯，电梯也收了。二人下场。

白色纸幕扯掉后，里面露出一个很大的花园。园门上写着"博爱"两个大字。后面立着一个很大的很高的微笑的萧伯纳的全身像。应该用薄木板或原马粪纸作。另一边是高尔基把大钢笔像投枪似的举起的像。比萧站得远一点儿(两张像是可以省去的)。

哑场片刻。有青年八人,穿着有的像学生,有的像工人,有的像农夫,有的像商人,还有的像兵士,也有妇女,左手夹着鲁迅先生的作品,右手执旗,旗上面写着:(一)"全国一致对日",(二)"血债必须用同物偿还",(三)"抗日反对汉奸",(四)"设法增长国民的实力,永远这样干下去",(五)"不怕的人前面才有路",(六)"一面清结内帐,一面开辟新路",(七)"共同拒抗,改革,奋斗三十年,不够再一代二代……",(八)"在这可诅咒的地方,击退了可诅咒的时代。"(标语都是由鲁迅先生作品里摘录下来的)

青年们在园门前绕行三周。

有白鸽四五只飞起。

花瓣飞舞的落下来。

鲁迅和他的朋友从园子里缓缓的走过去。

舞台上映照出鲁迅伟大的背影,久久不动。

灯光渐渐低下去。舞台上现出一面红绒黑字的大旗,上面写着"民族魂"三个大字。

旗一直在光辉着。(幕渐渐的落下去了)

附记:

电梯可用以下方法制作

在白纸背后用黑色厚纸或木片扎成井字形和普通电梯门一般宽,上边系了小型电灯,随时拉上拉下,在白纸幕外,看起来与电梯相似。

附　录

鲁迅先生一生,所涉至广,想用一个戏剧的形式来描写是很困难的一件事,尤其用不能讲话的哑剧。

所以这里我取的处理的态度,是用鲁迅先生的冷静,沉定,来和他周遭世界的鬼祟跳器作个对比。

这里也许只做了个简单的象征,为了演出者不能用口来传达,只能做手语,所以这形式就决定了内容,这是要请读者或观者诸君原谅的。

为了演出的方便,在舞台设备不充分的地方有许多地方可以略去不演,作者已在脚本上分别注出。

至于道具和布景,可以从简,不必按照脚本上那样繁复。

第一幕押当的柜台可用布幕或纸糊成皆可。下马石可用碎布或纸片缀成。抱柱用纸糊成,如在野地上演出,地上可乱置稻草,人物可由草下钻出,这种出场方法,是借重了闹剧的手法,使观众不至瞌睡而已。

第二幕试验仪器用品,试验管可用苇管扎成,下置普通的大茶杯玻璃瓶就可以了。地毯就用一块灰布就行了。

幻灯如不能借到,可用白纸绘以漫画代之,在开幕时用和背景同色的布幔遮住,旋将布幔拉起,露出绘画即变成另外一张画了,如在灯光方便的地方,同时在画显现时映之,效果和幻灯是一样的。

第三幕的电梯,在白纸背后用黑色厚纸片或木片扎成井字格的有普通电梯门一般阔的架子,上边再系上一个小型灯光,随时拉上拉下。载人时,放上一个黑色人影,在纸幕外面来看,便和电梯相似。如在露天演出便用墨笔在白纸上画出格子来即可。

电梯格子拿下时便可做花园的门。萧伯纳,高尔基像可以布幕绘之或者去。

第四幕死人捉住了活人那一人段从出场至落场皆可省去不演。

书 信

XIAOHONG
QUANJI

致萧军

一九三六年七月十八日①

君先生②：

　　海上的颜色已经变成黑蓝了，我站在船尾，我望着海，我想：这若是我一个人怎敢渡过这样的大海！

　　这是黄昏以后我才给你写信，舱底的空气并不好，所以船开没有多久我时时就好像要呕吐，虽然吃了多量的胃粉。

　　现在船停在长崎了，我打算下去玩玩。昨天的信并没写完就停下了。

　　到东京再写信吧！

　　祝好！

莹③

七月十八日

　　源先生④好！

---

① 萧红一九三六年七月十七日离开上海乘船赴日本，这是她在船上写给萧军的信。该信从日本东京发往上海。

② 君先生：萧军。

③ 莹：萧红原名张廼莹，故简称莹。

④ 源先生：黄源（1906—2003），字河清，浙江海盐人，散文家、文学翻译家，早期曾任《文学》《译文》等杂志编辑。

致萧军

一九三六年七月二十日①

三郎②：

　　现在我平安的到了，正要出去吃饭。所以少少写点。

悄③

七月二十日

　　她们④很高兴！

---

① 此信为萧红到达东京后，写给萧军的第一封信。该信从日本东京发往上海。
② 三郎：萧军。
③ 悄：萧红的笔名"悄吟"的简称。
④ 她们：指在东京迎接萧红的许粤华等人。

致萧军

一九三六年七月二十一日①

均②：

　　你的身体这几天怎么样？吃得舒服吗？睡得也好？当我搬房子的时候，我想：你没有来，假若你也来，你一定看到这样的席子就要先在上面打一个滚，是很好的，像住在画的房子里面似的。

　　你来信寄到许③的地方就好，因为她的房东熟一些。

　　海滨，许不去，以后再看，或者我自己去。

　　一张桌是(和)一个椅子都是借的，屋子里面也很规整，只是感到寂寞了一点，总有点好像少了一点什么！住下几天就好了。

　　外面我听到蝉叫，听到踏踏的奇怪的鞋声，不想写了！也许她们快来叫我出去吃饭的时候了！

　　你的药不要忘记吃，饭少吃些，可以到游泳池去游泳两次，假若身体太弱，到海上去游泳更不能够了。

　　祝好！

　　别的朋友也都祝好！

莹

七月廿一日

---

① 该信从日本东京发往上海。
② 均：萧军。
③ 许：许粤华(1912—2011)，黄源前妻，翻译家，笔名雨田，浙江海盐人。一九三五年夏赴日本留学，萧红到日本东京后曾暂住许粤华处，许粤华不久因故回国。

致萧军

一九三六年七月二十六日①

均：

现在我很难过，很想哭。想要写信，钢笔里面的墨水没有了，可是怎样也装不进来，抽进来的墨水一压又随着压出去了。

华②起来就到图书馆去了，我本来也可以去，我留在家里想写一点什么，但那里写得下去，因为我听不到你那登登上楼的声音了。

这里的天气也算很热，并且讲一句话的人也没有，看的书也没有，报也没有，心情非常坏，想到街上去走走，路又不认识，话也不会讲。

昨天到神保町的书铺去了一次，但那书铺好像与我一点关系也没有，这里太生疏了，满街响着木屐的声音，我一点也听不惯这声音。这样一天一天的我不晓得怎样过下去，真是好像充军西伯利亚一样。

比我们起初来到上海的时候更感到无聊，也许慢慢的就好了，但这要一个长的时间，怕是我忍耐不了。不知道你现在准备要走了没有？我已经来了五六天了，不知为什么你还没有信来？

---

① 该信从日本东京发往上海。
② 华：许粤华。

珂①已经在十六号起身回去了。

不写了，我要出去吃饭，或者乱走走。

吟②上

七月廿六上(午)十时半

---

① 珂：张秀珂(1916—1956)，萧红胞弟，当时在日本东京早稻田大学读预科。
② 吟：萧红的笔名"悄吟"的简称。

致萧军

一九三六年八月十四日①

均：

接到你四号写的信现在也过好几天了，这信看过后，我倒很放心，因为你快乐，并且样子也健康。

稿子我已经发出去三篇，一篇小说，两篇不成形的短文。现在又要来一篇短文，这些完了之后，就不来这零碎，要来长的了②。

现在是十四号，你一定也开始工作了几天了吧？

鸡子你遵命了③，我很高兴。

你以为我在混光阴吗？一年已经混过一个月。

我也不用羡慕你，明年阿拉④自己也到青岛去享清福。我把你遣到日本岛上来！

——莹

八月十四日

---

① 该信从日本东京发往青岛，萧军此时在青岛度夏、写作。该信后附《异国》诗一首，该诗已选入本卷的诗歌部分，此处不再重复收录。
② 要来长的了：指计划创作的小说《家族以外的人》。
③ 鸡子你遵命了：鸡子，鸡蛋。指萧军按萧红的要求每天吃鸡蛋补充营养。
④ 阿拉：上海方言，"我，我们"之意。

第四信

均：

接到你回来写给我信，现在也连好几天了。这信看来很……谢到很放心

因为你快来，并且孩子也健康。

搞了我飞来搬出去工作，一届山谷，两篇都未成形的短文。现在……

又要……一篇短文，这些完了之后，就不来这零碎……要来度的？

现在是十四号，你一定要南妨之行……知道天了吧？

鸭子你等命了，那很高兴。

你以为我去得克隆吗？

我也不用美素你，明年何格自己也利素……一年已便罢去一个月。

你遗到日本岛上来！

——叶 八月十四日

致萧军

一九三六年八月十七日①

均：

今天我才是第一次自己出去走个远路，其实我看也不过三五里，但也算了，去的是神保町，那地方的书局很多，也很热闹，但自己走起来也总觉得没什么趣味，想买点什么，也没有买，又沿路走回来了。觉得很生疏，街路和风景都不同，但有黑色的河，那和徐家汇一样，上面是有破船的，船上也有女人，孩子。也是穿着破衣裳。并且那黑水的气味也一样。像这样的河恐怕巴黎也会有！

你的小伤风既然伤了许多日子也应该管他（它），吃点阿司匹林吧！一吃就好。

现在我庄严的告诉你一件事情，在你看到之后一定要在回信上写明！就是第一件你要买个软枕头，看过我的信就去买！硬枕头使脑神经很坏。你若不买，来信也告诉我一声，我在这边买两个给你寄去，不贵，并且很软。第二件你要买一张当作被子来用的有毛的那种单子，就像我带来那样的，不过更该厚点。你若懒得买，来信也告诉我，也为

你寄去。还有，不要忘了夜里不要(吃)东西。没有了。以上这就是所有的这封信上的重要的事情。

我的稿子又交出去一小篇。

照像机现在你也有用了，再寄一些照片来。我在这里多少有点苦寂，不过也没什么，多写些东西也就添补起来了。

旧地重游①是很有趣的，并且有那样可爱的海！你现在一定洗海澡去了好几次了？但怕你没有脱衣裳的房子。

你再来信说你这样好那样好，我可说不定也去，我的稿费也可以够了。你怕不怕？我是和(你)开玩笑，也许是假玩笑。

你随手有什么我没看过的书也寄一本两本来！实在没有书读，越寂寞就越想读书，一天到晚不说话，再加上一天到晚也不看一个字我觉得很残忍，又像我从(前)在旅馆一个人住着②的那个样子。但有钱，有钱除掉吃饭也买不到别的趣味。

祝好。

萧上

八月十七日

---

① 旧地重游：萧红、萧军一九三四年六月至十月曾在青岛写作、生活，故称萧军去青岛是"故地重游"。

② 我从前在旅馆一个人住着：指一九三二年萧红被困哈尔滨东兴顺旅馆之事。

致萧军

一九三六年八月二十二日①

军：

　　现在正和你所说的相反，烟也不吃了，房间也整整齐齐的。但今天却又吃上了半支烟，天又下雨，你又总也不来信，又加上华要回去了！又加上近几天整天发烧，也怕是肺病的(样)子，但自己晓得，决不是肺病。可是又为什么发烧呢？烧得骨节都酸了！本来刚到这里不久夜里就开(始)不舒服，口干，胃涨……近来才晓是又(有)热度的关系，明天也许跟华到她的朋友地方去，因为那个朋友是个女医学生，让她带我到医生的地方去检查一下，很便宜，两元钱即可。不然，华几天走了，我自己去看医生是不行的，连华也不行，医学上的话她也不会说，大概你还不知道，黄②的父亲病重，经济不够了，所以她必得回去。大概二十七号起身。

　　她走了之后，他妈的，再就没有熟人了，虽然和她同住的那位女士倒很好，但她的父亲来了，父女都生病，住到很远的朋友家去了。

①　该信从日本东京发往青岛。

②　黄：黄源。当时许粤华为黄源之妻，故言黄父病重，经济不够，要她回国。许与黄后来因故分手。

假若精神和身体少(稍)微好一点,我总就要工作的,因为除了工作再没有别的事情可作的。

不写了,心脏过量的跳,全身的血液在冲击着。

祝好!

吟

八月廿二日夜雨时

你还是买一部唐诗给我寄来。

致萧军

一九三六年八月二十七日①

均：

我和房东的孩子很熟了，那孩子很可爱，黑的，好看的大眼睛，只有五岁的样子，但能教我单字了。

这里的蚊子非常大，几乎使我从来没有见过。

那回在游泳池里，我手上受的那块小伤，到现在还没有好。肿一小块，一触即痛。现在我每日二食，早食一毛钱，晚食两毛或一毛五，中午吃面包或饼干。或者以后我还要吃得好点，不过，我一个人连吃也不想吃，玩也不想玩，花钱也不愿花。你看，这里的任何公园我还没有去过一个，银座大概是漂亮的地方，我也没有去过，等着吧，将来日语学好了再到处去走走。

你说我快乐的玩吧！但那只有你，我就不行了，我只有工作，睡觉，吃饭，这样是好的，我希望我的工作多一点。但也觉得不好，这并不是正常的生活，有点类似放逐，有点类似隐居。你说不是吗？若把我这种生活换给别人，那不是天国了吗？其实在我，也和天国差不

① 该信从日本东京发往青岛。

多了。

你近来怎么样呢？信很少，海水还是那样蓝么？透明吗？浪大吗？劳山①也倒真好？问得太多了。

可是，六号的信，我接到后即回你，怎么你还没有接到？文章没有写出，信倒写了这许多。但你，除掉你刚到青岛的一封信，后来十六号的(一)封，再就没有了，今天已经是二十六日。我来在这里一个月零六天了。

现在放下，明天想起什么来再写。

今天同时接到你从劳山回来的两封信，想不到那小照相机还照得这样好，真清楚极了！什么全看得清，就等于我也逛了劳山一样。

说真话！逛劳山没有我同去，你想不到吗？

那大张的单人像，我倒不敢佩服，你看那大眼睛，大得我从来都没有看见过。

两片红叶子已经干干的了，我还记得我初认识你的时候，你也是弄了两张叶子给我，但记不得那是什么叶子了。

孟②有信来，并有两本《作家》来。他这样好改字换句的，也真是个毛病。

"瓶子很大，是朱色，调配起来，也很新鲜！只是……"这"只是"是什么意思呢，我不懂。

花皮球走气，这真是很可笑，你一定又是把它压坏的。

还有可笑的，怎么你也变了主意呢？你是根据什么呢？那么说，我把写作放在第一位始终是对的。

我也没有胖也没有瘦，在洗澡的地方天天过磅。

对了，今天整整是廿七号，一个月零七天了。

---

① 劳山：崂山。
② 孟：孟十还(1908—?)，辽宁人，作家、编辑、翻译家。原名孟显直，又名孟宪智，笔名咸直、孟斯根、孟十还等，曾与鲁迅合作翻译果戈理的《死魂灵》。

西瓜不好那样多吃，一气吃完是不好的，放下一会再吃。

你说我滚回去，你想我了吗？我可不想你呢，我要在日本住十年。

我没有给淑奇①去信，因为我把她的地址忘了，商铺街②十号还是十五号？还是内十五号呢？正想问你，下一信里告诉我吧！

那么周③走了之后，我再给你信，就不要写周转了？

我本打算在二十五号之前再有一个短篇产生，但是没能够，现在要开始一个三万字的短篇了。给《作家》十月号。完了就是童话④了。我这样童话来，童话去的，将来写不出，可应该觉得不好意思了。

东亚还不开学，只会说几个单字，成句的话，不会。房东还不错，总算比中国房东好。

你等着吧！说不定那一个月，或那一天，我可真要滚回去的。到那时候，我就说你让我回来的。

不写了。

祝好。

吟

八月廿七(日)晚八时。

你的信封上带一个小花我可很喜欢，起初我是用手去掀的。

东京麴町区富士见町二丁目 九—五 中村方

---

① 淑奇：即袁淑奇，后改名袁时洁。萧红、萧军哈尔滨时期的友人。与萧军的同学黄之明是夫妻，后离异。
② 商铺街：哈尔滨市道里区一条商业街。
③ 周：萧军在青岛的友人周学谱。
④ 童话：萧红在东京开始计划写一篇长的童话，后未写成。

致萧军

一九三六年八月三十日①

均：

　　二十多天感到困难的呼吸，只有昨夜是平静的，所以今天大大的欢喜，打算要写满十页稿纸。

　　别的没有什么可告诉的了。

　　腿肚上被蚊虫咬了个大包。

莹

八月卅日晚

---

① 该信从日本东京发往青岛。

致萧军

一九三六年八月三十一日①

均：

　　不得了了！已经打破了纪录，今已经超出了十页稿纸。我感到了大欢喜。但，正在我（写）这信，外边是大风雨，电灯已经忽明忽灭了几次。我来了一个奇怪的幻想，是不是会地震呢？三万字已经有了二十六页了。不会震掉吧！这真是幼稚的思想。但，说真话，心上总有点不平静，也许是因为"你"不在旁边？

　　电灯又灭了一次。外面的雷声好像劈裂着什么似的！……我立刻想起了一个新的题材。

　　从前我对着这雷声，并没有什么感觉，现在不然了，它们都会随时波动着我的灵魂。

　　灵魂太细微的人同时也一定渺小，所以我并不崇敬我自己。我崇敬粗大的，宽宏的……

　　我的表已经十点一刻了，不知你那里是不是也有大风雨？

---

① 　该信从日本东京发往青岛。

电灯又灭了一次。

只得问一声晚安放下笔了。

吟

卅一日夜。八月。

致萧军

一九三六年九月二日①

均：

这样剧烈的肚痛，三年前有过②，可是今天又来了这么一次，从早十点痛到两点。虽然是四个钟头，全身就发抖了。洛定片，不好用，吃了四片毫没有用。

稿子到了四十页，现在只得停下，若不然，今天就是五十页，现在也许因为一心一意的缘故，创作得很快，有趣味。

每天我总是十二点或一点钟睡觉，出息得很，小海豹③也不是小海豹了，非常精神，早睡，睡不着反而乱想一些更不好。不用说，早晨起得还是早的。肚子还是痛，我就在这机会上给你写信，或者有凡拉蒙吃下去会好一点，但，这回没有人给买了。

这稿既然长，抄起来一定错字不少，这回得特别加小心。

---

① 该信从日本东京发往青岛。
② 三年前有过：指一九三四年五月，因腹痛多日，萧红被送往哈尔滨郊区萧军的朋友家中休养。
③ 小海豹：萧军给萧红起的外号，此处为萧红自称。

不多写了。我给你写的信也太多。

祝好。

吟

九月二日

肚子好了。二日五时。

致萧军

一九三六年九月四日①

三郎：

五十一页就算完了。自己觉得写得不错，所以很高兴。孟写信来说："可不要和《作家》疏远啊！"这回大概不会说了。

你怎么总也不写信呢？我写五次你才写一次。

肚痛好了。发烧还是发。

我自己觉得满足，一个半月的工夫写了三万字②。

补习学校③，还没有开学。这里又热了几天。今天很凉爽。一开学，我就要上学的，生活太单纯，与精神方面不很好。

昨天我出去，看到一个穿中国衣裳的中国女人，在街上喊住了一个汽车，她拿了一个纸条给了车夫，但没拉她。街上的人都看着她笑，她也一定和我似的是个新飞来的鸟。

到现在，我自己没坐过任何一种车子，走也只走过神保町。冰淇

---

① 该信从日本东京发往青岛。
② 写了三万字：指完成了短篇小说《家族以外的人》，后连载于《作家》第二卷第一号、第二号。
③ 补习学校：指东亚学校，一九三七年九月至十二月，萧红在该校学习日语。

淋吃得顶少,因为不愿意吃。西瓜还吃,也不如你吃得多。也是不愿意吃。影戏一共看过三次。任何公园没有去过。一天廿四小时三顿饭,一觉,除此即是在椅子上坐着。但也快活。

祝好。

吟
九,四。

致萧军

一九三六年九月六日①

均：

你总是用那样使我有点感动的称呼叫着我。

但我不是迟疑,我不回去的,既然来了,并且来的时候是打算住到一年,现在还是照着作,学校开学,我就要上学的。

但身体不大好,将来或者治一治。那天的肚痛,到现在还不大好。你是很健康的了,多们(么)黑！好像个体育棒子。不然也像匹小马！你健壮我是第一高兴的。

黎②的刊物③怎么样？没有人告诉我。

黄来信说十年④一册也要写稿,说你已答应写了？但那东西是个什么呢？

---

① 该信从日本东京发往青岛。
② 黎：黎烈文(1904—1972),翻译家,湖南湘潭人。曾任《申报》副刊《自由谈》主编,后与鲁迅、茅盾、黄源等组织译文社,一九三六年主编《中流》。一九四七年起任台湾大学教授。一九四一年与许粤华结婚。
③ 刊物：指《中流》,文学半月刊,上海杂志公司发行。一九三六年九月创刊,一九三七年八月出至第二卷第十期停刊。
④ 十年：即《十年》。一九三六年,开明书店为纪念创业十周年,先后出版《十年》和《十年二集》,精选老舍、巴金、沈从文、茅盾等现代作家作品。编辑曾向萧红约稿。

上海那三个孩子①怎么样？

你没有请王关石②吃一顿饭？我一想起王关石，我就想起你打他的那块石头！袁泰③见过？还有那个张④？

唐诗我是要看的，快请寄来！精神上的粮食太缺乏！所以也会有病！

不多写了！明年见吧！

莹

九月六日

---

① 三个孩子：从哈尔滨到上海的三个青年，一个姓陈，另两个姓张，其中一个叫张璟珊，曾在哈尔滨《国际协报》上发表过诗歌。
② 王关石：萧军在哈尔滨的一位朋友，画家。
③ 袁泰：萧军在青岛编《晨报》副刊时认识的文学青年。
④ 张：萧军在青岛编《晨报》副刊时认识的文学青年。

致萧军

一九三六年九月九日①

三郎：

　　稿子既已交出，这两天没有事做，所以做了一张小手帕，送给你吧！

　　《八》②既已五版，但没有印花的。消（销）路总算不错。现在你在写什么？

　　劳山我也不想去，不过开个玩笑就是了，吓你一跳。我腿细不细的，你也就不用骂！

　　临别时，我不让你写信，是指的罗里罗嗦的信。

　　黄来信，说有书寄来，但等了三天，还不到。《江上》③也有，《商市

① 　该信从日本东京发往青岛。
② 　《八》：指萧军的中篇小说《八月的乡村》，一九三五年七月作为"奴隶丛书"之一以容光书局的名义，自费出版。
③ 　《江上》：萧军短篇小说集，一九三六年八月，作为巴金主编的"文学丛刊"第二集第二册由上海文化生活出版社出版。

街》也有，还有《译文》①之类。我是渴想看书的，一天二十四小时，既不烧饭，又不谈天，所以一休息下就觉得天长得很，你靠着电柱读的是什么书呢？普通一类，都可以寄来的，并不用挂号，太费钱，丢是不常丢的。唐诗也快寄来，读读何妨？我就是怎样一个庄严的人，也不至于每天每月庄严到底呀，尤其是诗，读一读就像唱歌似的，情感方面也娱(愉)乐一下，不然，这不和白痴过的生活一样吗？写当然我是写的，但一个人若让他一点也不间断下来，总是想，和写，我想是办不到，用功是该用功的，但也要有一点悮(娱)乐，不然就像住姑子庵了！所以说来说去，唐诗还是快点寄来。

胃还是坏，程度又好像深了一些，饮食我是非(常)注意，但还不好，总是一天要痛几回。可是回去，我是不回去，来一次不容易，一定要把日文可以看书的时候，才回去，这里书真是多得很，住上一年，不用功也差不了。黄来信，说你十月底回上海，那末北平不去了吗？

祝好！

莹

九月九日

东亚补习学校，昨天我又跑去看了一次，但看不懂，那招生的广告我到底不知道是招的什么生，过两天再去看。

---

① 《译文》：文学月刊，由鲁迅、茅盾发起的翻译和介绍外国文学的刊物。一九三四年九月在上海创刊，生活书店印行。前三期由鲁迅编辑，后由黄源接编。一九三五年九月停刊。一九三六年三月复刊，改由上海杂志公司发行。一九三七年六月停刊，共出二十九期。

致萧军

一九三六年九月十日①

三郎：

　　我也给你画张图看看，但这是全屋的半面。我的全屋就是六张席子。你的那张图，别的我倒没有什么，只是那两个小西瓜，非常可爱，你怎么也把它们两个画上了呢？假如有我，我就不是把它吃掉了吗？

　　尽胡说，修炼什么？没有什么好修炼的。一年之后，才可看书。

　　今天早晨，发了一信，想不到下午就有书来，也有信来。唐诗，读两首也倒觉不出什(么)好，别的夜来读。

　　如若在日本住上一年，我想一定没有什么长进，死水似的过一年。我也许过不到一年，或几个月就不在这里了。

　　日文我是不大喜欢学，想学俄文，但日语是要学的。

　　以上是昨天写的。

　　今天我去交了学费②，买了书，十四号上课，十二点四十分起，四个钟头止，多是相当多，课本就有五六本。全是中国人，那个学校就是

---

① 该信从日本东京发往青岛。
② 交了学费：指参加东亚学校学习日文。

给中国人预备的。可不知珂来了没有？

　　三个月，连书在一起二十一二块钱。本来五号就开课了，但我是错过了的。

　　现在我打算给奇①她们写信，所以不多写了。

　　祝好。

吟

九月十日

————————

① 奇：即袁淑奇。

致萧军

一九三六年九月十二日

均：

今晨刑事②来过，使我上了一点火，喉咙很痛，麻烦得很，因此我不知住到什么时候就要走的。情感方面很不痛快，又非到我的房间不可，说东说西的。早晨本来我没有起来，房东说要谈就在下面谈吧，但不肯，非到我的房间不可，不知以后还来不来？若再来，我就要走。

华同住的朋友，要到市外去住了，从此连一个认识人也没有。我想这也倒不要紧，我好好来创作，但，又因此不安了起来，使我对这个地方的厌倦更加上厌倦。他妈的，这年头……

我主要的目的是创作，妨害了它是不行的。

本来我很高兴，后天就去上课，但今天这种感觉，使我的心情特别坏。忍耐一个时期再看吧！但青岛我不去。不必等我，你要走尽管走。

你寄来的书，通通读完了。

---

① 该信从日本东京发往青岛。
② 刑事：指日本警察。

他妈的,混帐王八蛋。

祝好。

吟

九月十二日

均:

刚才写的信,忘记告诉你了,你给奇写信,告诉她,不要把信寄给我。你转好了。

你的信封面也不要写地址。

致萧军

一九三六年九月十四日①

均：

你的照片像个小偷。你的信也是两封一齐到。（七日九日两封）

你开口就说我混帐东西，好，你真不佩服我？十天写了五十七页稿纸。

你既然不再北去，那也很好，一个人本来也没有更多的趣味。牛奶我没有吃，力弗肝也没有买，因为不知道外国名字，又不知道卖西洋药的药房，这里对于西洋货排斥得很，不容易买到。肚子痛打止痛针也是不行，一句话不会说，并且这里的医生要钱很多。我想买一瓶凡拉蒙预备着下次肚痛，但不知到那里去买？想问问是没有人可问的。

秋天的衣裳，没有买，这里的天气还一点用不着。

我临走时说要给你买一件皮外套的，回上海后，你就要替我买给你自己。四十元左右。我的一些零碎的收入，不要他们寄来，直接你去取好了。

心情又闹坏了，不然这两天就要开始新的。但，停住了，睡觉也不

---

① 该信从日本东京发往青岛。

好起来,想来想去。他妈的,再来麻烦,我可就不受了。

我给萧乾的文章①,黄也一并交给黎了,你将来见萧时,说一声对不住。

祝好。

荣子②

九月十四日

关于信封,你就一连串写下来好了,不必加点号。

---

① 文章:指《王四的故事》,萧红创作于日本的短篇小说,载一九三六年九月二十日《中流》第一卷第二期。
② 荣子:萧红乳名荣华,故自称"荣子"。

致萧军

一九三六年九月十七日①

均：

　　近来我的身体很不健康，我想你也晓得，说不定那天就要回去的，所以暂且不要有来信。

　　房东既不会讲话，丢掉了不大好。我是时时给你写信的。我还很爱这里，假若可能我还要住到一年。

　　你若来信，报报平安也未曾(尝)不可。

小鹅②

九月十七日

---

① 该信从日本东京发往青岛。
② 小鹅：萧军给萧红起的外号，形容萧红高兴起来，两只手左右分张，像一只受惊的小鹅。此处为萧红自称。

第十七信

娟：

　　近来我的身体很不健康，我想你也晓得，现在主动天都要回工厂工作，所以暂且不再有来信。

　　——房东玩不会讲话，也掉之不大好，都是帮之的的写很的。

　　我还很爱这样，你要有时间还要信利一年。

　　你爱来信，起之平安也未曾写了。

　　　　　　　　　　　小鹅

　　　　　　　　　　　九月十七日

致萧军

一九三六年九月十九日①

均：

前一封信，我怕你不懂，健康二字非作本意来解。

学校我每天去上课，现在我一面喝牛奶一面写信给你，你十三和十四日发来的信，一齐接到，这次的信非常快，只要四五天。

我的房东很好，她还常常送我一些礼物，比方糖，花生，饼干，苹果，葡萄之类，还有一盆花，就摆在窗台上。我给你的书签，谢也不谢，真可恶！以后什么也不给你。

我告诉你，我的期限是一个月，童话②终了为止，也就是十月十五前。来信尽管写些家常话。医生我是不能去看的，你将来问华就知道这边的情形了。上海常常有刊物寄来，现在我已经不再要了。这一个月，什么事也不管，只要努力童话。小花叶③我把它放到箱子里去。

祝好。

小鹅

九月十九。

---

① 该信从日本东京发往青岛。
② 童话：即一九三六年八月二十七日信中所提的创作计划。
③ 小花叶：指萧军从崂山采下寄给萧红的花叶。

致萧军

一九三六年九月二十一日①

均：

昨天和今天都是下雨，我上课回来是遇着毛毛雨，所以淋得不很湿，现在我有雨鞋了，但，是男人的样子，所以走在街上有许多人笑，这个地方就是如此守旧的地方，假若衣裳你不和她们穿得同样，谁都要笑你，日本女人穿西装，罗里罗嗦，但你也必得和她一样罗嗦，假若整齐一些，或是她们没有见过的，人们就要笑。

上课的时间真是够多的，整个下半天就为着日语消费了去。今天上到第三堂的时候，我的胃就很痛，勉强支持过来了。

这几天很凉了，我买了一件小毛衣（二元五），将来再冷，我就把大毛衣穿上。我想我的衣裳一定可以支持到下月半。

你替我买给你自己的外套，回去就应该买。

我很爱夜，这里的夜，非常沉静，每夜我要醒几次的，每醒来总是立刻又昏昏的睡去，特别安静，又特别舒适。早晨也是好的，阳光还没晒到我的窗上，我就起来了。想想什么，或是吃点什么。这三两天之内，我的心又安然下来了。什么人什么命，吓了一下，不在乎。

---

① 该信从日本东京发往青岛。

孟有信来,说我回去吧！在这住有什么意思呢？

现在我一个人搭了几次高架电车,很快,并且还钻洞,我觉得很好玩,不是说好玩,而说有意思。因为你说过,女人这个也好玩那个也好玩。上回把我丢了,因为不到站我就下来了,走出了车站看看不对,那么往那里走呢？我自己也不知道,瞎走吧,反正我记住了我的住址。可笑的是华在的时候,告诉我空中飞着的大气球是什么商店的广告,那商店就离学校不远,我一看到那大球,就奔着去了,于是总算没有丢。

信写到此地,季刊①来了。翻着看了半天,把那随笔二篇②看了半天,其中很有情感,别无所取。

虹③没有信来,你告诉他也不要来信了,别人也告诉不要来信了。

这是你在青岛我给你的末一封信。再写信就是上海了。船上买一点水果带着,但不要吃鸡子,那东西不消化。饼干是可以带的。

祝好。

小鹅

九月二十一日

---

① 季刊: 指《文季月刊》。《文季月刊》原为《文学季刊》,一九三四年一月一日创刊于北平,一九三五年十二月十六日停刊。一九三六年六月一日,在上海复刊,改刊名为《文季月刊》,巴金、靳以合编。至一九三六年十二月一日第二卷第一号,遭国民党当局查禁而停刊。

② 随笔二篇: 指刊于一九三六年八月一日《文季月刊》第一卷第三期上的《随笔两篇》(《十三天》《最后的一星期》)。

③ 虹: 罗烽(1909—1991),中国现代小说家,东北作家群代表作家之一。原名傅乃琦,辽宁沈阳人。一九三五年到上海加入"左联",著有短篇小说集《呼兰河边》、中篇小说集《粮食》、剧本《台儿庄》等。

致萧军

一九三六年九月二十三日①

均：

昨天下午接到你两封信。看了好几遍,本来前一信我说不在(再)往青岛去信了,可是又不能不写了。既接到信,也总是想回的,不管有事没有事。

今天放假,日本的什么节。

第三代②居然间上一部快完了,真是能耐不小！大概我写信时就已经完了。

小东西③,你还认得那是你裤子上剩下来的绸子？

坏得很,跟外国孩子去骂嘴！

水果我还是不常吃,因为不喜欢。

因为下雨所以你想我了,我也有些想你呢！这里也是两三天没有晴天。

不写了。

莹

九月廿三日

---

① 该信从日本东京发往青岛。
② 第三代：指萧军的长篇小说《第三代》(第一部、第二部)。
③ 小东西：萧红对萧军的爱称。

致萧军

一九三六年十月十三日①

均：

我不回去了，来回乱跑，罗罗嗦嗦，想来想去，还是住下去吧！若真不得已那是没有法子。不过现在很平安。

近一个月来，又是空过的，日子过得不算舒服。

奇他们很好？小奇赶上小明②那样可爱不？一晃三年不见他们了。奇一定是关于我问来问去吧？你没问俄文先生③怎么样？他们今后打算住在什么地(方)呢？他们的经济情形如何？

天冷了，秋雨整天的下了，钱也快完了。请寄来一些吧！还有三十多元在手中，等钱到我才去买外套。月底我想一定会到的。

你的精神为了旅行很快活吧？

我已写信给孟，若你不在就请他寄来。

---

① 该信从日本东京发往上海。
② 小奇、小明：袁淑奇的两个孩子。
③ 俄文先生：萧红、萧军一九三四年在哈尔滨时的俄语老师佛民娜。

我很好。在电影上我看到了北四川路①,我也看到了施高塔路②,(那)一刻我的心是忐忑不安的。我想到了病老而且又在奔波里的人③了。

　　祝好。

吟

十月十三日

---

①　北四川路:上海市虹口区的一条南北向街道,二萧一九三六年春曾移家北四川路的永乐里。
②　施高塔路(ScottRoad):即山阴路,上海市虹口区的一条街道,南北走向,南起四川北路,北至祥德路。鲁迅居所位于山阴路大陆新村九号。
③　病老而且又在奔波里的人:指鲁迅先生。

致萧军

一九三六年十月二十日①

均：

我这里很平安,决(绝)对不回去了。胃病已好了大半,头痛的次数也减少。至于意外,我想是不会有的了。因为我的生活非常简单,每天的出入是有次数的,大概被"跟"②了些日子,后来也就不跟了。本来在来这里之前也就想到了这层,现在依然是照着初来的意思,住到明年。

现在我的钱用到不够二十元了。觉得没有浪费,但用的也不算少数。希望月底把钱寄来,在国外没有归国的路费在手里是觉得没有把握的,而且没有熟人。

今天少上了一课,一进门,就在席子上面躺着一封信,起初我以为是珂来的,因为许的字真是有点像珂。但你的文法,我是不大明白的~~"同来者有之明,奇现在天津,暂时不来。"我照原句抄下的。你看看吧。~~此句我懂了。③

---

① 该信从日本东京发往上海。
② 指日本警察的跟踪。
③ 原信在划去的文字上面,加上一句"此句我懂了。"

六元钱买了一套洋装(裙与上衣),毛线的。还买了草褥,五元。我的房间收拾得非常整齐,好像等待着客人的到来一样。草褥折起来当作沙发,还有一个小园(圆)桌,桌上还站着一瓶红色的酒。酒瓶下面站着一对金酒杯。大概在一个地方住得久了一点,也总是开心些的,因为我感觉到我的心情好像开始要管到一些在我身外的装点,虽然房间里边挂起一张小画片来,不算什么,是平常的,但,那须要多么大的热情来做这一点小事呢?非亲身感到的是不知道。我刚来的时候,就是前半个月吧,我也没有这样的要求。

日语教得非常多,大概要想通通记得住非整天的工夫不可,我是不肯,而且我的时(间)也不够用。总是好坐下来想想。

报上说是 L.^①来这里了?

我去洗澡去,不写了。

吟。

十月廿日

明。我在这里和你握手了。

---

① L.:指鲁迅。鲁迅一九三六年十月十九日逝世,日本的报纸十月二十日登载了鲁迅逝世的消息。因为萧红不大懂日文,误以为鲁迅到了日本。

致萧军

一九三六年十月二十一日①

均：

昨天发的信，但现在一空下来就又想写点了。你们找的房子在那里？多么大？好不好？这些问题虽然现在是和我无关了，但总禁不住要想。真是不巧，若不然我们和明他们在一道住上几个日子。

明，他也可以给我写点关于他新生活的愿望吗？因为我什么也不知道。小奇什么样？好教人喜欢的孩子吗？均，你是什么都看到了，我是什么也没看到。

均，你看我什么时候总好欠个小账，昨天又在夜市的一个小摊子上欠了六分钱，写完了这页纸就要去还的。

前些日子我还买了一本画册打算送给 L. ，但现在这画只得留着自己来看了。我是非常爱这画册，若不然我想寄给你，但你也一定不怎么喜欢，所以这念头就打消了。

下了三天昼夜没有断的小雨，今天晴了，心情也新鲜了一些。

小沙发对于我简直是一个客人，在我的生活上简直是一件重大的

---

① 该信从日本东京发往上海。

事情,它给我减去了不少的孤独之感。总是坐在墙角在陪着我。

奇什么时候南来呢?

祝好。

吟

十月廿一日

致萧军

一九三六年十月二十九日①

均：

挂号信收到。四十一元二角五的汇票,明天去领。二十号给你一信,二十四又一信,大概也都收到了吧?

你的房子虽然贵一点,但也不要紧,过过冬再说吧,外国人家的房子,大半不坏,冬天装起火炉来,暖烘烘的住上三两月再说。房钱虽贵,我主张你是不必再搬的,一个人,还不比两个人,若冷冷清清的过着冬夜,那赶上上冰山一样了。也许你不然,我就不行,我总是这么没出息,虽然是三个月不见了,但没出息还是没出息。不过回去我是不回去的。奇来了时,你和明他们在一道也很热闹了。

钱到手就要没有的,要去买件夹外套,这几天就很冷了。余下的钱,我想在十一月一个整月就要不够。既住下去,钱少总害怕,而且怕生病,怕打仗。在这里是绝对孤独的。一百元不知能弄到不能?请你下一封信回我。总要有路费留在手里才放心。

这几天,火上得不小,嘴唇又全烧破了。其实一个人的死是必然

---

① 该信从日本东京发往上海。

的,但知道那道理是道理,情感上就总不行。我们刚来到上海的时候,另外不认识更多的一个人了。在冷清清的亭子间里读着他①的信,只有他,安慰着两个漂泊的灵魂……写到此地鼻子就酸了。

均:童话未能开始,我也不再作那计画(划)了,太难,我的民间生活不够用的。现在开始一个两万字的,大约下月五号完毕。之后,就要来一个十万字的了,在十二月以内可以使你读到原稿。

日语懂了一些了。

日本乐器,"筝"在我的邻居家里响着。不敢说是思乡,也不敢说是思什么,但就总想哭。

什么也不再写下去了。

吟

十月廿九日

河清②,我向你问好。

---

① 他:指鲁迅先生。
② 河清:黄源。

致萧军

一九三六年十一月六日①

均：

第三代②写得不错，虽然没有读到多少。

《为了爱的缘故》③也读过了，你真是还记得很清楚，我把那些小节都摸（模）糊了去。

不知为什么，又来了四十元的汇票，是从邮局寄来的，也许你怕上次的没有接到？

我每天还是四点的功课，自己以为日语懂了一些，但找一本书一读还是什么也不知道。还不行，大概再有两月许是将就着可以读了吧？但愿自己是这样。

奇来了没有？

你的房子，还是不要搬，我的意思是如此。

在那《爱……》④的文章里面，芹⑤简直和幽灵差不多了，读了使

---

① 该信从日本东京发往上海。
② 第三代：即《第三代》，萧军创作的长篇小说。
③ 《为了爱的缘故》：萧军的短篇小说。收入散文集《十月十五日》。
④ 《爱……》：指《为了爱的缘故》。
⑤ 芹：《为了爱的缘故》里的女主人公，萧红是"芹"的原型。

自己感到了颤栗,因为自己也不认识自己了。我想我们吵嘴之类,也都是因为了那样的根源——就是为一个人的打算,还是为多数人打算。从此我可就不愿再那样防(妨)害你了。你有你的自由了。

祝好。

吟

十一月六日

手套我还没有寄出,因为我还要给河清买一付(副)。

致萧军

一九三六年十一月九日①

均：

昨夜接到一信，今晨接到一信。

关于回忆 L. 一类的文章，一时写不出，不是文章难作，倒是情绪方面难以处理。本来是活人，强要说他死了，一这么想，就非常难过。

许，她还关心别人？她自己就够使人关心的了。

"刊物"②是怎样的性质呢？和《中流》差不多？为什么老胡③就连文章也不常见了呢？现在寄去手套两付（副），河清一付（副），你一付（副）。

短篇没有写完。完时即寄出。

祝好。

荣子

十一月九日

---

① 该信从日本东京发往上海。

② "刊物"：指《报告》，鲁迅逝世后，萧军为费慎祥编的一本文学刊物。出版两期后停刊。费慎祥（1913—1951），江苏无锡人，原为北新书局职员，一九三三年成立野草书社，一九三四年自办联华书局（后曾化名同文书局、心中书局），出版过鲁迅的《准风月谈》《花边文学》等。

③ 老胡：胡风（1902—1985），抗战爆发后，主编文学期刊《七月》。

致萧军

一九三六年十一月十九日①

均：

因为夜里发烧，一个月来，就是嘴唇，这一块那一块的破着，精神也烦躁得很，所以一直把工作停了下来。想了些无用的和辽远的想头。文章一时寄不去。

买了三张画，东墙上一张南墙上一张北墙上一张，一张是一男一女在长廊上相会，廊口处站着一个弹琴的女人。还有一张是关于战争的，在一个破屋子里把花瓶打碎了，因为喝了酒，军人穿着绿裤子就跳舞，我最喜欢的是第三张，一个小孩睡在檐下了，在椅子上，靠着软枕。旁边来了的，大概是她的母亲，在栅栏外肩着大镰刀的大概是她的父亲。那檐下方块石头的廊道，那远处微红的晚天，那毛(茅)草的屋檐，檐下开着的格窗，那孩子双双的垂着两条小腿。真是好，不瞒你说，因为看到了那女孩好像看到了我自己似的，我小的时候就是那样，所以我很爱她。

投主称王，这是要费一些心思的，但也不必太费，反正自己最重要

---

① 该信从日本东京发往上海。

的是工作,为大体着想,也是工作。聚合能工作一方面的,有个团体,力量可能充足,我想主要的特色是在人上,自己来吧!投什么主,谁配作主?去他妈的。说到这里,不能不伤心,我们的老将去了还不几天啊!

关于周先生的全集,能不能很快的集起来呢?我想中国人集中国人的文章总比日本集他的方便,这里,在十一月里他的全集就要出版,这真可配(佩)服。我想:找胡①、聂②、黄等诸人,立刻就商量起来。

商市街③被人家喜欢,也很感谢。

莉④有信来,孩子死了,那孩子的命不大好,活着尽生病。

这里没有书看,有时候自己很生气。看看《水浒》吧!看着看着就睡着了,夜半里的头痛和恶梦对于我是非常坏。前夜,就是那样醒来的,而不敢再睡了。

我的那瓶红色酒,到现在还是多半瓶,前天我偶然借了房东的锅子烧了点菜,就在火盆上烧的。(对了,我还没告诉你,我已经买了火盆,前天是星期日,我来试试。)小桌子,摆好了,但吃起来不是滋味,于是反受到了感触,我虽不是什么多情的人,但也有些感触,于是把房东的孩子唤来,对面吃了。

地震,真是骇人,小的没有什么,上次震得可不小,两三分钟,房子格格的响着,表在墙上摇着。天还未明,我开了灯,也被震灭了,我瞢(懵)里瞢(懵)中的穿着短衣裳跑下楼去,房东也起来了,他们好像要逃的样子,隔壁的老太婆叫唤着我,开着门,人却没有应声,等她看到我是在楼下,大家大笑了一场。

---

① 胡:指胡风。
② 聂:指聂绀弩(1903—1986),中国现代散文家、诗人,湖北京山人。
③ 商市街:萧红的散文集《商市街》,一九三六年八月由上海文化生活出版社出版,当年九月再版。
④ 莉:指白朗(1912—1994),中国现代小说家,东北作家群代表作家之一。原名刘东兰,辽宁沈阳人。

纸烟向来不抽了,可是近几天忽然又挂在嘴上。

胃很好,很能吃,就好像我们在顶穷的时候那样,就连块面包皮也是喜欢的,点心之类,不敢买,买了就总放不下。也许因为日本饭没有油水的关系,早饭一毛钱,晚饭两毛钱,中午两片面包一瓶牛奶。越能吃,我越节制着它,我想胃病好了也就是这原因。但是闲饥难忍,这是不错的。但就把自己部(布)置到这里了,精神上的不能忍也忍了下去,何况这一个饥呢?

又收到了五十元的汇票,不少了。你的费用也不小,再有钱就留下你用吧!明年一月末,照预算是够了的。

前些日子,总梦想着今冬要去滑冰,这里的别的东西都贵,只有滑冰鞋又好又便宜,旧货店门口,挂着的斩(崭)新的,简直看不出是旧货,鞋和刀子都好,十一元。还有八九元的也好。但滑冰场一点钟的门票五角。还离得很远,车钱不算,我合计一下,这干不得。我又打算随时买一点旧画,中国是没处买的,一方面留着带回国去,一方面围着火盆来看一看,消消寂寞。均:你是还没过过这样的生活,和蛹一样,自己被卷在茧里去了。希望顾(固)然有,目的也顾(固)然有,但是都是那么远和那么大。人尽靠着远的和大的来生活是不行的,虽然生活是为着将来而不是为着现在。

窗上洒满着白月的当儿,我愿意关了灯,坐下来沉默一些时候,就在这沉没(默)中,忽然像有警钟似的来到我的心上:"这不就是我的黄金时代吗?此刻。"于是我摸着桌布,回身摸着藤椅的边沿,而后把手举到面前,模模糊糊的,但确认定这是自己的手,而后再看到那单细的窗棂上去。是的,自己就在日本。自由和舒适,平静和安闲,经济一点也不压迫,这真是黄金时代,但又是多么寂寞的黄金时代呀!别人的黄金时代是舒展着翅膀过的,而我的黄金时代,是在笼子过的。从此我又想到了别的,什么事来到我这里就不对了,也不是时候了。对于自己的平安,显然是有些不惯,所以又爱这平安,又怕这平安。

均：上面又写了一些怕又引起你误解的一些话，因为一向你看得我很弱。

前天我还给奇一信。这信就给她看看吧！

许君处，替我问候。

吟

十一月十九日

致萧军

一九三六年十一月二十四日①

三郎：

我忽(然)间想起来了,姚克②不是在电影方面活动吗？那个《弃儿》③的脚本,我想一想很够一个影戏的格式,不好再修改和整理一下给他去上演吗？得进一步,就进一步,除开文章的领域,再另外抓到一个启发人们灵魂的境界。况且在现时代影戏也是一大部分传达情感的好工具。

这里,明天我去听一个日本人的讲演,是一个政治上的命题。我已经买了票,五角钱,听两次,下一次还有于(郁)达夫,听一听试试。

近两天来,头痛了多次,有药吃,也总不要紧,但心情不好,这也没什么,过两天就好了。

---

① 该信从日本东京发往上海。
② 姚克(1905—1991)：翻译家、剧作家,原名姚志伊、姚莘农,笔名姚克。
③ 《弃儿》：萧军在哈尔滨时创作的一个剧本。

《桥》①也出版了？那么《绿叶的故事》②也出版了吧？关于这两本书我的兴味都不高。

现在我所高兴的就是日文进步很快，一本《文学案内》翻来翻去，读懂了一些。是不错，大半都懂了，两个多月的工夫，这成绩，在我就很知足了。倒是日语容易得很，别国的文字，读上两年也没有这成绩。

许的信，还没写，不知道说什么好，我怕目的是想安慰她，相反的又要引起她的悲哀来。你见着她家的那两个老娘姨也说我问她们好。

你一定要去买一个软一点的枕头，否则使我不放心，因为我一睡到这枕头上，我就想起来了，很硬，头痛与枕头大有关系。

黑人③现在怎么样？

我对于绘画总是很有趣味，我想将来我一定要在那上面用功夫的，我有一个到法国去研究画的欲望，听人说，一个月只要一百元。在这个地方也要五十元的。况且在法国可以随时找点工作。

现在我随时记下来一些短句④，我不寄给你，打算寄给河清，因为你一看，就非成了"寂寂寞寞"不可，生人看看，或者有点新的趣味。

到墓地去烧刊物⑤，这真是"洋迷信""洋乡愚"，说来又伤心，写

---

① 《桥》：萧红散文、短篇小说集，一九三六年十一月由上海文化生活出版社出版，署名悄吟。
② 《绿叶的故事》：萧军诗歌、散文合集，一九三六年十二月由上海文化生活出版社出版。
③ 黑人：舒群早年的笔名。舒群（1913—1989），现代作家，黑龙江阿城人，原名李书堂，作品有《没有祖国的孩子》《老兵》《秘密的故事》《这一代》等。
④ 短句：指萧红创作的短诗《沙粒》，后在一九三七年三月十五日《文丛》第一卷第一期发表。
⑤ 烧刊物：萧军在鲁迅逝世周月时，到万国公墓鲁迅墓地把新出版的《作家》《译文》《中流》各烧了一本。此事被张春桥、马蜂（马吉蜂）在报上写文讽刺，后引发萧军与马蜂的殴斗。

好的原稿也烧去让他改改,回头再发表吧!烧刊物虽愚蠢,但情感是深刻的。

　　这又是深夜,并且躺着写信。现在不到十二点,我是睡不下的,不怪说,作(做)了"太太"就愚蠢了,从此看来,大半是愚蠢的。

　　祝好。

荣子

十一月廿四

致萧军

一九三六年十二月二日①

三郎：

廿四日的信，早接到了，汇票今天才来。

于(郁)达夫的讲演今天听过了，会场不大，差一点没把门挤掉下来，我虽然是买了票的，但也和没有买票的一样，没有得到位置，是被压在了门口，还好，看人还不讨厌。

近来水果吃得很多，因为大便不通的缘故，每次大便必要流血。

东亚学校，十二月二十三日第一期终了，第二期我打算到一个私人教授的地方去读，一方面是读读小说，二方面可以少费些时间，这两个月什么也没有写，大概也许太忙了的缘故。

寄来那张译的原稿也读过了，很不错，文章刚发表就有人注意到了。

这里的天气还不算冷，房间里生了火盆，它就像一个伙伴似的陪着我。花，不买了，酒也不想喝，对于一切都不大有趣味，夜里看着窗棂和空空的四壁，对于一个年青的有热情的人，这是绝大的残酷，但对

---

① 该信从日本东京发往上海。

于我还好,人到了中年总是能熬住一点火焰的。

珂要来就来吧!可能照理他的地方,照理他一点,不能的地方就让(他)自己找路去走,至于"被迫",我也想不出来是被什么所迫。

奇她们已经安定下来了吧?两三年的工夫,就都兵荒马乱起来了,牵牛房①的那些朋友们,都东流西散了。

许女士也是命苦的人,小时候就死去了父母,她读书的时候,也是勉强挣扎着读的,她为人家做过家庭教师,还在课余替人家抄写过什么纸张,她被传染了猩红热的时候是在朋友的父亲家里养好的。这可见她过去的孤零,可是现在又孤零了。孩子还小,还不能懂得母亲。既然住得很近,你可替我多跑两趟。别的朋友也可约同他们常到她家去玩,L. 没有完成的事业,我们是接受下来了,但他的爱人,留给谁了呢?

不写了,祝好。

荣子

十一月二日②

———————————

① 牵牛房:即"牵牛坊",哈尔滨业余画家冯咏秋(生卒年不详)的住所,是当时哈尔滨的一个文艺沙龙。

② 十一月二日:该日期为萧红笔误,写信的日期应为"十二月二日"。据郁达夫年谱及其他生平资料记载,一九三六年郁达夫只有一次日本之行,其十一月十三日下午到达日本东京,十二月十七日离开东京。所以,萧红不可能在郁达夫未到东京的十一月二日听郁达夫的演讲。萧红在一九三六年十一月二十四日致萧军的信中说:"明天我去听一个日本人的讲演,是一个政治上的命题。我已经买了票,五角钱,听两次,下一次还有于(郁)达夫,听一听试试。"说明萧红听郁达夫演讲,至少在一九三六年十一月二十五日之后。据《千秋饮恨——郁达夫年谱长编》(郭文友编著),一九三六年十二月二日,郁达夫应邀前往东京神田区日华学会东方文化讲演会发表题为《现代中国文坛概况》的演讲。可知,萧红是在十二月二日听了郁达夫的演讲。

致萧军

一九三六年十二月五日①

三郎：

　　你且不要太猛撞，我是知道近来你们那地方的气候是不大好的。

　　孙梅陵②也来了，夫妻两个？

　　珂到上海来，竟来得这样快，真是使我吃惊。暂时让他住在那里吧，我也是不能给他决定，看他来信再说。

　　我并不是吹牛，我是真去听了，并且还听懂了，你先不用忌妒，我告诉你，是有翻译的。

　　你的大琴③的经过，好像小说上的故事似的，带着它去修理，反而更打碎了它。

　　不过说翻译小说那件事，只得由你选了，手里没有书，那一块喜欢和不喜欢也忘记了。

---

① 该信从日本东京发往上海。
② 孙梅陵：萧红、萧军哈尔滨时期的友人孙陵。孙陵(1914—1983)，山东黄县人，现代作家，原名孙虚生，笔名梅陵、小梅等，作品有《红豆》《大风雪》等。
③ 大琴：指萧军买的一把吉他。

我想《发誓》①的那段好,还是最后的那段? 不然就:《手》②或者《家族以外的人》③吧! 作品少,也就不容选择了。随便。自传④的五六百字,三二日之间当作好。

清⑤说:你近来的喝酒是在报复我的吃烟,这不应该了,你不能和一个草叶来分胜负,真的,我孤独得和一张草叶似的了。我们刚来上海时,那滋味你是忘记了,而我又在开头尝着。

祝好。

荣子

十二月五日

---

① 《发誓》:萧红中篇小说《生死场》第十三章《你要死灭吗?》中众村民发誓不当亡国奴的一节。

② 《手》:萧红短篇小说,载一九三六年四月十五日《作家》创刊号。后收入萧红散文、短篇小说集《桥》中。

③ 《家族以外的人》:萧红短篇小说,载《作家》第二卷第一号、第二号,后收入萧红散文、小说集《牛车上》。

④ 自传:指一九三六年十二月十二日创作的散文《永久的憧憬和追求》,后刊于一九三七年一月十日《报告》第一卷第一期。

⑤ 清:指黄源。

致萧军

一九三六年十二月十五日①

三郎:

　　我没有迟疑过,我一直是没有回去的意思,那不过偶而(尔)说着玩的。至于有一次真想回去,那是外来的原因,而不(是)我自己的主动。

　　大概你又忘了,夜里又吃东西了吧?夜里在外国酒店喝酒,同时也要吃点下酒的东西的,是不是?不要吃,夜里吃东西在你很不合适。

　　你的被子比我的还薄,不用说是不合用的了,连我的夜里也是凉凉的。你自己用三块钱去买一张棉花,把你的被子带到淑奇家去,请她替你把棉花加进去。如若手头有钱,就到外国店铺买一张被子,免得烦劳人。

　　我告诉你的话,你一样也不做,虽然小事,你就总使我不安心。

　　身体是不很佳,自己也说不出有什么毛病,沈女士近来一见到就说我的面孔是膨胀的,并且苍白。我也相信,也不大相信,因为一向是这个样子,就没希奇了。

---

① 该信从日本东京发往上海。

前天又重头痛一次，这虽然不能怎样很重的打击了我（因为痛惯了的原〔缘〕故），但当时那种切实的痛苦无论如何也是真切的感到。算来头痛已经四五年了，这四五年中头痛药不知吃了多少。当痛楚一来到时，也想赶快把它医好吧，但一停止了痛楚，又总是不必了，因为头痛不至于死，现在是有钱了，连这样小病也不得了起来，不是连吃饭的钱也刚刚不成问题吗？所以还是不回去。

人们都说我身（体）不好，其实我的身（体）是很好的，若换一个人，给他四五年间不断的头痛，我想不知道他的身体还好不好？所以我相信我自己是健康的。

周先生的画片①，我是连看也不愿意看的，看了就难过。海婴想爸爸不想？

这地方，对于我是一点留恋也没有，若回去就不用想再来了，所以莫如一起多住些日子。

现在很多的话，都可以懂了，即是找找房子，与房东办办交涉也差不多行了。大概这因为东亚学校钟点太多，先生在课堂上多半也是说日本话的。现在想起初来日本的时候，华走了以后的时候，那真是困难到极点了。几乎是熬不住。

珂，既然家有信来，还是要好好替他打算一下，把利害说给他，取决当然在于他自己了，我离得这样远，关于他的情形，我总不能十分知道，上次你的信是问我的意见，当时我也不知为什么他来到了上海。他已经有信来，大半是为了找我们，固然他有他的痛苦，可是找到了我们，能知道他接着就又不有新的痛苦吗？虽然他给我的信上说着"我并不忧于流浪"。而且又说，他将来要找一点事做，以维持生活，我是知道的，上海找事，那里找去。我是总怕他的生活成问题，又年轻，精神方面又敏感，若一下子挣扎不好，就要失掉了永久的力量。我看既

---

① 周先生的画片：日本画家为鲁迅画的临终画像。曾载《译文》，后向《译文》订户赠送。

然与家庭没有断绝关系,可以到北平去读书,若不愿意重来这里的话。

这里短时间住住则可,把日语学学,长了,是熬不住的,若留学,这里我也不赞成,日本比我们中国还病态,还干苦(枯),这里没有健康的灵魂,不是生活。中国人的灵魂在全世界中说起来,就是病态的灵魂,到了日本,日本比我们更病态。既是中国人,就更不应该来到日本留学。他们人民的生活,一点自由也没有,一天到晚,连一点声音也听不到,所有的住宅都像空着,而并没有住人的样子。一天到晚歌声是没有的,哭声笑声也都没有。夜里从窗子往外看去,家屋就都黑了,灯光也都被关在板窗里面。日本人民的生活,真是可怜,只有工作,工作得和鬼一样,所以他们的生活完全是阴森的。中国人有一种民族的病态,我们想改正它还来不及,再到这个地方和日本人学习,这是一种病态上再加上病态。我说的不是日本没有可学的,所差的只是他的不健康处也正是我们的不健康处,为着健康起见,好处也只得丢开了。

再说另一件事,明年春天,你可以自己再到自己所愿的地方去消(逍)遥一趟。我就只消(逍)遥在这里了。

礼拜六夜(即十二日),我是住在沈女士住所的,早晨天还未明,就读到了报纸,这样的大变动①使我们惊慌了一天,上海究竟怎么样,只有等着你的来信。

新年好。

荣子

十二月十五日

"日本东京麴町区"只要如此写,不必加标点。

---

① 大变动:指"西安事变"。

致萧军

一九三六年十二月十八日①

三郎：

今日东京大风而奇暖。

很有新年的气味了，在街上走走反倒不舒服起来，人家欢欢乐乐，但是与我无关，所谓趣味，则就必有我，倘若无我，那就一切无所谓了。

我想今天该有信了，可是还没有。失望失望。

学校只有四天课了，完了就要休息十天，而后再说，或是另外寻先生，或是仍在那个学校读下去。

我很想看看奇和珂，但也不能因此就回来，也就算了。

一月里要出的刊物，这回怕是不能成功了吧？你们忙一些什么？离着远了，而还要时时想着你们这方面，真是不舒服，莫如索性连问也不问，连听也不听。

三代这回可真得搬家了，开开玩笑的事情，这回可成了真的。

新年了，没有别的所要的，只是希望寄几本小说来，不用挂号，丢

---

① 该信从日本东京发往上海。

不了。《复活》①。新出的《骑马而去的妇人》②，还有别的我也想不出来，总之在这期中，那怕有多少书也要读空的。可惜要读的时候，书反而没有了。我不知你寄书有什么不方便处没有？若不便，那就不敢劳驾了。

　　祝好。

荣子

十二月十八日夜

三匹小猫是给奇的。

　　奇的住址，是"巴里"，是什么里，她写得不清，上一封信，不知道她接到不接到？我是寄到"巴里"的。

---

① 《复活》：俄国小说家、思想家列夫·托尔斯泰的长篇小说。
② 《骑马而去的妇人》：英国小说家戴维·赫伯特·劳伦斯的短篇小说集。

致萧军

一九三六年十二月三十一日①

军：

　　你亦人也，吾亦人也，你则健康，我则多病，常兴健牛②与病驴③之感，故每暗中惭愧。

　　现在头亦不痛，脚亦不痛，勿劳念念耳。

　　专此

　　年禧

莹

十二月末日

---

① 该信从日本东京发往上海。
② 健牛：指身体强壮的萧军。
③ 病驴：指身体病弱的萧红。

致萧军

一九三七年一月四日①

军：

新年却没有什么乐事可告，只是邻居着了一场大火。我却没有受惊，因在沈女士处过夜。

二号接到你的一封信，也接到珂的信。这是他关于你（的）鉴赏。今寄上。

祝好。

荣子

一月四日

附：张秀珂给萧红关于萧军印象的信：

有一件事我高兴说给你：军，虽然以前我们没会过面，然而我从像片和书中看到他的豪爽和正义感，不过待到这几天的相处以来，更加证实、更加逼真，昨天我们一同吃西餐，在席上略微饮点酒，出来时，我看他脸很红，好像为一件感情所激动，我虽然不明白，然而我了解他，我觉得喜欢且可爱！

---

① 该信从日本东京发往上海。

致萧军

一九三七年四月二十五日①

军：

现在是下午两点,火车摇得很厉害,几乎写不成字。

火车已经过了黄河桥,但我的心好像仍然在悬空着。一路上看些被砍折的秃树,白色的鸭鹅和一些从西安回来的东北军。马匹就在铁道旁边吃草,也有的成排的站在运货的车厢里边,马的背脊成了一条线,好像鱼的背脊一样。而车厢上则写着津浦。

我带的苹果吃了一个,纸烟只吃了三两棵。一切欲望好像都不怎样大,只觉得厌烦,厌烦。

这是第三天的上午九时,车停在一个小站,这时候我坐在会客室里,窗外平地上尽是些坟墓,远处并且飞着乌鸦和别的大鸟。从昨夜已经是来在了北方。今晨起得很早,因为天晴太阳好,贪看一些野景。

不知你正在思索一些什么?

方才经过了两片梨树地,很好看的,在朝雾里边它们隐隐约约的发着白色。

---

① 该信从北平发往上海。

东北军从并行的一条铁道上被运过去那么许多,不仅是一两蹚(趟)车,我看见的就有三四次了。他们都弄得和泥猴一样,他们和马匹一样在冒着小雨,他们的欢喜不知是从那里得来,还闹着笑着。

车一开起来,字就写不好了。

唐官一带的土地,还保持着土地原来的颜色。有的正在下种,有的黑牛或白马在上面拉着犁杖。

这信本想昨天就寄,但没找到邮筒,写着看吧!

刚一到来,我就到了迎贤公寓,不好。于是就到了中央饭店住下,一天两块钱。

立刻我就去找周①的家,这真是怪事,那里有?洋车跑到宣外,问了警察也说太平桥只在宣内,宣外另有个别的桥,究竟是个什么桥,我也不知道。于是就跑到宣内的太平桥,二十五号是找到了,但没有姓周的,无论姓什么的也没有,只是一家粮米铺。于是我游了我的旧居,那已经改成一家公寓了。我又找了姓胡的旧同学,门房说是胡小姐已经不在,那意思大概是出嫁了。

北平的尘土几乎是把我的眼睛迷住,使我真是恼丧,那种破落的滋味立刻浮上心头。

于是我跑到李镜之②七年前他在那里做事的学校去,真是七年间相同一日,他仍在那里做事,听差告诉我,他的家就住在学校的旁边,当时实在使我难以相信。我跑到他家去,看到了儿女一大群。于是又知道了李洁吾③,他也有一个小孩了,晚饭就吃在他家里,他太太烧的面条。饭后谈了一些时候,关于我的消息,知道得不少,有的是从文章上得去,有的是从传言。九时许,他送出胡同来,替我叫了洋车,我自归来就寝。总算不错,到底有个熟人。

---

① 周:周香谷,萧军讲武堂时期的同学。
② 李镜之:萧红一九三〇年在北师大女附中上学时的老师。
③ 李洁吾:萧红在北师大女附中上学时的友人。

明天他们替我看房子,旅馆不能多住的,明天就有了决定。

　　并且我还要到宣外去找那个什么桥,一定是你把地址弄错,不然绝不会找不到的。

　　祝你饮食和起居一切平安。

　　珂同此。

　　　　　　　　　　　　　　　　　荣子

　　　　　　　　　　　　　　　　　四月廿五日夜一时

致萧军

一九三七年四月二十七日①

均：

　　前天下午搬到洁吾家来住，我自己占据了一间房。二三日内我就搬到北辰宫去住下，这里一个人找房子很难，而且一时不容易找到。北辰宫是个公寓，比较阔气，房租每月二十四也或者三十元，因为一间空房没有，所以暂且等待两天。前天为了房子的事，我很着急。思索了半天才下了决心，住吧！或者能够多做点事，有点代价就什么都有了。

　　现在他们夫妇都出去了，在院心我替他们看管孩子。院心种着两棵梨树，正开着白花。公园或是北海，我还没有去过，坐在家里和他们闲谈了两天，知道他们夫妇彼此各有痛苦。我真奇怪，谁家都是这样，这真是发疯的社会。可笑的是我竟成了老大哥一样给他们说着道理。

　　淑奇这两天来没有来？你的精神怎么样？珂的事情决定了没有？我本想寄航空信给你，但邮政总局离得太远，你一定等信等得很急。

---

① 　该信从北平发往上海。

《八月》①和《生》②这地方老早就已买不到了，不知是什么原因，至于翻版更不得见。请各寄两本来，送送朋友。洁吾关于我们的生活从文字上知道的。差不多我们的文章他全读过，就连《大连丸》③他也读过，他常常想着你的长样如何？等看到了照像看了好多时候。他说你是很厉害的人物，并且有派力。我听之很替你高兴。他说从第三代④上就能看得出来。

虽然来到了四五天，还没有安心，等搬了一定的住处就好了。

你喝酒多少？

我很想念我的小屋，花盆浇水了没有？

昨天夜里就搬到北辰宫来，房间不算好，每月廿四元。

住着看，也许住上五天六天的，在这期间我自己出去观看民房。

到今天已是一个礼拜了，还是安不下心来，人这动物，真不是好动物。

周家我暂时不去了，等你来信再说。

写信请寄到北平东城北池子头条七号李家即可。

你的那篇东西做出去没有？

祝好

荣子

四月廿七日

---

① 《八月》：指萧军的中篇小说《八月的乡村》。

② 《生》：指萧红的中篇小说《生死场》。

③ 《大连丸》：指萧军的散文《大连丸上》。

④ 第三代：指萧军的长篇小说《第三代》。

致萧军

一九三七年五月三日①

军：

　　昨天看的电影：茶花女②，还好。今天到东安市场吃完饭回来，睡了一觉，现在是下午六点，在我未开笔写这信的之前，是在读海上述林③。很好，读得很有趣味。

　　但心情又和在日本差不多，谁（虽）然有两个熟人，也还是差不多。

　　我一定应该工作的，工作起来，就一切充实了。

　　你不要喝酒了，听人说，酒能够伤肝，若有了肝病，那是不好治的。就所谓肝气病。

　　北平虽然吃的好，但一个人吃起来不是滋味。于是也就马马虎虎了。

　　我想你应该有信来了，不见你的信，好像总有一件事，我希望快

---

① 该信从北平发往上海。
② 茶花女：乔治·库克导演的美国电影《茶花女》，影片根据法国作家小仲马的同名小说改编。
③ 海上述林：即《海上述林》，瞿秋白译著。瞿秋白牺牲后，为了纪念瞿秋白，由鲁迅搜集、整理、编辑成书，一九三六年在日本印刷后运回国内发行。

来信!

　　珂好!

　　奇好!

　　你也好!

荣子

五月三日

　　通讯:北平东城北池子头条七号李家转

致萧军

一九三七年五月四日①

军：

昨天又寄一信，我总觉我的信都寄得那么慢，不然为什么已经这些天了还没能知道一点你的消息？其实是我个人性急而不推想一下邮便所必须费去的日子。

连这封信，是第四封了。我想那时候我真是为别离所慌乱了，不然又为什么写错了一个号数？就连昨天寄的这信，也写的是那个错的号数，不知可能不丢么？

我虽写信并不写什么痛苦的字眼，说话也尽是欢快的话语，但我的心就像被浸在毒汁里那么黑暗，浸得久了，或者我的心会被淹死的，我知道这是不对，我时时在批判着自己，但这是情感，我批判不了，我知道炎暑是并不长久的，过了炎暑大概总可以来了秋凉。但明明是知道，明明又作不到。正在口渴的那一刻，觉得口渴那个真理，就是世界上顶高的真理。

既然那样我看你还是搬个家的好。

---

① 该信从北平发往上海。

关于珂，我主张既然能够去江西，还是去江西的好，我们的生活还没有一定，他也跟着跑来跑去，还不如让他去安定一个时期，或者上冬，我们有一定了，再让他来，年青人吃点苦好，总比有苦留着后来吃强。

昨天我又去找周家一次，这次是宣武门外的那个桥，达智桥，二十五号也找到了，巧得很，也是个粮米店，并没有任何住户。

这几天我又恢复了夜里害怕的毛病，并且在梦中常常生起死的那个观念。

痛苦的人生啊！服毒的人生啊！

我常常怀疑自己或者我怕是忍耐不住了吧？我的神经或者比丝线还细了吧？

我是多么替自己避免着这种想头，但还有比正在经验着的还更真切的吗？我现在就正在经验着。

我哭，我也是不能哭。不允许我哭，失掉了哭的自由了。我不知为什么把自己弄得这样，连精神都给自己上了加（枷）锁了。

这回的心情还不比去日本的心情，什么能救救我呀！上帝！什么能救救我呀！我一定要用那只曾经把我建设起来的那只手把自己来打碎吗？

祝好！

　　　　　　　　　　　　　　　　　荣子
　　　　　　　　　　　　　　　　　五月四日晚

所有我们的书，若有精装请各寄一本来。

致萧军

一九三七年五月九日①

军：

我今天接到你的信就跑回来写信的，但没有寄，心情不好，我想你读了也不好，因为我是哭着写的，接你两封信，哭了两回。

这几天也还是天天到李家②去，不过待不多久。

我在东安市场吃饭，每顿不到两毛，味极佳。羊肉面一毛钱一碗。再加两个花卷，或者再来个炒素菜。一共才是两角。可惜我对着这样的好饭菜，没能喝上一盅，抱歉。

六号那天也是写了一信，也是没寄。你的饮食我想还是照旧，饼干买了没有？多吃点水果。

你来信说每天看天一小时会变成美人，这个是办不到的，说起来伤心，我自幼就喜欢看天，一直看到现在还是喜欢看，但我并没变成美人，若是真是，我又何能东西奔波呢？可见美人自有美人在。（这个话开玩笑也。）

奇是不可靠的，黑人来李家找我。这是她之所嘱。和李太太、我，

---

① 该信从北平发往上海。
② 李家：李洁吾家。

三个人逛了北海。我已经是离开上海半月多了，心绪仍是乱绞，我想我这是走的败路。但我不愿意多说。

海上述林①读毕，并请把安娜可林娜②寄来一读。还有冰岛渔夫③，还有猎人日记④。这书寄来给洁吾读。不必挂号。若有什么可读的书，就请随(时)掷来，存在李家不会丢失，等离上海时也方便。

我的长篇并没有计画(划)，但此时我并不过于自责，如你所说："为了恋爱，而忘掉了人民，女人的性格啊！自私啊！"从前，我也这样想，可是现在我不了，因为我看见男子为了并不怎值得爱的女子，不但忘了人民，而且忘了性命。何况我还没有忘了性命，就是忘了性命也是值得呀！在人生的路上，总算有一个时期在我的脚迹旁边，也踏着他的脚迹。总算两个灵魂和两根琴弦似的互相调谐过。⑤（这一句似乎有点特别高攀，故涂去。）⑥

笔墨都买了，要写大字。但房子有是有，和人家住一个院不方便。至于立合同，等你来时再说吧！

祝你好！上帝给你健康！

荣子

五月九日

---

① 海上述林:指鲁迅编辑的瞿秋白译著《海上述林》。
② 安娜可林娜：现译为《安娜·卡列尼娜》。
③ 冰岛渔夫：法国作家皮埃尔·洛蒂(1850—1923)的代表作，曾有黎烈文的中文译本。
④ 猎人日记:现译为《猎人笔记》。
⑤ 总算两个灵魂和两根琴弦似的互相调谐过：这一句被萧红涂去。
⑥ 括号内的文字为萧红自注。

致萧军

一九三七年五月十一日①

军：

今晨写了一信,又未寄。

精神不甚好,写了一张大字,写得亦不好,等写好时寄给你一张当做字画。

卢骚②的《忏悔录》快读完了,尽是些与女人的故事。

洁吾家我亦不愿多坐,那是个沉闷的家庭。

我现在的方(房)子太贵,想租民房,又讨厌麻烦。

我看你还是搬一搬家好,常住一个很熟的地方不大好。

昨天下午,无聊之甚,跑到北海去坐了两个钟头,女人真是倒霉,即是逛逛公园也要让人家左一眼又(右)一眼的看来看去,看得不自在。

今天很热,睡了一觉。

送(从)饭馆子出来几乎没有跌倒,不知为什么像是服毒那么个

---

① 该信从北平发往上海。
② 卢骚:即卢梭。

滋味。睡了一觉好了。

你要多吃水果,因为菜类一定吃得很少。

祝好!

荣子

五月十一日

致萧军

一九三七年五月十五日①

军：

前天去逛了长城，是同黑人一块去的。真伟大，那些山比海洋更能震惊人的灵魂。到日暮的时候，起了大风，那风声好像海声一样，吊古战场文②上所说：风悲日熏（曛）。群山纠纷。这就正是这种景况。

夜十一时归来，疲乏得很，因为去长城的前夜，和黑人一同去看戏，因为他的公寓关门太早的缘故，就住在我的地板上，因为过惯了有纪律的生活，觉得很窘，所以通夜失眠。

你寄来的书，昨天接到了。前后接到两次，第一次四本，第二次六本。

你来的信也都接到的，最后这回规劝的信也接到的。

我很赞成，你说的是道理，我应该去照做。

祝好！

荣子

五月十五日

奇不另写了，这里有在长城上得到的小花，请你分给她几棵。

---

① 该信从北平发往上海。
② 吊古战场文：唐代诗人李华（715—766）的一篇骈赋。该赋中有"河水萦带，群山纠纷。黯兮惨悴，风悲日曛"的句子。

致黄源

一九三六年十月十七日①

河清兄：

老三②还没有回来？

我不回去了，我就在这里住下去了。

每日花费在日语上要六七个钟头，这样读下来简直不得了，一年以后真是可以，但我并不用功，若用起功来，时间差不多就没有了。可是《十年》的文章并没因此而写出。

华姐③忙得不得了吧？

《译文》还要请您寄给我，多谢多谢。

祝好。

吟

十月十七日

① 该信从日本东京发往上海。
② 老三：指萧军(三郎)。
③ 华姐：指许粤华。

致高原

一九三八年二月二十四日①

原兄②：

　　珂弟早就离开那个小学而到一百(一)十五师③里去了，大概是政训人员。

　　离开上海时，我没有去看那位秦先生。

　　你到底在军队作些什么事？或者是拿枪打仗的？

　　来到汉口以后，常常提到你，但是从你走后只接到你的一封信，还是在浦口车站写的。

　　一月二十六号你发的这信，那正是我们准备离开汉口到临汾来的时候。二十七日我和军还有别的一些朋友从汉口出发。走了十天，来到了临汾，这信，当然不能在汉口读到。差一点这信没有丢失，转到临汾的民大④本校，而后本院，而后一个没有署名的人把你的信给我寄

① 　该信从潼关发往延安。
② 　原兄：指高原，萧红在哈尔滨读书时期的友人，原名高永益。
③ 　一白(一)十五帅：即八路军——五师。萧红的弟弟张秀珂一九三七年参加中国工农红军，中国工农红军改编为八路军后，萧红的弟弟到了一一五师。
④ 　民大："民族革命大学"的简称，一九三八年初在临汾创办，由阎锡山任校长，李公朴任副校长。萧红曾受聘任该校的文艺指导。

来了。以后请不要再用迺莹那个名字了,你要知道那个名字并不出名的。在学校几乎是丢了! 一个同学,打开信读了一遍才知是我的,于是他写信来,也把这信转给我。

我现在又来到了运城,因为现在我是在民大教书了。运城是民大第三分校。这回是我一个人来的。从这里也许到延安去,没有工作,是去那里看看。二月底从运城出发,大概三月五日左右到延安。假若你在时,那是好的,若不在时,比你不来信还难过。我好像我和秀珂在东京所闹的故事同样。

若能见到就以谈天替代看书了,若不能见到,我这里是连刊物的毛也没有的,因为乱跑,什么也没有了。看到这信,请你敢块(赶快)来一个回信。假若月底我不出发,就能读到了。若出发也有人替我收信。

祝好!

萧红

二月廿四日

现在我已经来到潼关。一星期内可以见到①。

---

① 此段文字,用墨笔单独书写在此信第一页上方空白处。

致胡风

一九三八年三月三十日①

胡兄：

　　我一向没有写稿,同时也没有写信给你。这一遭的北方的出行,在别人都是好的,在我就坏了。前些天萧军没有消息的时候,又加上我大概是有了孩子。那时候端木②说："不愿意丢掉的那一点,现在丢了;不愿意多的那一点,现在多了。"

　　现在萧军到延安了。聂也去了。我和端木尚留在西安,因为车子问题。

　　为西北战地服务团③,我和端木和老聂、塞克共同创作了一个三幕剧④,并且上演过。现在要想发表,我觉得《七月》最合适,不知道你看《七月》担负得了不? 并且关于稿费请先电汇来,等钱用,是因为不

---

① 该信从西安发往武汉。
② 端木:指端木蕻良,一九三八年五月与萧红结为夫妻。
③ 西北战地服务团:一九三七年八月十二日在延安成立,由战地记者团和抗日军政人学部分学员组成的综合性义乙团体,简称"西战团"。丁玲、吴奚如任正、副主任,全团成员二十三名。"西战团"先后到山西、陕西等地演讲、演出。一九四五年六月,"西战团"被撤销。
④ 三幕剧:指话剧《突击》。

173

知什么时候要到别处去。

屠小姐①好!

小朋友②好!

萧红　端木

三月卅日

塞克附笔问候

电汇到西安七贤庄八路驻陕办事处萧红收。

---

① 屠小姐：指胡风的夫人梅志,原名屠玘华。
② 小朋友：指胡风的孩子。

致白朗

一九四〇年春①

　　……不知为什么,莉,我的心情永久是如此抑郁,这里的一切是多么恬静和幽美,有田,有漫山漫野的鲜花和婉转的鸟语,更有澎湃泛白的海潮,面对着碧澄的海水,常会使人神醉的,这一切不都正是我以往所梦想的佳境吗? 然而呵,如今我却只感到寂寞! 在这里我没有交往,因为没有推心置腹的朋友。因此,常常使我想到你。莉,我将可能在冬天回去。

----

① 　该信从香港发往重庆。从白朗《遥祭》中抄录,系萧红给白朗书信的片段。

致华岗

一九四〇年六月二十四日①

西园②先生：

　　你多久没有来信了，你到别的地去了吗？或者你身体不大好！甚念。

　　我来到香港还是第一次写信给你，在这几个月中，你都写了些什么了？你一向住到乡下就没有回来？到底是隔得太远了，不然我会到大田湾去看你一次的。

　　我们虽然住在香港，香港是比重庆舒服得多，房子、吃的都不坏，但是天天想回重庆，住在外边，尤其是我，好像是离不开自己的国土的。香港的朋友不多，生活又贵。所好的是文章到底写出来了，只为了写文章还打算再住一个期间。端木和我各写了一长篇，都交生活出版去了。端木现在写论鲁迅。今年八月三日为鲁迅先生六十生辰，他在做文纪念。我也打算做一文章的，题目尚未定，不知关于这纪念日

①　该信从香港发往重庆。

②　西园：西园为华岗在重庆时的化名。华岗（1903—1972），笔名林石父，浙江龙游人。曾任重庆《新华日报》副主编，解放后任山东大学校长，创办《文史哲》杂志。著有《五四运动史》《中国民族解放运动史》《一九二五——一九二七年中国大革命史》等。

你要做文章否？若有，请寄文艺阵地①，上海方面要扩大纪念，很欢迎大家多把放在心里的理论和感情发挥出来。我想这也是对的，我们中国人，是真正的纯粹的东方情感，不大好的，"有话放在心里，何必说呢""有痛苦，不要哭""有快乐不要笑"。比方两个朋友五六年不见了，本来一见之下，很难过，又很高兴，是应该立刻就站起来，互相热烈的握手。但是我们中国人是不然的，故意压制着，装做若无其事的样子，装做莫测高深的样子，好像他这朋友不但不表现五年不见，看来根本就像没有离开过一样。你说我说的对不对？我可真是借机发挥了议论了。

我来到了香港，身体不大好，不知为什么，写几天文章，就要病几天。大概是自己体内的精神不对，或者是外边的气候不对。端木甚好。下次再谈吧！希望你来信。

沈山婴②大概在地上跑着玩了吧？沈先生沈夫人③一并都好。

萧红

六月二十四日

（重庆这样轰炸，也许沈家搬了家了。这信我寄交通部。）

---

① 文艺阵地：即《文艺阵地》，文艺月刊，一九三八年四月创刊，茅盾任主编。一九四二年十一月出至七卷四期停刊。一九四三年十一月至一九四四年三月，改出《文阵新辑》三期。
② 沈山婴：华岗妹妹的孩子。
③ 沈先生沈夫人：华岗的妹夫和妹妹。

致华岗

一九四〇年七月七日①

园兄：

七月一日信，六日收到。

民族史②至今尚未印出，听说上海纸贵，出版商都在观望，等便宜时才买纸来印。可不知何时纸才便宜。

正如兄所说，香江亦非安居之地。近几天正打算走路，昆明不好走，广州湾不好走，大概要去沪转宁波回内地。不知沪上风云如何，正在考虑。离港时必专函奉告，勿念。

胡风有信给上海迅夫人③，说我秘密飞港，行止诡秘。他倒很老实，当我离渝时，我并未通知他，我欲去港，既离渝之后，也未通知他，说我已来港，这倒也难怪他说我怎样怎样。我想他大概不是存心侮陷。但是这话说出来，对人家是否有好处呢？绝对的没有，而且有害的。中国人就是这样随便说话，不管这话轻重，说出来是否有害于人。

---

① 该信从香港发往重庆。
② 民族史：指华岗的《中国民族解放运动史》第一卷，上海鸡鸣书店一九四〇年八月初版。
③ 迅夫人：鲁迅夫人许广平。

假若因此害了人,他不负责任,他说他是随便说说呀! 中国人这种随便,这种自由自在的随便,是损人而不利己的。我以为是不大好的。专此敬祝健康。

萧

七月七日

并附两信,烦一齐转文艺协会①。

九龙邮箱一六三〇 乐道八号二楼②

---

① 文艺协会：指"中华全国文艺界抗战协会",一九三八年在汉口成立。

② 九龙邮箱一六三〇 乐道八号二楼:端木蕻良在萧红的信后用毛笔字附上他与萧红在港的通信地址。

致华岗

一九四〇年七月二十八日①

园兄：

七月廿日来信，前两天收到，所附之信皆为转去，甚感。香港似又可住一时了。您的关切，我们都一一考虑了。远在万里之外，故人仍为故人计，是铭心感切的。

民族史一事，我已函托上海某书店之一熟人代为考查去了，此书不但您想见到，我也想很快的看到。不久当有回信来，那时当再奉告。

关于胡之乱语，他自己不去撤消，似乎别人去谏一点意，他也要不以为然的，那就是他不是胡涂人，不是胡涂人说出来的话，还会不正确的吗？他自己一定是以为很正准。假若有人去解释，我怕连那去解释的人也要受到他心灵上的反感。那还是随他去吧！

想当年胡兄也受到过人家的侮陷，那时是还活着的周先生把那侮陷者给击退了。现在事情也不过三五年，他就出来用同样的手法对待他的同伙了。呜呼哀哉！

世界是可怕的，但是以前还没有自身经历过，也不过从周先生的

---

① 该信从香港发往重庆。

文章上看过，现在却不了，是实实在在来到自己的身上了。当我晓得了这事时，我坐立不安的度过了两个钟头，那心情是很痛苦的。过后一想，才觉得可笑，未免太小孩子气了。开初那是因为我不能相信，纳闷，奇怪，想不明白。这样说似乎是后来想明白了的样子，可也并没有想明白，因为我也不想这些了。若是越想越不可解，其（岂）不想出毛病来了吗？您想要替我解释，我是衷心的感激，但话不要了。

今天我是发了一大套牢骚，好像不是在写信，而是像对面坐着在讲话的样子。不讲这套了。再说这八月份的工作计划。在这一个月中，我打算写完一长篇小说，内容是写我的一个同学，因为追求革命，而把恋爱牺牲了。那对方的男子，本也是革命者，就因为彼此都对革命起着过高的热情的浪潮，而彼此又都把握不了那革命，所以那悲剧在一开头就已经注定的了。但是一看起来他们在精神上是无时不在幸福之中。但是那种幸福就像薄纱一样，轻轻的就被风吹走了。结果是一个东，一个西，不通音信，男婚女嫁。在那默默的一年一月的时间中，有的时候，某一方面听到了传闻那哀感是仍会升起来的，不过不怎具体罢了。就像听到了海上的难船的呼救似的，辽远，空阔，似有似无。同时那种惊惧的感情，我要把它写出来。假若人的心上可以放一块砖头的话，那么这块砖头再过十年去翻动它，那滋味就绝不相同于去翻动一块放在墙角的砖头。

写到这里，我想起那次您在饺子馆讲的那故事来了。您说奇怪不奇怪？专此敬祝

安好。

萧

七月廿八日

附上所写稿"马伯乐"①长篇小说的最前的一章,请读一读,看看马伯乐这人是否可笑!因有副稿,读后,请转中苏文化②交曹靖华③先生。

又及

罗太太回国了吗？请示知。

中二环二三八号刘啟光托龚道庚带衣料一包钢笔一包。④

---

① "马伯乐":萧红长篇小说《马伯乐》。此处指萧红长篇小说第一部第一章的手抄稿。

② 中苏文化:即《中苏文化》,中苏文化协会机关刊物,一九三六年五月创刊,郭沫若、侯外庐任主编,一九四九年五月终刊。

③ 曹靖华(1897—1987):文学翻译家、散文家、教育家,原名曹联亚,河南卢氏人。一九二四年加入文学研究会,一九二七年四月,在苏联莫斯科东方大学、列宁格勒东方语言学院任教。回国后,在大学任教、从事文学翻译工作。一九三九年去重庆,任中苏文化协会常务理事。

④ 该段文字后写在信的开头空白处。

致华岗

一九四〇年八月二十八日①

（此信内共附了二张文章，三张信，除了姚先生的信请转去外，其余的都没有用了）②

华兄：

民族史出版了，为你道贺。

你十三日的信早已收到，只等上海你的书寄来，好再作复信，不知为何，等了又等，至今未到。我已写信去再问去了，并请那人直接寄你一本。因近来香港不收寄到重庆去的包裹和书籍，就是我前些日子所寄的马伯乐的一稿你也不能收到，因为那稿我竟贴了邮票就丢进信箱里去的。

现在又得那书出版的广告，一并寄上，因为背面有鲁迅纪念生辰的文章，所以不剪下来，一并寄上看看，在乡间大概甚为寂寞的。

你十三日的信，我看了，而且理解了，是实在的，真是那种情形，可

---

① 该信从香港发往重庆。
② 括号内的文字为萧红原文。

不知道那一天会好，新贵，我看还没怎样的贵，也许真贵了就好了。前些日子的那些牢骚，看了你的信也就更消尽了，勿念。正在写文章，写得比较快，等你下一封信来，怕是就写完了。不在一地，不能够拿到桌子共看，真是扫兴。你这一年来身体好否？为何来信不提？现在又写什么了？专此

匆匆不尽

祝好

萧上

八月廿八日

信未发又来了上海的信，顺便也寄上看一看吧。那年能看到书真是天晓得！寄我的那本，我至今也未收到，已经二十天了。等我再去信问吧。

華先：

民頌兄出版了，乃你送來艺。
你十三日的信早已收到，茅上诸俗的書
来，好些作罢。信我又知为何，茅上文艺。全个年来
我已写信，難五向文为3。至诚外人直诸亭俱一本。
田边主君诸3你收亭和亭了广看，已要约書籍。
我可的寄书的二本所亭约后你亭的一篇俗也为
師收到，田边的錦如意,好3郭更就寄俯节。
袁玄竹。

现在文擇坛即書出版的雪亮..一空誇...
因为你为鲁迅之友，成一诚...之剪下来。
你十三日的信，真为...而坐理卿...而愿在
你十三日師僧引，万久知遍一大众...寄贡好如。
音迅没毫怜的亭记许多...3新约了,为数,奶
句你此亭辞，寄你俗的怪也如实治序,尹妃,
正在寝文亭，寄僧以快快，茅伕下一封信末..怕
穿尽写笺3.又在一世文解明全和崇3末書。
夏日暴灭，俗遑一年亲身体好多音，冷有年信
孑程了，况在文学坊书3?

专此即颂不尽
萧乾
八月廿八日

信来文亭之信孑信...唉佣了
信未宜文亭一面约...好约亭即都
一面一封..约怜...已继之处了。
刺好玄后忘3...

園先：

好久没给你信3，前次诸送有一信给你，
内中菱田記俗好一信，不知可收到还有乃。
我即将乃自己没有用功，乃乃書迎说得
斯毀好3.因为久卿有書毀故的。

民迅史，第二卷七花读，瑟童广末丑有也。
雪帝善笔經通俯，想事此时，删末为
久，现已一年3，不知何好何回會亡，在外
父晷，赤更的就雪思会亡约園，各港天亲
正好，出外野遊约人漸多约分，不知亲户
大寒近俄舊3巳3辛此祝

好

诸寄一信至咸。

萧
一月廿九日

致华岗

一九四一年一月二十九日①

园兄：

　　好久没给您信了。前次端兄②有一信给您，内中并托您转一信，不知可收到没有？

　　我那稿子③，是没有用的了，看过就请撕毁好了，因为不久即有书出版的。

　　民族史，第二部④正在读。想重庆未必有也。

　　香港旧年很热闹，想去年此时，刚来不久，现已一年了，不知何时可回重庆，在外久居，未免的就要思念家园。香港天气正好，出外野游的人渐渐的多了。不知重庆大雾还依旧否？专此

　　祝好

　　　　　　　　　　　　　　　　　　　　　　　萧

　　　　　　　　　　　　　　　　　　　　一月廿九日

　　请转一信，至感。

---

① 该信从香港发往重庆。
② 端兄：指端木蕻良。
③ 那稿子：指萧红寄给华岗的《马伯乐》第一部第一章的手抄稿。
④ 第二部：指华岗的《中国民族解放运动史》第二卷。

致华岗

一九四一年二月十四日①

园兄：

　　最近之来信收到。因近来搬家②，所以迟复了。寄书③事，必要寄的，就是不寄，也要托人带去，日内定要照办，因自己的文章，若不能先睹，则不舒服也。

　　香江并不似重庆那么大的雾，所以气候很好，又加住此渐久，一切熟习，若兄亦能来此，旅行，畅谈，甚有趣也。

　　端兄所编之刊物④，余从旁观之，四月一日定要出版，兄如有稿可寄下，因虽为文艺刊物，但有理论那一部门。而且你的文章又写得太好了。就是专设一部门为着刊你的文章也是应该的。第二部我在读，写的实在好。中国无有第二人也。专此祝好

　　（三月二十号发稿，有稿在二十号前寄下最好）

萧上

二月十四日

---

① 该信从香港发往重庆。
② 一九四一年二月初，萧红与端木蕻良从九龙尖沙咀金巴利道纳士佛台三号搬到九龙乐道八号。
③ 书：指华岗的《中国民族解放运动史》第二卷。
④ 刊物：指端木蕻良主编的《时代文学》。

附 录

XIAOHONG
QUANJI

不以诗名　别具诗心

——谈谈作为诗人的萧红

熏　风①

　　萧红一生只有三十一年，而她的创作生涯不过十年。但是，她不甘寂寞，不甘波折，不甘屈服，一拿起笔，就没有放下来，她写了近百万字的作品——包话小说、散文和少量的诗歌。她虽不以诗名，可是我却要说，她别具诗心，是一个地地道道的诗人。

不以诗名 间有诗作

　　萧红是一个散文作家，间或有些诗作，数量不多，发表更少。从北京鲁迅博物馆收藏的《萧红自集诗稿》看，全部诗稿仅七十一首，四百来行。但是，写诗是萧红文学创作的一个重要侧面，而且，她是从写诗开始进入文学创作的。研究萧红，不能不研究她的诗。

　　《跋涉》，是三郎（萧军）、悄吟（萧红）的小说、散文合集，载有萧

---

① 　熏风：原黑龙江省文学研究所所长。

红的《春曲》,写于一九三二年七月。这首诗只有四句 [①]:

> 这边树叶绿了,
> 那边清溪唱着:
> ——姑娘呵!
> 春天到了。

这是春的描绘。"绿了"——春的颜色,"唱着"——春的声音,把春写的有声有色。

从这个时候起,萧红的生活有了个转折点。她跨进了人生的春天,跨进了创作的春天。

接着,萧红开始写小说,写散文了。当然,有时也写点诗。笔名"悄吟"是悄声吟咏的意思。这正是一个诗人的名字,一个女诗人的名字。

萧红的诗,有组诗《春曲》(六首),《苦杯》(十一首),《沙粒》(三十七首)。这些诗,大都是写爱情生活和个人心境的。

她写初恋,写得真切细腻:

> 当他爱我的时候,
> 　　我没有一点力量,
> 　　连眼睛都睁不开,
> 我问他这是为了什么?
> 他说:爱惯就好了。
> 　　啊!可珍贵的初恋之心。
> 　　　　　——《春曲》之六

---

① 此处引诗为《跋涉》版本。

她写失恋,写得悲痛深沉:

> 近来时时想要哭了,
> 但没有一个适当的地方:
> 坐在床上哭,怕是他看到;
> 跑到厨房里去哭,
> 怕是邻居看到;
> 在街头哭,
> 那些陌生的人更会哗笑。
> 人间对我都是无情了。
>
> ——《苦杯》之十

她写心境,写得自然深邃:

> 什么最痛苦,
> 说不出的痛苦最痛苦。
>
> ——《沙粒》之三四

> 人在孤独的时候,
> 反而不愿意看到孤独的东西。
>
> ——《沙粒》之一六

从萧红诗的题材看,是显得狭小的。时代感不那么强。但是也有例外:

《拜墓诗——为鲁迅先生》是一九三七年三月由日本回到上海以后写的悼诗:

我哭着你，

不是哭你，

而是哭着正义。

你的死，

总觉得是带走了正义，

虽然正义并不能被人带走。

萧红悲悼的是正义，是为正义而毕生战斗的鲁迅先生——飘泊灵魂的安慰者，文学道路的指引者。"总觉得带走了正义"，因为代表正义的鲁迅先生逝世了；而"正义并不能被人带走"，因为毕竟还有代表正义的中国共产党，毕竟还有中国共产党领导下前赴后继地为正义而战斗的中国人民。萧红在这里对于正义的抒写，是既深刻而又沉痛的。

萧红逝世于一九四二年一月二十二日，在这以前三天，咽喉管开刀，已经不能发声了，可是还在纸上写着：

我将与蓝天碧水永处，

留得半部"红楼"给别人写了。

这是萧红的遗言，也是萧红的遗诗吧。它有着美好的诗的境界和诗的憧憬，并给人以诗的启发和诗的激励。

不以诗名 富于诗趣

萧红虽不以诗名，却以小说名、散文名。

虽然小说不是诗，散文不是诗，但是她的小说里有诗，她的散文里有诗。她往往是用诗的笔调来进行写作的。

先从她的小说谈起吧,小说是她的主要著作。

《生死场》是萧红成名的代表作,与其说它是一部中篇小说,不如说它是一部反映旧社会东北农村生活的长篇叙事诗更为合适。小说中既没有什么伏笔、悬念、巧合之类的技巧,更没有小说传统结构的公式:开端、发展、高潮、结局。而是用诗的构思、诗的结构、诗的意境写出了诗的篇章。

胡风在一九三五年十一月,给《生死场》这本书所写的《编后记》,曾经指出"这一篇不是以精致见长的史诗",提到《生死场》底作者是没有读过《被开垦的处女地》的,但她所写的农民们对于家畜(羊、马、牛)的爱,真实而又质朴,在我们已有的农民文学里面似乎没有见过这样动人的诗篇。"所谓"史诗""诗篇",无不是从小说的本质看,是诗的,是诗呵!

《呼兰河传》,是萧红最后的一部长篇。它写的是萧红的家乡——呼兰河小城,小城的风光、风物、风俗,以及自己的童年,在童年接触到的人们。她是以诗的笔触来写的:

"严寒的大地冻裂了"的景象,是诗。

"东二道街的扎彩铺"的多彩多姿,是诗。

小胡同里的种种叫卖声,是诗。

"在精神上,也还有不少的盛举,如跳大神;扭秧歌;放河灯;野台子戏;四月十八娘娘庙大会"的画面,是诗。

"我家有一个大花园",大花园的繁盛,是诗。

"我家的院子",院子的荒凉,是诗。

乃至团圆媳妇的悲惨死亡,有二伯的古怪的性格,冯歪嘴子的坚强的意志,也无不是诗。

曾经选入小学课本的"火烧云"那一段,是大家所熟知的了,那是天上的诗,也是人间的诗,把天上和人间诗化了。

锡金同志在评论《呼兰河传》时甚至说:"萧红写的这部小说,一开始似乎是郑重其事地把它当作一篇诗来写的。它的第一章可以看成是序曲一,第二章可以看成是序曲二。"茅盾同志评论《呼兰河传》时,则认为:"它是一篇叙事诗,一幅多彩的风土画,一串凄婉的歌谣。"可见,早有许多评论家,在以诗的角度来评价萧红的小说了。

至于萧红的散文,也是富于诗的特征的。

不用列举萧红的《商市街》《桥》等散文集了,就以《给流亡异地的东北同胞书》来说吧。像这类的文章,是很容易写得非常干巴的,但在萧红的笔下,却写成了抗战的宣言书,战斗的檄文,流亡者的号角,很是感人。

此外,如萧红的《回忆鲁迅先生》,也是散文集,人们认为,它也是以诗的语言来叙述的,并且指出:"感情的真挚和文笔的优点,至今在回忆鲁迅的文字中也是少见的。"这种"少见",也是指它的诗的特征而言的。

不以诗名 擅长诗艺

下面,再进一步看看她的诗艺。

先从萧红的诗体作品谈起。

她的诗,形式短小。最短的两行,一般是几行,十几行。两首悼诗算最长的了,也只二十几行,三十几行。可见她善于从广阔的生活中,选取必要的素材,加以集中,给予诗化。

她的诗,是自由诗。每首不拘节数,每节不拘行数,每行不拘字数(只《异国》一诗,两节,每节在行数和字数上比较对称)。不讲什么格律,也不重视押韵(只《苦杯》中有几首是押了韵的)。好比行云流水,任其所之,嘎然而止,自有音节,自有节奏。可见她善于表现一种散文美。

她的诗,有诗情,有画意,有时并有哲理。也就是说,具有诗的情感,诗的意境,诗的智慧。比如她的短诗:

世界那么广大，

而我却把自己的天地布置得这样狭小！

———《沙粒》之四

理想的白马骑不得，

梦中的爱人爱不得。

———《沙粒》之二〇

这些短诗，就是富于哲理，令人深思的诗。

萧红的诗，以短小、自由、精炼取胜。这样的诗，在过去，称为小诗。这是文学革命、诗体革命中出现的诗的样式。

二是诗的节奏。

以《呼兰河传》为例。

主要是某些词句、段落的反复：

第一章：严寒把大地冻裂了。……人的手被冻裂了。……水缸被冻裂了；井被冻住了；……

第四章：我家是荒凉的。……我家的院子是荒凉的。……我家的院子是很荒凉的。……我家是荒凉的。……

这些都明显地给读者以诗的节奏感。

三是诗的韵律。

有时自然而然地用了韵：

比如《呼兰河传》第二章——

满天星光，满屋月亮，人生何如，为什么这么悲凉。

过了十天半月的，又是跳神的鼓，当当的响。于是人们又都招了慌，爬墙的爬墙，登门的登门，看这一家的大神，显的是什么本领，穿的是什么衣裳。听听她唱的是什么腔调，看看她的衣裳漂亮不漂亮。

……若赶上一个下雨的夜，就特别凄凉，寡妇可以落泪，鳏夫就要起来彷徨。

这种用韵，是跟诗毫无二致了。

四是诗的结构。

在文章的结构上，往往和诗相似。

像《生死场》，首尾相顾，余意不尽。

第一章"麦场"，开始是"一只山羊在大道边啮嚼榆树的根端，"，第十七章（最后一段）"不健全的腿"，结尾是"羊声在遥远处伴着老赵三茫然的嘶鸣"。在这里，通过羊的描写，有一个诗的开端，诗的结尾。

像《呼兰河传》，短段短句。

整部小说，没有什么长的段落，长的句子。比如，第五章有一处对团圆媳妇的描写，将近四十段，而每一段只有一句话、三两句话的居多。这就给人以诗的跳跃性的感觉。

五是诗的意境。

即如《桥》吧，它是短篇小说，但是读起来，却是一篇诗或是一篇散文。

在桥东住着黄良子一家，在桥西住着主人家。

黄良子，黄良子……孩子哭啦！
黄良子，孩子要吃奶啦！黄良子，……黄良……子。

可是黄良子天一亮就往桥西大门楼去喂小主人。她推着小车,给小主人唱着:

> 走——走——推着宝宝上桥头,
>
> 桥头捉个大蝴蝶,
>
> 妈妈坐下来歇一歇,
>
> 走——走——推着宝宝上桥头。

她思念着自己的孩子,往往把中间两句丢了:"在这句子里边感不到什么灵魂的契合了。"甚至呱啦啦啦离开桥头时,她同样唱着"上桥头,上桥头……","后来连小主人躺在床上睡觉的时候,她还唱着:'上桥头,上桥头……'"

黄良子想着自己黄瘦的孩子,"她把馒头、饼干,有时就连那包着馅、发着油香不知名的点心,也从桥西抛到桥东去"。不论抛了过去或是抛落水里,她总要说:"这小穷鬼,你的命上该有一道桥啊!"

> 黄良子的孩子能过桥找妈妈了。
>
> 黄良子的孩子受到小主人的侮辱。
>
> 黄良子自己也受到小主人的打骂。
>
> 黄良子的孩子为找妈妈掉下水沟淹死了。

黄良子从那些围观的人们头上望到桥的方向去,"在模糊中她似乎看到了两道桥柱","于是肺叶在她的胸的内面颤动和放大。这次,她真的哭了"。

在仅仅五千多字的短篇里,含蕴着多少悲酸,多少诗意呵!

六是诗的穿插。

在萧红的作品里,常常穿插一些创作或引用的诗歌。

《朦胧的期待》里的李妈,《生死场》里的成业,唱过小曲。《马伯乐》里的马伯乐哼着"人生百年三万六千日,不如僧家半日闲"之类的诗句,涉及十四首古诗。所以这些,对于人物的塑造是起了一定作用的,在这同时也增加了作品的诗意。

可见,萧红在写作中运用了多种多样的诗的手法,她是擅长诗艺的。

不以诗名 别具诗心

我们读着萧红的作品,就像读书看画一样。萧红这个艺术特色的形成,有学诗学画等等原因,然而最根本的,是她有一颗"诗心"——一颗诗的心灵,一颗诗人的心灵。正如罗苏同志所说的:"一颗诗人的灵魂,一颗崇高而纯洁的心。"或者如萧红自己所说的:"……诗人的心,是那么美丽,水一般地,花一般地……"或者如萧军回忆萧红所说的:"在我面前的只剩有一颗晶明的、美丽的、可爱的、闪光的灵魂!"

这些都是对"诗心"的写照。但是到底什么是"诗心"呢?

黑格尔曾经说过:"重要的原则就是要有一个丰富充实的心胸。"我国清代叶燮说过:"诗之基,其人之胸襟也。"据此可以说,"诗心"就是这样一种"心胸""胸襟",它包括作家、艺术家主观上种种因素——资禀、气质、人格、性情、思想、学识、才能等等在内。

那么,萧红在这方面的情况是怎样的呢? 根据人们的论述,她是这样一种人,有这样一颗心:

　　——她单纯、淳厚、倔强、有才能……(萧军)

　　——爱笑,无邪的天真……(许广平)

　　——萧红是一个善于抽烟,善于喝酒,善于唱歌的不可少的脚色。(绿川英子)

　　——她的谈话是很自然很真率的。(丁玲)

——萧红真挚的心魂的大门,在苦难临头时是为人打开的。(袁大顿)

　　——以掀天之意气,盖世之才华,而疾病痼之,忧伤中之。(柳亚子)

　　——她是果敢坚毅的。她的血液里没有屈服的因素。(骆宾基)

　　——一个在生活中挣扎搏斗的萧红,一个不甘心做奴隶的萧红。(姜德明)

　　——她求生的意志非常强烈。为了追求真理而牺牲了童年的欢乐,为了把自己造成一个对民族、对社会有用的人而甘愿苦苦地学习。(茅盾)

　　萧红自己说:"如果我健康起来,我一定要试探试探人生底海!"

　　正因为这样,"当她躺在病床上的时候,仍然提到了创作,她计划要写十个短篇……她还要写长篇《钟》……她还有更远大的计划,要写一部北大荒开荒生活的长篇小说《泥河》……她还计划着,当全国的土地都解放了,她要跟一些朋友,一道去访问当年红军两万五千里长征时走过的地方。她甚至在诗中热烈地向往着'将来全世界的土地开满了花的时候'。"(姜德明语)

　　概括地说,她性情真挚,富感情,爱真理,有理想,肯战斗。

　　萧红就是具有这样一颗诗心的真正的诗人。

　　在生活中有诗。作家有诗心。诗心写出诗或诗一样的作品——她写了些抒情样式的诗;写了些叙事诗、牧歌或史诗般的小说,写了些散文诗般的散文。

　　这就是萧红的创作道路。这就是萧红的艺术特色。

　　让我们向萧红学习,首先具有一颗诗心,其次,以诗心去发现生活中的诗,然后以诗的彩笔去塑造一个诗的世界……

十里山花寂寞红

——萧红在香港

卢玮銮①

萧红为了"逃避"——逃避特务,日人的轰炸也好,逃避那种苦缠的感情热病也好,在一九四〇年初,和端木蕻良由重庆来到了远离炮火的南方小岛,总以为可以找到一个身心俱静的环境,继续她的创作,同时也可挣脱多少年来的感情死结。

来港之前,萧红的文章已在《星岛日报》和《大公报》发表了,例如《旷野的呼喊》,在一九三九年四月十七日到五月七日,于《星岛日报》的《星座》连载,此外,还有《花狗》《汾河的圆月》《茶食店》《记忆中的鲁迅先生》。她和端木蕻良是著名作家,到香港来,"文协香港分会"为了表示欢迎,就在二月五日假大东酒店举行全体会员餐聚。那天晚上,出席的作家四十多人,由林焕平当主席,萧红还报告了"重庆文化粮食恐慌情形,希望留港文化人能加紧供应工作"。

为了解决生活问题,创作或找一份稳定工作是必须的。有一天,

---

① 卢玮銮:香港作家、散文家、学者,代表作《路上谈》《日影行》等。

胡愈之到九龙乐道住所去找他们，说带他们到中环认识一位东北同乡周鲸文。周鲸文在香港办了一份《时代批评》，鉴于香港没有什么文艺杂志，很愿意出钱，找个人来合作，出版一份纯文学杂志。那天下午，端木和萧红就到中环雪厂街十号《时代批评》的办公室，认识了周鲸文。同是东北人，又是文化界，他们"真是一见如故，彼此非常亲近"，周是个社会活动很多的人，兴趣也全放在《时代批评》上，对于端木蕻良提出唯一的要求"编辑有自主权，不要过问及干预"，也十分乐于答应了。以后的日子里，他们常常见面。周鲸文很关心萧红，甚至可以说很怜惜她，认为她在感情上所受的苦楚，实在太重了，正因如此，直到三十多年后提到这件事时，对当时在萧红身边的端木蕻良，似有微词。

三月初，本港好几间著名女校，联合成立了一个"纪念三八劳军游艺会"的筹备委员会，该会在三月三日晚七时，在坚道养中女子中学举行座谈会，讨论题目是"女学生与三八妇女节"。妇女领袖廖梦醒、萧红等都参加了。

四月，萧红以"中华全国文艺界抗战协会"会员身份，登记成为"文协香港分会"的会员。这段日子，萧红应该是集中精神在构思她那本充满自传色彩，弥漫着对童年往事及故乡思绪的《呼兰河传》，因为在四月十日开始，她发表了《后花园》。这个短篇与后来出现的《呼兰河传》，有极其密切的关系。"后花园"是《呼兰河传》的重要场景，是萧红童年生活中最奇妙、最宽阔的天地，自该书第三章开始，后花园的一草一木，四季变化，都成为萧红生命的一部分，荒凉的气氛和在园中活动过的人物，都使身处于南方海隅的萧红念念不忘。《呼兰河传》内容及描叙的人物都很多，《后花园》却只集中在书中第七章的磨官冯歪嘴子身上。这个"生命力最强①"的人物，是萧红童年记忆中最

---

① 茅盾语。

热爱,笔下最"光明"的描写对象,在这小说里,交代得更详细。我们知道他叫冯二成子,曾经单恋了邻家赵老太太的女儿。更清楚他怎样跟那个王大姐偷偷结了婚,而王大姐原来是个三十多岁的寡妇。这些情节,对读过《呼兰河传》的人来说,简直像插叙或倒叙的镜头,也是一段补充。这个短篇,究竟是《呼兰河传》的试笔练习,还是修订重写?是一个很有趣味的研究课题。

一九四〇年八月三日,是鲁迅先生六十岁诞辰纪念,本港文化团体,包括"文协香港分会""中华全国漫画作家协会香港分会""青年记者协会香港分会""华人政府文员协会""业余联谊社""中华全国木刻协会香港分会"等联合主办了一个前所未有,规模很大的纪念大会。这会在八月三日下午三时,在加路连山的孔圣堂举行。萧红在会中负责报告鲁迅生平事绩,内容"大部系根据先生自传,并参证先生对人所讲述者,加以个人之批评"。

该日晚上,又在孔圣堂举行内容相当丰富的纪念晚会。单是戏剧节目,便占三项,包括田汉编的《阿Q正传》、哑剧《民族魂鲁迅》、鲁迅写的《过客》。其中《民族魂鲁迅》的剧本,本来是"文协香港分会"戏剧组请萧红执笔的,因为在港的文化人中,她是最熟悉鲁迅生活的人。萧红接过这个任务后,发现要把鲁迅丰富的一生包括在一个短剧中,并不容易,与端木蕻良商量斟酌,终于决定用较新的形式——哑剧来表现。她认为自己"取的处理态度,是用鲁迅先生的冷静、沉定,来和他周遭世界的鬼祟跳嚣作个对比"。这个四幕哑剧,出场人物除了鲁迅之外,还有何半仙、孔乙己、阿Q、堂铺掌柜甲、乙、单四嫂子、王胡、牵羊人、蓝皮阿五、祥林嫂、日本人甲、朋友、鬼、绅士、强盗、贵妇、恶青年、好青年、卖书小贩、外国朋友、开电梯人、德国领事馆人、僵尸、买书青年群。萧红写的这个剧本,设计剧情、表演形式、灯光、布景,也很细意做了一些处理手法上的说明,例如在第四幕,她写一九三三年的鲁迅事迹后,就作如下的交代:

"鲁迅先生在抗议书和欢迎外国朋友,在时间的顺序上是倒置了,这是为了戏剧效果而这样处理的,请诸位注意并且予以原谅,作者特别声明"。

整个剧本,处理手法,就是现在看来,仍是很新,但嫌过于繁复,牵涉的事与人物也过多,所以,尽管"萧红费了几昼夜的功夫完成了一个严密周详的创作。可惜格于文协的经济情况,人力与时间的局促",只好临时由冯亦代与"文协香港分会"和"中华全国漫书画作家协会香港分会"的会员,参照了原作,写成了另一个一幕四场的剧本,排练后在纪念会中上演。至于萧红原作,就在十月的《大公报》上发表,并注明"剧情为演出方便,如有更改,须征求原作者同意"。这是萧红很特别的创作,值得研究者注意。

自从参加这个纪念会后,萧红就不再参加什么公开的文艺界大型活动了,并开始一连串写作计划。九月一日,《星岛日报·星座》开始刊出她的巅峰之作《呼兰河传》,一直到十二月二十七日才登完。文前注明:"本书由作者保留一切权益。"这种说明在当时报刊上很罕见,不知道是不是出自萧红自己的意思,她大概也没有想到这个时候,就伏下了"他日版权给谁"的契机,造成了几十年后,一场版权之争。①

一九四〇年底,《呼兰河传》的完成,标志着萧红创作成绩的丰收,同时,她的健康,也显明地出现更大的危机。其实,身体本来已经不够好的萧红,到了香港后,虽然住的吃的都比重庆舒服,但健康一直没有好转,一九四〇年六月廿四日她给朋友华岗的信中,说:

"我来到了香港,身体不大好,不知为什么,写几天文章,就要病

---

① 《呼兰河传》的版权之争,最先见于孙陵的《骆宾基》(《文坛交游录》,一九五五年四月,台湾大业书店,页五至十)葛浩文在《萧红评传》中(一九七九年九月,香港文艺书屋)也用了这条资料。骆宾基在《写在〈萧红选集〉出版之前》(《初春集》,一九八二年十月,江西人民出版社)说:"版权之争一类,纯属虚构。"但一九八六年十月八日,接受笔者访问时,又说出另一个"版权之争":萧红继母的女儿,曾因《呼兰河传》版权问题,向中宣部告状,要骆宾基把权益交出。

几天。大概是自己体内的精神不对,或者是外边的气候不对。"

在"写几天文章,就要病几天"的情况下,七月已经写成长篇《马伯乐》的第一章,这书的单行本出版日期是一九四一年一月,从出版所需时间考虑,《马伯乐》第一部,可能在一九四〇年八九月间完成。圣诞前夕,她单独一个人带了一盒圣诞糕到周鲸文家去,"她走了一段山坡路和登楼梯,累得她呼吸紧张,到屋里坐了一会才平伏了。"从周鲸文这段描写,我们可以推想她的健康情况如何不妙,但她并没有因此而停止费尽心神的创作,因为她正在着手写《马伯乐》的第二部,在一九四一年二月出版的《时代批评》六二期开始连载。三月廿六日,又完成了短篇小说《北中国》,六月又完成了《小城三月》,由此可见,由一九四〇年到一九四一年六月,她正以惊人的速度,完成她一生创作历程的重要段落,仿佛早已预知时日无多,要拼尽气力,发出最后又是最灿烂的光芒。七月她终于实在熬不住,在朋友的关心安排下,进了玛丽医院,开始她进出医院,身心受尽折磨的生活。最后,在炮火连天的情况下,带着惊惶与痛楚,死在刚刚陷落于日本人手中的小岛,结束短暂的一生,而直到今天,还有一大半骨灰散落在香江某一角落。寂寥漂泊恐无过于这个可怜女性了。

一九七九年九月十日初稿
一九八六年十二月六日定稿

后　记

本文是从七年前一篇书作《一九四〇年萧红在香港》改写过来的。七年来,萧红研究,在中国已由冷变热,又渐渐由热变冷。研究者、亲与非亲的人都纷纷以萧红为题,把叮挖的萧红事与文都挖出来了,看过了许多文字,忽然对自己这篇书文,有点意兴阑珊,但为了出版单行本,重看时感到从前有些资料引用不恰当,还是动手删去,也同时加入一些新的材料,在这一删一增之间,大概也显示了我对某些人某些事的不同看法。

愈看得多写萧红的文章,特别与她有过亲密关系的人写的东西,就愈感到萧红可怜——她在那个时代,烽火漫天,居无定处,爱国爱人都是一件很困难的事,而她又是爱得极切的人,正因如此,她受伤也愈深。命中注定,她爱上的男人,都最懂伤她。我常常想,论文写不出萧红,还是写个爱情小说来得贴切。

一直以为一九五七年她的骨灰远葬广州,总算在祖国土地上落叶归根,但又怎料,那只是一半的骨灰而已,还有一半竟仍散落在香江。我说"散落",是一个悲观的估计,因为端木蕻良先生说当年他把一半萧红骨灰,偷偷埋在圣士提反女校校园小坡上,他还要我为他找找看。那个倚在屋兰士里旁的小校园,多年前是我天天路过的,园里小坡上,树影婆娑,也没人走动,静悄悄地恐怕比萧红的"后花园"更岑寂。我从没想过那儿的朝东北坡上,竟也悄悄地埋着一个可怜女人的一半骨灰。几年前,花园里大翻土一次,大概在修园墙,和修了一条沿坡小径。我不知道那一次翻土,会不会惊动了那坎坷的灵魂,怕只怕修筑的人发现了那一尺高的好看花瓶,就会扔掉瓶中灰,当成古董卖。又或者那瓶子早已碎于锄下,骨灰已和泥土混合,永回不了呼兰河畔。我接到这份委托,实在感到为难。回到香港,几次站在圣士提反校园外满心凄怆。我在想办法,但能不能找到这一半骨灰,那就得看天意了。

如此深爱着人的人,竟如斯寂寞,才华文章,对她来说,又有甚么意义?

一九八六年十二月六日深夜

萧红谈话录（一）

抗战以后的文艺活动动态和展望——座谈会纪录①

时　间：一月十×日下午

参加人：（依座谈会的号码次序）

艾　青　东　平　聂绀弩　田　间　胡　风

冯乃超　萧　红　端木蕻良　适　夷　王淑明

（萧军因病不能出席）

一、抗战后的文艺动态印象记

胡风　"七月社"早想开一次座谈会，约集一些朋友来谈谈文艺上的问题，一方面给作家做参考，一方面给读者做参考，另一方面也可以作为讨论文艺问题时候的资料。现在请大家提出问题来，然后再编排一下，按着次序谈下去。

东平　我提出一个问题：现在我们不跟着军队跑，就没有饭吃，如果跟着军队跑，就不能写东西。因为，如果我们还是照老样子只管写自己的东西，他们一定把你当作特殊的存在：这个家伙，不晓得他

① 该文刊于一九三八年一月十六日《七月》第七期。

干些什么！结果只好和他们一道混，没有工夫写东西了。

乃超　但是，我以为如果有时间而没有生活，也会感到苦闷。

绀弩　在这一点，我也同样的感觉。现在，我们想参加到实际生活去，但是没有机会，所以生活没有办法，写文章的材料也没有了，弄得非常苦恼。我觉得，如果能够参加到实际生活里面，宁可不写文章。所以我提出的问题，恰恰与东平的相反。

（几个人同时说：那末，就谈谈这两个问题罢。）

胡风　我看先把它分成两个问题来谈谈好不好，在没有谈这问题之先，我们各人就自己的印象谈一谈对于战争发生后的文艺活动的感想，看一看我们已经有了的文艺活动是怎么一个样子，再来谈谈作家和生活的问题。

（几个人的声音：好吧，就是这样。）

田间　我个人感到文化人散漫，无中心组织，工作不紧张。

萧红　问题太大了！

（端木笑）

胡风　（对乃超）你呢？

乃超　我还没有想完全。但有几点意思。第一，抗战以后，商业的文学关系，或者说文学的商业的关系，相当地被打破了。这表现在两点上面，第一是购买力的衰退，文学作品没有像以前那样地被欢迎，其次是文学杂志非常少，除了《七月》和官办的刊物以外，差不多没有刊物了。第二，从这里看起来，好像文学有衰落的现象，不过，这是表面的，实际上文学依然在发展。譬如报告的发展就很大，比战争以前更具体更真实地反映了生活。固然，这些报告大半是藉报纸或小刊物发表的，没有《七月》那么大的篇幅，但质量和数量都比以前进步，所以只是商业的文学关系被打破了，实际上文学并没有衰落。第三，纯粹消遣性的文学衰落了，离开了抗战生活的文学没有存在的余地。这是必然的。纯粹消遣性文学的衰落，也就是有所为而为的文学能够展开的基础。

绀弩 我对于乃超的意见有点补充。抗战以后,读者最关心的是抗战,作者最关心的最愿意写的题材也是抗战,但一般地说,作者和抗战是游离的,这就规定了作品产量的减少。乃超说的纯粹消遣性文艺衰落了,但实际上不仅仅纯粹消遣性的文艺,就是不是消遣性的,只要是直接和抗战没有关系的文学,也减少了。不过这里还有两个附带的原因:一个是物质的缺乏,像纸张贵,印刷贵,书店不肯出版,第二是失地一天天多了,失地多就流亡的人多,流亡的人当然没有购买力。有些事情当然是困难,如作者怎样生活在抗战里面——

胡风 这个问题留在第二个问题后再谈罢。

绀弩 嗬,碰钉子了!

(大家笑)

东平 抗战以来每天每刻我们在报纸上以及在小刊物上看得见许多报告啦通讯啦一类的作品,如果把这些当作文学看,那当然热闹得很,但是,我们想一想,这些是不是可以留到将来?如果不能,将来不是没有文学了吗?例如四行仓库的八百壮士,报告啰,诗啦,出特辑啰,热闹得很,但在这些文章里面,那篇是最好的?谁也不能回答。这是现在一般的毛病。我以为从前不能公开,没有好的作品可以藉口说是检查太严。现在呢?没有检查了,好像一个盖子被揭开了,应该有表现啦,火应该喷出来了啦,但是,并没有。大家应该用功,努力。我以为,至少苏联是希望中国有伟大的作品出现的。

淑明 好的作品之所以少,一方面因为有生活经验的没有时间写,有时间的和抗战游离了,没有生活,像苏联在战时也很少伟大作品,好的作品都是在后来产生的。战争过了以后,参加过战斗的人有时间写了,文学者也可以调查,可以写了。

绀弩 我常常徘徊在两个观点之间。第一个是文学的观点,从文学的观点上,我希望有伟大的作品,(当然啰,所谓伟大的很难说,但总是有力量的,能经过时间的磨练的)希望伟大的作品出现,我自己也是爱好这种作品的,但另一方面,虽然不是伟大的作品,是乘机起哄的,如像关于八百壮士的作品,从作品的价值上看,是粗糙的,没有力量的,但这些作品也有一时的影响。如果没有这些,我想文坛就更寂寞了。我徘徊在这两个观点之间,希望能够得到指示。

艾青　这,我以为是作品的由量到质的变化还不会到达的现象。

端木　我以为文学的价值,伟大或是不伟大,要看它对于人类有用没有用。所以只要是恰当其时的作品,就是好的,如像列宁对于高尔基的意见。现在的作品,伟大的或不伟大,是要待时间来决定的,只要是能在此时此刻恰当其时的作品,我以为都是好的,无论伟大,或不伟大。

胡风　我看,一般地有两种不同的意见：一方面是要求反映当前生活的小型作品,像报告等,另一方面觉得这些作品太没有力了,太单薄了,因而要求伟大的作品。其实,这是应该联系起来看的,现在的这些作品,同时也就是将来的伟大的作品的准备。(对适夷)你有什么意见?

适夷　对于大家的意见,一般地我是同意的。但我看,一般地说,作家还不活跃。其次,今后的作品,形式上也应该有变化,像《战争与和平》那样的作品,要坐下来花几年的工夫来写它,这在我们恐怕是不可能的。所以我以为,文艺的形式一定要变化,如像《被开垦的处女地》,就是以许多报告文学做材料写成的。现在,我们虽然只能看到这些报告通讯等,但其实,这就是产生伟大作品的过程。

艾青　这就是我所说的由量到质的变化问题。

乃超　由量到质的变化,这一点很对。战争前和战争后的作品,就有显著的不同了。在战争前,描写民众如何痛苦,如何挣扎的作品较多,在封锁之下,材料不够,发表没有自由,但战争发生了以后,社会的各种弱点完全暴露了,另一方面也保障了新人物的登台。我以为,报告也可以成为伟大的作品，只要作者把握得住人物的性格。所以，新英雄的出现，就是将来伟大作品的主人翁。我同意现在的文学活动，就是将来伟大作品产生的过程这说法。

二、关于新形式的产生问题

胡风　刚才所说的，都是一般的情形，关于更具体的问题，有什么意见没有？

适夷　我看得很少，但有一点感想。一般地，文艺作品和通信等混淆不明。有些作品，说它是文艺作品吗？不像，说它不是吗？但里面却有生动的断片，从这里，我以为应该产生许多新的形式，不能太规定了。

胡风　关于新的形式，一般人往往取的是拒绝态度。譬如说，萧红的散文，开始的时候，有些人看不懂，田间的诗，到现在还受着非难。但我以为，对于一种新的形式，只要它是为了表现生活，而且有发展的要素，即令它包含有许多弱点，我们也应该用肯定的态度去看它。

艾青　我也有这种感觉，现在的生活是新的生活，但文艺上却没有新的形式出现，像欧洲大战以后，出现了许多新的形式，但我们却仍旧和战争未开始以前一样。

乃超　你所说的欧战后的新形式指的是什么？

艾青　如像未来主义，达达主义等，我们并不是要摹仿他们，但旧有的言语不够用，不够表现，却是事实。

端木　对于新形式的反感，因为大多数的新形式不适应读者的需要，和他们底内心的感应不调和。因为它们和读者所受的文学遗产相隔得太远。

乃超　欧战后的那些流派，是反抗传统的，这一点不成问题，但它们也仅仅在这一点而已。

艾青　我并不是提倡未来主义、达达主义，我自己也经过了这个过程,端木大概是同我开玩笑的。

端木 不是,没有这个意思。(笑)

适夷 未来主义、达达主义等,有它们产生的背景,但我们却不同。中国民族革命战争和欧洲大战,在本质上是不同的。未来主义、达达主义等所表现的是苦闷与彷徨,但我们今天的战争,是有光明与胜利的远景的。离开了现实主义,文艺就没有前途。

艾青 现实主义也有新的形式啊!

乃超 说新形式,这并没有语病,达达主义等是从现实生活游离出来的,如果是从现实生活产生的新形式,当然是健康的。

艾青 我说的言语的不够用,特别是指诗歌,因为旧的形式太温情了。

东平 新形式已经有了。

艾青 是的,在诗歌方面,胡风最近的诗,对于新形式已经有了尝试,但他自己没有继续下去,而我们也没有同样地向更多的方向努力过。至于未来派,也有好的作品,如像玛雅珂夫斯基。

适夷 玛雅珂夫斯基和其余的未来派是不同的。

艾青 当然,一方面是赞称帝国主义的战争,像意大利的未来派诸公,但另一面却是歌颂革命的,像玛雅珂夫斯基所领导的未来主义者,我们采取新形式,就像我们采用新武器一样,敌人用新的武器做侵略的战争,我们却用来做民族革命的战争。

胡风 适夷和艾青所说的要求新形式,是指的更能够合适地表现抗战生活的形式。但因为艾青所举的例子,有达达主义等不健康的形式,所以把问题弄误会了。我看,要求新形式是当然的,因为这个伟大的时代一定需要更多表现的方式。不过,我们可以说,现有的新形式还不够有力,需要发展到能够更深刻地表现生活的地步,所以我们所要求的新形式和达达主义等不同。因为那些的产生基础是把握不住现实,因而苦闷,彷徨,乱抓一气。

东平　有一个朋友在黄鹤楼上等我,我对不起我要先走了。但请把我的问题提出来谈谈。

(东平退)

艾青　要求新形式是一致的,但是怎样的形式,还不知道。

萧红　胡风说我的散文形式有人反对,但实际上我的形式旧得很。

适夷　我们要求的新形式,要更大众化,可以多方面的表现生活,绝不是向神秘的道路走的。如果像诗歌中的报告诗,朗诵诗,剧本中的街头剧,散文中的报告和通讯文学。

艾青　又回到生活问题上面来了。有人想写朗诵诗,决不会有人想写神秘诗,这是用不着批判的。大众化之所以弄成单纯化、空洞化,没有力量,通常变成了口号、概念,没有真情,我以为还是和生活隔离得太远了的缘故。作家和生活隔离了,作品也就和生活隔离了。我们底想像还不能达到的现实生活的深处。

萧红　我看,我们并没有和生活隔离。譬如躲警报,这也就是战时生活,不过我们抓不到罢了。即使我们上前线去,被日本兵打死了,如果抓不住,也就写不出来。

胡风　新形式并不完全否定旧的,倒是要接受旧形式的一切长处。像个人创作的长篇小说,在现有的形式里面总算顶笨重的了,但我以为,将来不但不会衰退,也许更要发达,虽然在表现法本身上也许有部分的变化。而且,新形式现在已经有了,不过不够有力,不够广泛地发展,如像朗诵诗,对于这个形式的看法,我常常觉得怀疑,因为,在原则上一切诗歌都能朗诵的。

端木　是的,古诗里面的口占口吟就是这个意思。

适夷　现在所说的朗诵诗,和过去的口占之类不同,而且在外国早已有了,像德国的。

胡风　Weinert。

适夷 是的，Weinert，他常常把诗歌在群众的集合上朗诵，得到了热烈的欢迎，这就和过去不同了。

绀弩 不错，唐诗是念给妓女听的。

端木 如像李长吉。

适夷 如像王昌龄。

乃超 现在提倡朗诵诗，并不是复古，它是对于僵死了的语言的叛逆。过去的诗，很难念，谈人生哲学的也有，难念而且难懂，朗诵诗就是对于这种新诗的反动。因为这些诗只能藉象形文学刺激视觉，看看而已。字面美，排列得美，变成了无声的诗歌。朗诵诗一方面是对于这种诗的反动，而且也适合于目前要求。诗歌达到大众里面，不要象形文字这个媒介物，直接藉声浪刺激读者的感情。所以朗诵诗有这两种积极的意义。

艾青 我看，朗诵诗的提倡已不是应该不应该的问题，而是应该怎样去发展的问题。

田间 我就有一个问题：诗和歌应不应该分开？因为，歌已经深入到大众里面去了，并且有了很好的成绩，如像义勇军进行曲，几岁的小孩子都可以唱得出。

乃超 当然应该分开的，歌是靠音乐的，就是没有词，歌谱也可以感动人。

田间 要诗能够朗诵，一定要经过很长的时间，因为现在拿诗朗诵给大众听，大众一定是不懂的。

乃超 现在提倡朗诵诗，只是开步走而已，还没有产生使一般人能够听得懂的诗，现在一方面是摆脱旧的传统，一方面开拓新的道路。至于创作，还狭隘得很，没有一诵出即达到大家心坎里的东西。

适夷 这问题还有另外一方面：我们提倡朗诵诗，并不是把一切不能朗诵的诗都否定，我觉得胡风刚才的一句话仍然是有用的，我们提倡朗诵诗，并不否认或妨碍别的诗歌的存在，只要它能够写出对于现实的真实的情绪。

艾青　我以为朗诵诗还需要发展,努力地汲收口语,是不必说了,就是非朗诵诗(暂且叫它是纯粹诗吧),旧有的形式如十四行啦,四行诗啦,我们都已经冲破了,就是如像许多诗人的所谓自由诗或自然诗也给我们冲破了。因为,这些诗歌的形式都是从安闲的生活环境里面产生的。

三、作家与生活问题

胡风　这个问题谈到这里为止吧。我们回到开始的时候东平所提出的作家与生活的问题。

绀弩　东平的意思不是这样一般的,他是说跟着军队跑就没有时间写文章,不跟着军队跑就没有饭吃。我的意思和他相反,我宁可参加实际生活,不写文章,因为现在没有参加实际生活,所以文章也没有内容。

淑明　我以为问题并不十分严重。如像《对马》和《铁流》的作者,他们的作品,都是在战争中片断的记下来,在战争后整理而成功的。

适夷　我有一个深刻的感想。在过去,因为想写作品,所以跑到紧张生活里面去。在"一·二八"的时候,我就是这样的。初去的时候,觉得一切的东西都是新鲜的,都应该写,但茫然无头绪,不晓得从何写起,但过久了,又习以为常,淡下去了,要写也写不出。在监狱里的情形也是一样。这原因是因为把握不住,或者没有准备工作,像《对马》的作者那样。没有准备工作,过去了印象就模糊起来。

艾青　能够打进实际生活里面,对作者决没有害处。当时写不出东西来也是自然的。过去一个相当的时间,有了回忆和整理的机会,才会产生出好的作品来。像你的监狱生活,当时因为距离得太近,反而把握不住,如果时间久了,你就可以把它的全部关系看得更清楚,更有条理。我也是一样，在监狱里的时候，只有零碎的断片，如果现在来写，也许可以溶成一个有系统的东西。

萧红　是的，这是因为给了你思索的时间。如像雷马克，打了仗，回到了家乡以后，朋友没有了，职业没有了，寂寞孤独了起来，于是回忆到从前的生活，《西线无战事》也就写成了。

绀弩　我提的不是理论问题，而是一个非常实际的问题。现在我想走进实际生活里面去，但是不能够，成天飘来飘去，到底应该怎么办？

乃超　萧红说的很清楚，你现在就是在实际生活里面，现在那一个人的生活和抗战没有关系呢？问题是你抓不住。

胡风　萧红说的很清楚，（大家笑）现在大家都是在抗战里面生活着。譬如你，你觉得要走进更紧张的生活里面去，实际上这一种感觉，这一种心境，就是抗战中生活的感觉心境了。你写不出作品来，像萧红所说的，是因为你抓不住，如果抓得住，我想可写的东西多得很。不过，我以为问题应该更推进一步：恐怕你根本没有想到去抓，所以只好飘来飘去的。

萧红　譬如我们房东的姨娘，听见警报响，就骇得打抖，担心她的儿子，这不就是战时生活的现象吗？

艾青　譬如我隔壁住的一个军官，昨天夜里打老婆，打得非常厉害。那军官把她从床上拖到门外，女人哭着说：“我宁可死在家里，有一口棺材，两只箱子，想不到跟你逃到这里来受苦，死了也没有人理……”听他们的口音好像是宜兴人。——我以为这个时候不应该发生这样的事情。

胡风　不，应该说在这个时候不应该还发生这样的事情——随时随地都有材料，只因为你（对绀弩）不去抓，不去抓是因为心情不紧张，也就是和抗战结合得不紧。

绀弩　心情不紧张，不就是生活不紧张吗？所以我想走进紧张的生活里面去。

胡风　我看不是的,并不是走不进去,而是因为你自己主观的条件,有许多生活领域你不愿意走进去。只要是紧张的生活你就走进去,我看是不成问题的。得不到一个使你愿意走进去的紧张生活的环境,这里面有许多复杂的原因,如像整个后方工作没有系统地展开,前方和后方没有配合起来行动等等。

适夷　还有一个原因,是作家对于文学的不忠实,可以不写就不写。当然,这是不可以一概而论的。(笑)

乃超　还有,作家失掉了生活保障。在过去,把文学当做商品,这一点可能性现在没有了。过去是为生产而生产,被杂志逼着写,因为不能不卖钱。现在要为创作而创作,问题立刻来了。这反映出来的是作家的苦闷。

艾青　我看问题可以结束一下。打进紧张生活里是必要的,如果不能,也应该随时随地抓住自己所能抓住的生活现象。

淑明　不打进生活里面,情绪不高涨。

萧红　不,是高涨了压不下去,所以宁静不下来。

乃超　各人情形不同。

淑明　单单情绪是不够的,需要跟生活联系起来。

乃超　广大的民众在抗战里面生活着,为什么还有军官打老婆的事情呢?这当然有他的腐化的基础。(对艾青)你所看到的还不过是很小的一件罢了。

田间　这是不是一件普通的现象呢?

艾青　泛泛一看,是一个普通现象,深入地看,是一个特殊的现象。因为那个军官和他的老婆都是受了战争的刺激的。

胡风　这个普通现象,在现在表现出来是一个特殊的现象。(对绀弩)不能因为希望走进紧张生活而放弃现在的努力⋯⋯

适夷　题材是到处都有的,但作家们总希望写出有前途的,新的性格的现实生活。

端木 其实战争场面只是关于抗战生活的一方面,如果不懂得政治内部种种复杂情形,不懂得后方民众的各种变动的情形,那就不能够写出这个战争。不过,战争场面是抗战生活重重的一面,作家们也应该深入,了解,将来才能够描写这个战争。

艾青 是的,我看应该把打进紧张生活去这个说法解释作参加一切社会活动里面去的意思。

端木 对的,战争是一个外围,它里面包含着许多方面的活动,譬如说,不了解汉奸活动的因果关系,我们能够了解战争吗?

绀弩 我提的是一个生活问题,一个中国人的问题,并不是作家的问题。我宁可不写文章,但非生活不可。东平说的是跟着军队跑写不出文章来的问题,和我恰恰相反。

适夷 跟着军队跑,长篇大著虽然写不出来,但短篇仍然是可以写的。

胡风 东平所指的是长篇。至于短篇,并不是不能写,他现在就写了一些。至于长篇,我看可能性很少,因为那需要相当的时间,和对于事件的适当距离。

端木 是的,要写长篇,就需要对于事件的全体的把握,像现在,战争还在发展之中,要全体的描写它当然不可能。

艾青 那会失掉批判的作用。

胡风 除非学威尔斯……

四、今后文艺工作方向的估计

艾青 现在,我们分小说、诗歌、戏剧等,各方面谈一谈今后文学的工作方向,好不好?

适夷 我想,顶好还是从总的方向谈谈吧。

胡风 我看,这问题可以从两方面讲。一方面是怎样能够动员和团结一切文艺作家参加到抗战工作里面,另一方面是怎样保障现实主义底前途,这里面就包含了新作家底养成问题,民众底文艺教育问题,等等……

　　适夷　自有新文学以来,总是跟大众隔离的。但现在有一个好的现象,抗战把这个隔离相当地消除了。因为大众想了解战争的情绪非常高,所以自自然然接近了反映战争的文艺。这是二十年来没有的机会。从前的大众化口号是空的,现在都开始实现了。这是对于文学运动的一个非常好的环境,我们不应该轻易地放过它。分开来说,有两方面。一方面是作家应该和大众接近,作品的大众化问题应该加强地提出,把看不起小型作品的倾向纠正过来。另一方面,现在参加战斗的青年,创作的要求非常高,就是不爱好文艺的人吧,也希望用文艺来表现自己的生活了,所以文艺上的新人一天天地多了起来,但这里面有一个问题:他们都写得比较幼稚,我以为作家们应该加强他们底文艺教育。

　　(几个人的声音:这问题谈不完的……,时间不早了,下次再谈吧……)

　　绀弩　我提议这个座谈会每半个月举行一次。

　　(几个人的声音:好的,好的……赞成赞成……)

　　适夷　(对胡风)那末:你总结一下散会好了。

　　胡风　用不着总结,座谈会就是这样的,谈到那里算到那里。下次我们把这个问题提出来更具体地谈谈罢。

　　(几个人的声音:下次最好先准备一下。)

　　胡风　好的,下次先由大家提出问题来,综合整理出次序来,分送给大家,那讨论起来就更有头绪了。如果弄得到几块钱,大家吃一顿饭,精神也许还要好些。

　　(笑声中散会)

记录者附笔：这次座谈会，谈话时空气底活泼，和对于问题的深入，是出乎我们底希望之外的。但因为我们既没有纪录技术，又毫无经验，所以非常简略，不但谈话时的空气、语调，不能很好地传达出来，恐怕很珍贵的意见也给我们漏掉了不少。时间仓促，来不及送给各位看过付印，这是要希望诸位参加座谈的朋友原谅的。

萧红谈话录（二）

现时文艺活动与《七月》——座谈会纪录①

时　　间：四月二十九日下午②

参加人：（以发言先后为序）

　　　　胡　风　端木蕻良　鹿地亘　冯乃超　适　夷

　　　　奚　如　辛　人　萧　红　宋之的　艾　青

"不肯让位"的精神

胡风　今天是第三次座谈会，现在就开始罢。

首先要说明的，前些时和鹿地谈天的时候，谈到这次座谈会应该讨论什么，他提议批评一下《七月》，他以为如果谈得生动，可以成为一篇很好的文艺批评。我想了想，觉得也可以，除了《七月》的工作需要得到批评以外，有些朋友还不明白《七月》的态度，我们也可以藉这机会作一点说明。但不晓诸位的意见怎样？如果觉得这太仄狭，另换一个题目谈谈也好。

① 该文首刊于一九三八年六月一日《七月》第三集第三期。
② 四月二十九日下午：座谈会记录者笔误，实际座谈会的时间是五月二十九日。

端木　就是这样罢。

（座谈的声音：好的，就这个罢！）

鹿地　关于今天的讨论题目，我有一点说明。实际上，这是我向胡风君提议的。作为一个外来者，这未免过于冒昧，但请原谅罢。我是这么想就这么说了的。

抗战以来，已经十个月了，在那中间，中国文学界急速地造成了新的气运。那里面，《七月》有了大的功绩。现在最要紧的工作是：把这个气运的特质明白地指出，把那成果集中并且展开，使它成为今天的文学界的普遍东西，对于将来的发展给以根据。好容易得到了的成果，如果分散或者埋没了，那实在是可惜的事情。我曾经用了实在不客气的态度把这写了一封信给适夷君。我以为现在是应该这么做的时期。就是，把到现在为止的工作总决算一下，准备走向更高的一步。只要提出问题在什么地方，就够了。从那问题出发，我们可以探求，解决，并且展开工作。这是我提议的理由。

端木　这样说来，是应该先抑后扬呢，还是后抑先扬呢？大概总应该捧一捧啰。（笑）

胡风　不管是抑是扬，只要恰如其分都是好的，——那么，请诸位发表意见。但这之前我要声明一下：我不想作什么报告，大家从自己的印象或者感想说起好了，碰着有说明的必要的时候，再随时补加说明。

乃超　这么办，对我个人相当的不方便，因为我对于最近的文艺活动的情形十分隔膜，没有一个整个的报告就摸不着头脑。

胡风　那倒不要紧。我们说现在的文艺活动，是只指和《七月》的关联说的，并不是作鸟瞰或概论。主意是检讨《七月》的工作，大家就自己见到的不客气地提出意见来就行了。

适夷　在《七月》的座谈会上，似乎不好说《七月》的坏话。（笑）

鹿地　胡风听到坏话就要生气。但是，请说些坏话罢。我也是听到坏话就会生气的,但也请不客气地说坏话罢。

胡风 不,反而是希望多说些"坏话"的。因为,好的地方被说坏了,事实上不会变坏,但如果坏的地方被指了出来,那是有希望变好的。那么(对适夷),就请你说些坏话罢。

(座中发出笑声)

适夷 最近在《宇宙风》上看见一位曾经宣言死抱住文学不放的先生的短文,题目叫做《纯文艺应该让位了》。说现在这个时代,不应再谈文学。《七月》的一贯态度正表现了文学不肯让位。当东战场败退,《烽火》停刊的时候,几乎没有一本文艺的刊物,表面上显出了文艺活动的极度的落退,而《七月》能在最艰苦的处境凛然屹立,这正是《七月》最大的功绩。

(座中的声音,这不是坏话呀!)

鹿地 适夷君所说的"不肯让位"是名言。对于抗战工作里面的文学地位的确立,《七月》实在有了功劳。所以,通过这个工作,《七月》送出了一些非常好的工作家,例如曹白和东平。他们冲破了现成的型。尤其是曹白的工作暗示着作家对现实生活的态度,而且显示着那成果。东平的近作,对于作家在现在非到达不可的东西,以及作家为那而努力的态度和方法,都会有很多的示唆。这样的作家当然还有,大家把自己注意到了的列举出来,说一说意见好了。他们才能够把今天讨论的题目内容——这个期间的文学的成果明白地解答。

组织者和作家态度的形成

胡风 在这里,我想插进一点说明。《七月》在上海出过三期旬刊,那内容主要的是《报告》或《报告文学》。上海战争爆发以后,不久文艺工作也复活了,但据我看,似乎作者们有些被既成的形式所拘束,举例说,在不能写成小说的条件下勉强写小说,于是写成了空虚的概念的东西;应该直接地写出对象的时候却不会想到动笔,倒是拼命地来些浮浅的情绪的叫喊。所以《七月》创刊的时候就提倡"民众活动特写"，"抗战英雄特写"，"汉奸特写"，"战地生活特写"，"通讯"等，被包括在《报告》或《报告文学》这个说法里面的一些写作形式，而且鼓动一些朋友写，号召读者写，使作家的活动更直接地更具体地和对象结合。因为，在那样火热的空气下面，除了诗歌，这应该是最适宜于作家的工作方式。后来《七月》移到武汉来了，但在上海的最后一期上登了启事，就是将扩大篇幅，容纳较长的创作，"诱发在血泊里的含苞的花朵"。这就是说，我们原来就是努力想从《报告》发展或提高到创作的。刚才鹿地提到曹白和东平，他们写的那些报告本身实际上就是很好的作品，而最近的东平的小说，更建立了创作的一个到达点。所以，也许可以说罢，东平和曹白在某一意义上是说明了《七月》工作目标的实现路径的。

　　端木　方才胡风说到《七月》在开初虽然只容纳报告形式的作品，但在移到汉口以后，便竭力的想来容纳创作了。这个倾向是时时的向外界号召着，虽然并没有怎样的宣言。但是，创作不止是要求的问题而是应该和客观的情形来配合。因为，在开初，创作的投稿似乎很少，到后来才比较多了。所以像《严玉邦》那样的作品也收进来了。那不啻是向读者说："我们的要求创作，并不是十分苛求的！"所以我们的路子是想更向深沉的广泛的方面作去的。曹白和东平的出现，倘若如鹿地方才所说，由《七月》养育出来的，那么应该说是《七月》主观力量的一个光荣的确定。但是，这样的工作，才是一个开始，中国人是惯会在一开始就萎落下去了的。屠格涅夫说："刚一开始就结束了"，那是一句描写感情的警句，希望《七月》不作到这样，那些被养育出来的作家也不作到这样。

　　鹿地　端木君的担心是多余的。"是谁产生了曹白们的？"这，我也晓得。是谁产生了的呢？我敢说，是时代。我想谈一谈开始看到曹白的文章的时候的记忆。当我们在上海继续着逃来逃去的生活的时候,看到了文学界的绝望的贫困状态。"最后的胜利是我们的","打倒东洋鬼子"等等鼓励,是好的,但作为两足悬空了的无内容的结语,无论什么场合一定抱着这样的口号,那恰恰像是说明了作品的没有内容似的。这样的作品泛滥了一时。那时候我在《七月》上面发现了曹白的"报告文学",高兴得很。抗战以后,他马上在难民收容所里开始了坚实的工作,在非常困难和悲惨当中用大的忍耐心工作着。从那里,代替"最后胜利,……"。他把"困难将把这些幼儿们造成坚强的中国人罢"这一类的,他的生活所触到的一个一个活的问题写成了卓越的报告文学,充满了悲痛,但也充满了战斗着的中国的力量和内容。然而,如果没有给他以活动的地盘,把这样的作家介绍给社会的"组织者",这样的作家也会被埋没的。当时正是充满了这样的危险的困难时期。那时候,《七月》是尽了组织者的任务的,发现了他,而且养育了他。《七月》把当时的风气置之不理,在一贯的编辑态度下面努力地发现这样的作家,正是没有忘记组织者的任务。把"定期刊物"叫做组织者的原因就在这里。换句话说,重视而且抚育这样的作家,就可以把这普遍化为一种作家的态度。最近,写了《颂徐州》的,素质很好的诗人庄涌,被诱发出来了。不仅是在《七月》上面,也可以在一般文学界诱发好的作家的风气。

胡风 到这里,我再插一点说明罢。当开始工作的时候,不能不考虑到由文坛传统风气来的一些困难条件,这里可以提到两点。第一,新文学为了开拓道路,不能不在观念形式态上作坚强的斗争,然而,由于一些原因,对于具体作品的评价——引伸优点指摘弱点的工作,反而有忽视的倾向,这就使得文坛风气常常被不成熟的理论观点所困惑,使我感到倒不如优秀的作品反而能实际地生出的影响。第二,我自己做了一些所谓"批评"工作的,但经验使我积成了一个苦闷,那就是:如果用论理的言语说话,就是一个单纯的创作现象的理论的追求,也常常会遇到意外的麻烦和意外的误解。由于这,《七月》

采取了用编辑态度和具体作品去诱发作者的方针。而且,在战争刚刚爆发后的那种火热的空气里面,作家都被生活的激流冲烫着,只要编辑态度和具体作品给以刺激以暗示,就会从他们和生活的搏击声里面生出创作的欲求和创作的形式,抽象的理论指示,也许反而会显得不够力量。——现在看来,这方针可以说是收了一些成果的。……(对乃超)你说一点吧。

乃超 我的话也许不中听,你们要生气的话,尽量生气好了。《七月》在抗战中的文艺活动是有成绩的。但是,不够。我同意鹿地先生的说法,曹白、东平是时代养育的。的确,我们的民族解放战争,激发着丰富的民族感情,引诱了许多人提起笔来,即使是极生疏的笔,这是因为该写的题目太多了。实际上,如八百壮士,大战平型关,死守南口等等,《七月》并没有反映,但未熟的作品却大量产生了,这说明许多青年在写作着。这些人是需要指导诱发的。过去,有人以为我们只抓住时代忘了艺术,现在又有人主张抗战时期文艺应该让位,我们的意见倒不会这么动摇不定,始终有一贯恰如其分的理解。《七月》对于取消文艺的偏向作了斗争,这是对的。但二三同人似乎有急于要求伟大作品,而忘了抗战的另一偏向。以前我们几个朋友和胡风谈过,说《七月》应该成为抗战中文艺运动的指导杂志,他以《七月》为同人杂志,说不可能,但实际上不但是可能的,而且应该这样。我说忘了抗战当然并不是说曹白、东平不在战斗中,相反的,他们一个在难民收容所里,另一个在前线。正因为如此,才有这样好的作品。但伟大作品的要求,在第一次座谈会中,使我感到有逃避抗战,关起门来写作的欲望,这是一种偏向,虽则只发现为言论,但《七月》对此是应该负责的。

一个历史转换期的速写

鹿地 奚如君先说罢。

奚如 我就对这些问题来发表一点儿意见。首先我要声明的,是我的意见并非自己的创举,而是刚才各位所接触到了的问题的调整或者引伸。为了发言的便利,我将我的意见分作四点来说:第一点,是关于《七月》的,《七月》这刊物是在什么样的情形之下产生的呢?是在许多作家放下了笔不写与许多文学刊物纷纷停刊的情形之下产生的。为什么许多作家——这里所指的是过去的左翼作家——放下了笔不写或者写不出来呢?我以为应该从历史的演变上去求解释。我们都知道,过去我们许多有名气的作家,所写出来的东西都是根据当时国内战争,阶级对立的观点出发的。但自从国内的和平统一告成,卢沟桥事变爆发以后,全中国起了空前的变化,那特点就在于各阶级的妥协,联合一致去反对共同的外来的敌人——日本帝国主义!因此,各阶级之间的关系起了大的变化,也就是说人与人之间的关系起了大的变化,过去熟悉阶级对立的社会生活的作家们,一下子还不能了解这新的时代,当然更不熟悉这新的时代,于是,要继续过去的作风既不可以,要描写现在的事实又不可能。因此,大部分人都写不出东西来了。而另外有些作家,为了摄取新的文学滋养,跑上了前线,自然一时也还拿不出东西来。还有的简直认为在此抗战时期,大家去打仗好了,用不着了文学,机械地理解了"把一切都交给战争"的原则。有了这许多原因作家们必然会把笔搁下,没有什么作品了,这是第一。第二,为什么许多文学刊物都纷纷停刊了呢?理由很简单,就是没有了文章,编者不能像过去那样:集合一部分在亭子间或前楼里安心写得出稿子来的基本撰稿人。自然,当时书店老板在飞机炸弹之前受到恐怖,不敢再拿本钱出来干"文化事业",与本问题也有着很大的关系。但正在这样苦闷的情况之下,《七月》却出而问世了。我不想作文学史家来评判《七月》,只认为《七月》的出现,实在是有着颇大的意义。因为它的同人如胡风、东平、端木、萧军、萧红、绀弩、艾青、田间、曹白……柏山等,大约都感到了应该克服这苦闷,应该把新文学运动从过去迎接到现在,推进到(伟大的)将来,因而致了优秀与艰苦的努力的吧。他们本着革命的现实主义的立场，既未被新的时代所压倒，也未被"文学家可以散会了"的意见所吓退，反而大胆地接触了实生活，有的简直豪勇地透入了实生活，于是，写出了实在不坏的作品放在《七月》上面，安慰了读者的要求，多少尽了新时代的任务。因此，我或者可以放大一点儿胆子说：《七月》的作用，在于它给险要离散的新文学搭了一道桥梁，使它平安而阵容不乱地走了过来，虽然这道桥梁并非石砌铁铸的，还不能通过像装甲汽车或坦克车那样重量的东西，但是，它终于让文学的步兵一个一个地走了过来，却是真的。

第二点，是关于大家刚才所说到的，而我要以这样的小标题来发言的问题——为什么现在才有像东平的近作：《一个连长的战斗遭遇》这样完整的佳作，而过去则没有呢？我的回答是：因为过去的客观形势比现在混乱，不可能产生大的好的作品。当时是在第一期抗战的阶段，由于政治上军事上的缺点与错误，朋友们，我们实在打了些很悲惨的败仗！因此，当时社会一般人的心理状态，是颇为混乱的，因此，作家的主观也是颇为混乱的；因此，也就不能产生像东平的《一个连长的战斗遭遇》；因此，只能有一些非常片断的报告文学之类，而且还是带着观点不正确的报告文学之类，即过分的用了绝望，与无意的用了敌视的态度去暴露了各方面的黑暗。黑暗固然还是要暴露的，但应该抱着善意，希望和鼓励的心啊！自然，作家从过去那样阶级对立的观点写惯了文章，还难得一家伙就克服过来，于是，就有了过去那现象。实在，抗战后中国内部的情形，是非常曲折而不单纯的，因为既不是阶级对立，也不是阶级消灭，而主要的是各阶级要融洽而联合一致地抗战，但各阶级间却又还存在着矛盾。作家怎样从这里适当地去安置他的观点，去处理他的题材，那非从政治上进一步的学习与体验不可。

《七月》在开始时，只能登载许多短小的报告通信之类，那是必然的事，也可算是客观要求的严肃的工作。

然而,现在却不同了,现在登出了像东平的《一个连长的战斗遭遇》。为什么呢?因为现在各方面的情形都有了进步,因而,使作家的心从混乱里解放了出来,一切都是如此的乐观,如此的兴奋,如此的健康,作家的创作力活跃了,完整了,因此才有了进一步的收获。

第三点,是怎样鼓励东平再前进与鼓励其他的作家赶上东平而且超过东平的成绩呢?我以为,第一,必须鼓励东平再进一步地渗入壮烈的民族革命战争里去!从东平最近的来信上看,他是已经自觉自动地做到了,他已经参加了新四军的先遣队,到敌人的后方打游击战去了!祝福他如他的来信上所表示的愿望:"能够不死,那就是有更伟大的材料来写小说!"他的工作方向是一个好的模范。第二,必须鼓励别的作家去参加一下实生活。作品固然是经过想像而创造出来的,但不能说完全不走近实生活就可以创造出好的真实的作品。当然,我不是在主张着作家去打仗好了,放弃文学得了。

不。作家到前线去,社会上对于他的要求,决不是光为了打仗,而是为了理解战争,搜集战争的材料,有计划的写出作品来!

第四点,是想说一说《七月》的缺点。《七月》虽然表现了成绩和战斗的任务,但我还以为不够,主要的是未能明朗地提出自己的主张来,明朗地批判文坛的缺点。同时也还未将眼睛注意到《七月》以外的文艺活动上去,谦虚一点儿是好的,但不可纵容错误,需要斗争!当然,现在我们需要的是站在统一战线的立场上的理论的斗争,不是对立与仇视的打倒的斗争!与一切错误的倾向作斗争,这是过去新文学运动的优秀的历史传统,尤其是鲁迅伟大精神的所在,不可放弃的,因为既在还有矛盾根据的现社会里,文坛上一定还有进步与落后,正直与诡诈的现象,这样从极其纷縻复杂的光波里射出一道鲜明强烈,确立不移的新文学的光荣呢?那是今后《七月》所应该努力的方向!尤其是理论家如胡风等,更应该拿出勇气来啊!好,许多朋友要抢着要发言了,我的话就此结束。

同人杂志一席辩

胡风 但是,对不起,让我先对乃超的意见解释几句。我所说的"同人杂志"是指编辑上有一定的态度,基本撰稿人在大体上倾向一致说的,这和网罗各方面作家的指导机关杂志不同。第一,我以为,用一个文艺态度号召作者读者,由这求发展的杂志,对于文学运动是有用的,第二,《七月》的工作如果不是采取这个方向,恐怕很难得开始,第三,《七月》也并不是少数人占领的杂志,相反地,它倒是尽量地团结而且号召倾向上能够共鸣的作家,尽量地寻求新的作家,例如开始没有写稿的作家现在写得很多,如东平、艾青等;许多新作家的出现更不必说了。这是一个方针或方向问题,我平常谈话的时候,是使用"半同人杂志"这个说法的。

端木 所以,由此观之,方才假设有人说《七月》是坐在屋子里写伟大的作品的一个同人的机关,那么,又怎样会养育出接触现实生活的作家了呢?这一个无可置辩的事实,便可回答这个矛盾的质问。可见倘是在行动里学习了的作家是《七月》养育出来的,那么,《七月》也必然是行动的艺术。否则,方才所到达的结论就有被推翻的危险。

胡风 是的,东平提出过要求伟大的作品的意见。但他的意思并不是像乃超所说的,关在房子里写伟大的作品。第一,东平本人始终是战斗的,对于他的战斗行动,我们一向是取的对他自己鼓励,对一般作家和读者宣扬的态度。第二,在东平提出要求伟大的作品的论点里面,的确有许多不正确和混乱的地方,但有一点我们应该注意:他对于在十多年苦斗中培养出来的青年文学干部在抗战里面没有成绩表现的现象,表示了很大的不满,所以他"要求成熟的老作家不要腐化,幼稚的青年作家加紧努力"。从这个心境要求伟大的作品,我以为反而是值得同情的。第三,乃超说《七月》对于东平的意见应该负责,但其实,《七月》的工作态度当不会给人一个离开斗争去创造作品的印象罢,因为,《七月》上的作品,绝对的大多数是从战斗的意志战斗的生活产出来的。乃超之所以有了这样的意见,或者因为我们太熟了,看见我成天做着文字的工作,因而觉得我也许是主张闭门创作的罢。其实,只要能够我倒很希望到战场上去跑跑,那一定比现在的工作活泼得多,有趣得多。

(追注:关于东平底以及类似的意见,虽然不完全,周行和我曾经作过批判,就是在东平提出这意见的那次座谈会上,当时大家就批判过,乃超自己也是参加这批判的一人。东平后来还自己纠正了自己的论点的。——胡风)

鹿地　似乎提出了许多重要问题,先把"同人杂志"这个问题解决了再说罢。

乃超　同人杂志的问题是我引起的。我先加以说明,免得发生枝节。记得我们从前和胡风谈到《七月》的问题时,希望《七月》成为抗战文艺活动的组织者,但胡风以为《七月》是同人杂志,负不起这个责任,所以我今天才提起这个问题。我今天的用语,不说同人杂志而用"同人杂志的姿态",以前的我所理解的和今天胡风所说的"半同人杂志"是一样的。就是说,《七月》不该建立在少数同人身上,应该诱发多数的青年作家,并指导整个文学运动。

鹿地　胡风君说开始的时候不得不采取同人杂志的形态,这情形我是懂的。然而,文学杂志为了守卫"立场",半同人杂志的形态是必要的,对于这说法我不赞成。

事实上,《七月》不是一开始就不是同人杂志的性质么?说是同人杂志,是指的什么呢?是不是说那不是某文学团体的机关志?如果是这个意思,那我以为不能也不应该把《七月》做成什么机关杂志。因为,像苏联那样的,被一个文学方针所贯串的统一的文学团体都在中国并没有。统一的团体是有的,文艺界抗敌协会就是。然而,那不是被文学的方法所统一,而是在"抗敌"这个政治目的的一点上把种种倾向的作家群都团结起来了的团体。作为在那个意义上的团结的中心组织者,有杂志《抗敌文艺》。不用说,全国的文学工作在正确的方法下面得到统一和组织,是希望的。然而,那要怎样才能够达到?第一,应该以"抗战文艺"为中心,发动讨论和研究,例如:作家在抗战里面应该怎样活动;在哪一点上有了成功或失败;哪个作家的工作,哪个地方分会的做法是正确的,等等,使得不但是政治的意见,连关于文学方法的意见都逐渐统一下去。另一方面,为了充分发挥各自的特质,使优秀的现实主义成长,以至克服坏的倾向,现在带有不同倾向的杂志应该互相竞争,斗争的。在这个竞争的过程上面,正确的倾向或为支配的,统一的气运就会渐渐地成熟罢。在各杂志的编辑者或代表者一类的会议席上,意见的交换和斗争也是必要的。我想应该准备,急忙地机械地去做,可不会成功,现在是向着那个统一方向进行组织的斗争过程。

同人杂志是什么?我把这解释为小集团体主义的杂志。仅仅是一定的同人的发表机关,是宗派性质的杂志。《七月》一开始就有一定的编辑同人,然而,那是撰稿者,并不是表示执笔者的限度。不仅如此,《七月》是为了好的工作而开放,努力地发现了那样的工作者。因此,现在逐渐开始和大众结合了。和这相反,甚至某团一体的机关杂志都有显出同人杂志的危险。仅仅被大作家或经常执笔者所独占,没有发展的杂志,就是的。

其次,以后编辑同人应该有的。那应该由少数的比方三四个有权威的人构成。太多了不行,太多了只会使工作混乱而已。只是,为了批评编辑上的成绩,和采取对于将来的意见,有一个把人数扩大的批判会议也好。杂志一出来,应该马上在那会议席上求得关于那结果的意见。

端木 我以为这是个名实的问题,比如乃超说《七月》是同人杂志,而一般广泛的读者也承认《七月》是同人杂志,而后来如胡风所说，是作到了半同人杂志的地位，而现在好像又有判定《七月》为非同人杂志的倾向。其实，这还是个名实之争，《七月》的姿态不管是同人杂志也好，非同人杂志也好，他却是以同人的主观的力量来奠定的。因为有的人对于《七月》的要求不同，所以看法就有差异。

鹿地　绝对不是名词的问题。名词虽然没有被鲜明地提出，但实际上做了卓越的组织者。如果不是这样，《七月》就不会有今天的发展，也没有诱发好的作家罢。我希望现在确认这个意义，使作好文学组织者的机能更加成长下去。

（附注：端木说的是名实之争，当时译者错听成名词之争，所以彼此的用语有一点不同。——记录整理者）

端木　我以为这是个名实之事。从前王安石和司马君实争论的时候，他们有的说是名实之争，有的说不是，可是别人看得明白，而且可以指出实是属于哪方面的。我以为《七月》无论如何，以后仍然要以《七月》同人为基础，但是要更广泛的号召全国作家和养育更成熟的作品。而且，《七月》从前作的自然有不够的地方，就是在主观上我们也承认还储藏一部分力量没有发挥出来。当然，如鹿地所说：《七月》倘不吸收更广泛的角度，只有灭亡。是的，因为一个有方向的杂志必须要和客观现实来配合。《七月》知道这一点，并不机械，所以它不会和现实背驰开去。

适夷　《七月》虽然不是同人杂志，但乃超所说的有同人杂志的姿态，却是事实，这表示在作品倾向的一致上面。我想，作为整个文艺运动的一个岗位，这一种集合是必要的。但是，对于自己这一倾向，必须负起宣扬的责任，比方《七月》中所特别推荐的作品，事实上有很多还没有引起注意，这一介绍的工作还做得不充分。其次，对于《七月》以外的整个文艺的作品的活动，也不应该放弃批判的任务。对丁不正确的倾向，仍应取斗争的态度，使《七月》和整个文运息息相关地配合，是必要的。这样的工作过去太缺乏了。

胡风　我再声明几句罢：《七月》从开始到现在，态度并没有改变，因为最初就是希望能够像现在这样广泛地和读者大众结合的。在汉口出版的第一期上面，我们声明了愿意和读者在战争里面一同成长，希望读者来参加我们的工作。不过，为了保持基本的态度，第一，创作态度不同的作家我们不请他来参加，第二，即令创作态度我们是共鸣的，但如果彼此不熟悉，也不勉强地请他来参加，因为不熟悉就不能够不客气地决定稿子。所以，《七月》决不拉成名作家的稿子，从这方面恐怕受到了不少的误解，但是，《七月》决不是被少数人所独占，第一，它对于投稿者完全公开，许多新的作者在这上面出现了，第二，基本的撰稿者也是来来去去，经常流动的，有从前写得多的现在少写或者不写了，有从前少写或者没有写的现在却写得很多，所以《七月》的基本撰稿者实际上并没有一个明确的界限。担心《七月》会建立在少数同人身上是不必的。

鹿地　的确，我以为《七月》在发展的过程上并没有改变它的姿态。看起来好像改变了，那是因为开始还没有和大家结合好的时候，给了人一个只是编辑同人的作品的印象。所以我说过，问题是在于"方针"。非难说只是团集了某种倾向的作家，那也不当。不是倾向，应该说是守住了文学的方向。在这个意义上，杂志是应该明白地拿住方向的。

因为这，没有把成名作家和新作家区别的必要。没有特别去拉成名作家，这是对的。如果因为这理由，一部分成名作家说《七月》是"同人杂志的"那是错；这反而恰恰是非"同人杂志"的证据。不应该拒绝谁，但也用不着特别地去拉谁。就是编辑同人，也应该时常由更适当的人来补充，代替。总之，用不着拉个人，应该拉的是工作。谈到《七月》的现状，是好到不能说什么坏话的杂志，可以说是到了国际的水准。

但是，为了更大的成长，下面略略说点意见。要说不够的地方，那也是反映了现在中国文学界不够的地方。那就是,虽然《七月》正走向正确的现实主义的轨道,但一般地说,作品还显得狭小。打破了纪述的文学的限度的,有分析的努力的作品,还没有见到。因而没有从分析产生的各种各样的现实主义的多面性。那原因是由于"还没有那样的作家",现在不能马上有什么办法,但应该有奖励这样努力的理论的工作。

冯君说没有从文学上反映"八百壮士""南口之战"等等英雄的事件,但我却不希望有太草率的反映。大的纪录文学,是应该努力的,但那不是一朝一夕可以得到结果的罢。如果说的不是纪录文学,而是报告的意思,那顶好把"通信"更组织化。为了时时刻刻把那些事实的姿态正确地普及,"七月社"应该逐渐地在各战区各地方寻求定期制的,负责的通信员。从到现在为止的受动性更进一步。把通信计划化,有机会能在汉口举行通信员会议那就更好了。

其次,多关心到好的宣传艺术,请介绍一些正确的宣传剧本,好的漫画讽刺诗……罢。

还有,最重要的是在文学界扇起批评精神,如像奚如君所说的。到现在为止,过于沉默的工作了。不仅《七月》把注意扩大到一般文学界,多来些文学评论。这正是分析文学界的成绩,把到达点集中,展开的工作。

奚如君刚才说的意见,已经是很好的"现状鸟瞰"的论文,指出了重要的问题,例如说停止了阶级斗争,进入到民族抗战期以后,对阶级文学努力了的作家们迷惑了。像这样的事实,正暗示了过去的所谓"阶级文学"的方法本身应该加以反省的重要问题。希望奚如君马上把这写成文章。

东平断片

端木　我现在提出一点疑问,是方才怕扰乱了论点没有提出来的。奚如说东平创作中所指出的方向，大概他是这样说的吧，希望《七月》的创作将来也按照这方向来发展。我认为这里应该先说明东平的作品所代表的方向的必要。

奚如　我的意思是，东平现在获得的成绩，决不是偶然的。他是从不间断的实践生活里培养出来的。过去，他会直接参加过海陆丰的土地革命，现在，他是直接参加了抗日战争，他的生活就是战斗着的，所以才能写出这样好的作品来。我是说，他对于生活的战斗的态度，可以作我们的模范，而且，他对于创作的不肯随便的态度也是可宝贵的。

鹿地　对于奚如君的意见完全同意，在东平里面被我们看到的最好的地方是对于现实的拼命的肉搏。没有所谓小说家的随便的地方。他和作品里面的人物、自然、战争拼命地格斗。这是从什么地方产生的？是从作家对于生活的严肃的态度。

辛人　东平的创作能够达到现在这样的水准，一方面固然是他的对于现实生活体验的丰富，因为他是很小的时候就不得不离乡背井，独个儿到外面流浪过活；另一方面，他对于艺术的执着的努力，也大有关系。他是连小学都没有读完的，六七年以前他做的文章，句子还要修改。但他此后一直的专心创作，在艺术的修养上用了很大的苦心。

抗战爆发以后，不单是文坛，就是社会上一切现象，都起了一种突然的变动与混乱。一般的青年们开始都有"报国无门"之感。当时东平气愤愤的要埋头创作，不管外事。这种态度很引起朋友们的指责。其实，他是一个无论在文学在行动上都爱用夸大的线条去表现一切的。他的本意仍然把实践和修养并重地列在一起。

去年十月他从济南回来时，谈起当时在韩复榘统治下的山东的政治与军队的黑暗腐败情形。对于这种情形，他不大敢下笔写出，因为怕被人说是"汉奸文学"。这证明我们的文艺批评对于创作的指导的不够。不过，看了《一个连长的战斗遭遇》后，我们觉得他是正确地站在动的新现实主义的立场上,能够批判地表现现实了。

胡风 关于东平,我也说一点。他除了认真的一面之外,还有天真的一面。《七月》在汉口出版了以后,他从南京寄来了一篇文章,在附寄来的信上说,你大概不愿采用我的文章罢。我在回信里说,我愿意用你的文章,不过这一篇并不好,因为,虽然写的是抗日战争,但人物的感情和环境都是内战时代的情形,不过把内战时代的材料换上了些抗日的字面罢了。他回信承认了这事实,并且叙述他舍不得把过去的材料丢掉的心境。这以后,发表了我们都知道的那三篇有名的“阵地特写”。这次到东战场去,在南昌停了很久,中间又寄来了两万字左右的小说,信上说他自己非常满意,——他有一个有趣的癖气,当他把不能十分自信的文章寄给你的时候,往往反而说自己如何如何满意,恐吓一通,以为这样就会一定发表的。——但一看就晓得那依然是内战时期的材料,虽然他自己写得很用力,但人物的性格和环境依然是把握不定的。于是回信指出,劝他不要发表。他回信说,原来以为可以混过去的,但既是这样不能马虎一点,那就不要发表;希望以后一直对他保持这种态度云。从这里可以看到他的天真的一面。我想这天真也可以作为他的认真的一面的说明。——好,关于东平,到这里为止罢。(对萧红)你早想说话的,现在轮到你了。

其 它

萧红 胡风对于他自己没有到战场上去的解释,是不是矛盾的?你的《七月》编的很好,而且养育了曹白和东平这样的作家,并且还希望再接着更多的养育下去。那么,你也丢下《七月》上战场,这样是不是说战场高于一切?还是为着应付抗战以来所听惯了的普通的口号,不得不说也要上战场呢?

关于奚如对于作家在抗战中的理解,我有意见的:他说抗战一发生,因为没有阶级存在了。他的意思或是说阶级的意识不鲜明了,写惯了阶级题材的作家们,对于这刚一开头的战争不能把握,所以在这期间没有好的作品产出来。也都成了一种逃难的形势。作家不是属于某个阶级的,作家是属于人类的。现在或是过去,作家们写作的出发点是对着人类的愚昧!那么,为什么在抗战之前写了很多文章的人而现在不写呢?我的解释是:一个题材必须要跟作者的情感熟习起来,或者跟作者起着一种思恋的情绪。但这多少是需要一点时间才能把握住的。

还有,下次座谈会一定要请记录人,这种不能成为座谈会。谈话是跟着声音继续的,这样的间隔法,只能容少数的人,或是完全庄严的理论和一篇文章一样的谈话才能够被发表,比方今天,有半数的人只得到了坐着的机会,而没听到他们的声音,我看他们感到寂寞的样子。这是对于同坐的人的不敬。

胡风 是的,艾青和宋之的完全没有开口,几次想说话都被我们抢先了。这很不好。(宋之的和艾青笑)

奚如 我还要抢先说几句。萧红完全听错了我的意见,我并未说过去有阶级存在,现在没有了。现在阶级还是存在,不过阶级间的关系起了变化,即不是对立,而是协调,一致去反抗日本帝国主义。萧红所说的作家暂时不能把握这新的变化,以后能把握住了就可以写出作品来,这是对的,跟我的意见也是一致的,并不冲突。

胡风 好了,两人的意见在这一点并不相差太远,不必延长下去了。——是再换一个项目谈下去呢,还是就此结束?

(座中的声音:不少了,可以结束罢!)

乃超 恰好把今天的题目所要谈的几点谈到了。

胡风 那么,今天的座谈会就此结束了。但我有几句最后的话。第一,今天着重地提出了曹白和东平,这是好的,但可不能给人一个《七月》只他们做了工作的印象,因为,《七月》上面还有一些作家努力写了优秀的作品,另外还出现了一些有希望的新的作者,只不过并没有他们两个的印象那么有力和鲜明罢了。其次,一向就希望朋友们对《七月》不客气地发表意见,使工作能够改造,但大家都是很客气。今天特别开座谈会,而且开始的时候还声明了请多说坏话,但结果还是过于客气。希望以后随时有意见就不客气地告诉我们。最后,希望能够尽力从今天的谈话里使工作更加改进。

（座中的声音:"外交辞令来了! ……"接着是一片笑声。）

端木　你又可以在记录后面写上"在笑声中散会"了!

胡风　不,你一说破我就不写了。

（又一片笑声）

萧红谈话录（三）

回忆我和萧红的一次谈话

聂绀弩

萧红逝世已快四十年了，死时只三十一岁，如果活到现在，也差不多七十了。人生如此匆猝，萧红的一生更如此短促！

我和萧红见面比较频数的只是很短的一段时间。一九三八年初，同萧军、端木蕻良、田间及她，都在临汾的实际上是薄一波同志做主的山西民族革命大学，而且住在一个院子里。这时候，丁玲领导的西北战地服务团听说我们到了临汾，他们也从什么地方赶到临汾来了。他们一来就演戏，演过一两次（即一两日）戏，敌人（日军）就从晋北南下来了，民大就搬家，缩小，我们这几个尚未上课的手无寸铁的所谓教授之类，就随西北战地服务团渡河，去到了西安。到西安后，我还同丁玲到延安去打了一转，回西安后不久，我就单独回武汉去了。后来在武汉还见过萧红一次，未想到那次就永别了。这是说我和萧红会见较多的时间，前前后后，不过一个月光景。因此，对于她，其实是知道很少的。

在临汾或西安时只一次和萧红谈话。

我说:"萧红,你是才女,如果去应武则天皇上的考试,究竟能考好高,很难说,总之,当在唐闺臣(本为首名,武则天不喜欢她的名字,把她移后十名)前后,决不会到和毕全贞(末名)靠近的。"

她笑说:"你完全错了。我是《红楼梦》里的人,不是《镜花缘》里的人。"

这确是我没想到的。我说:"我不懂,你是《红楼梦》里的谁?"我一面说,一面想,想不起她像谁。

"《红楼梦》里有个痴丫头,你都不记得了?"

"不对,你是傻大姐?"

"你对《红楼》真不熟习,里面的痴丫头就是傻大姐?痴与傻是同样的意思?曹雪芹花了很多笔墨写了一个与他的书毫无关系的人。为什么,到现在还不理解。但对我来说,却很有意思,因为我觉得写的就是我。你说我是才女,也有人说我是天才的,似乎要我自己也相信我是天才之类。而所谓天才,跟外国人所说的不一样。外国人所说的天才是就成就说的,成就达到极点,谓之天才。例如恩格斯说马克思是天才,而自己只是能手,是指政治经济学这门学说的。中国所谓的天才,是说天生有些聪明,才气。俗话谓之天分、天资、天禀,不问将来成就如何。我不是说我毫无天禀,但以为我对什么不学而能,写文章提笔就挥,那却大错。我是像《红楼梦》里的香菱学诗,在梦里也做诗一样,也是在梦里写文章来的,不过没有向人说过,人家也不知道罢了。"

我们也谈到鲁迅。对于鲁迅,她有很独到而精辟的看法,出乎我的意外。话是这样谈起的。

我说:"萧红,你会成为一个了不起的散文家,鲁迅说过,你比谁都更有前途。"

她笑了一声说:"又来了! 你是个散文家,但你的小说却不行!"

"我说过这话么?"

"说不说都一样,我已听腻了。有一种小说学,小说有一定的写法,一定要具备某几种东西,一定写得像巴尔扎克或契诃夫的作品那样。我不相信这一套。有各式各样的作者,有各式各样的小说,如《头发的故事》《一件小事》《鸭的喜剧》等等。"

"我不反对你的意见。但这与说你将成为一个了不起的散文家有什么矛盾呢?你又为什么这样看重小说,看轻散文呢?"

"我并不这样。不过人家,包括你在内,说我这样那样,意思是说我不会写小说。我气不忿,以后偏要写!"

"写《头发的故事》《一件小事》之类么?"

"写《阿Q正传》《孔乙己》之类!而且至少在长度上超过他!"

我笑说:"今天你可把鲁迅贬够了。可是你知道,他多喜欢你呀!"

她笑说:"是你引起来的呀!说点正经的吧,鲁迅的小说的调子是很低沉的。那些人物,多是自在性的,甚至可说是动物性的,没有人的自觉,他们不自觉地在那里受罪,而鲁迅却自觉地和他们一齐受罪。如果鲁迅有过不想写小说的意思,里面恐怕就包括这一点理由。但如果不写小说,而写别的,主要的是杂文,他就立刻变了,从最初起,到最后止,他都是个战士,勇者,独立于天地之间,腰佩翻天印,手持打神鞭,呼风唤雨,撒豆成兵,出入千军万马之中,取上将首级如探囊取物!即使在说中国是人肉的筵席时,调子也不低沉。因为他指出这些,正是为反对这些,改革这些,和这些东西战斗。"

我笑说:"依你说,鲁迅竟是两个鲁迅。"

她也笑说:"两个鲁迅算什么呢?中国现在有一百个,两百个鲁迅也不算多。"

我笑说:"你这么能扯,我头一次知道。"

我们也谈《生死场》。

我说:"萧红,你说鲁迅的小说的调子是低沉的。那么,你的《生死场》呢!"

她说："也是低沉的。"沉吟了一会儿，又说："也不低沉！鲁迅以一个自觉的知识分子，从高处去悲悯他的人物。他的人物，有的也曾经是自觉的知识分子，但处境却压迫着他，使他变成听天由命，不知怎么好，也无论怎样都好的人了。这就比别的人更可悲。我开始也悲悯我的人物，他们都是自然奴隶，一切主子的奴隶。但写来写去，我的感觉变了。我觉得我不配悲悯他们，恐怕他们倒应该悲悯我咧！悲悯只能从上到下，不能从下到上，也不能施之于同辈之间。我的人物比我高。这似乎说明鲁迅真有高处，而我没有或有的也很少。一下就完了。这是我和鲁迅不同处。"

　　"你说得好极了。可惜把关键问题避掉了，因之，结论也就不正确了。"

　　"关键在哪里呢？"

　　"你真没想到，你写的东西是鲁迅没有写过的，是他的作品所缺少的东西么？"

　　"那是什么呢？"

　　"那是群众，那是集体！对么？"

　　"你说吧！反正人人都喜欢听他所爱听的。"

　　"人人都爱拍，我可不是拍你。"

　　她笑说："你是算命的张铁嘴，你就照直说吧！"

　　"你所写的那些人物，当他们是个体时，正如你所说，都是自然的奴隶。但当他们一成为集体时，由于他们的处境同别的条件，由量变到质变，便成为一个集体英雄了，人民英雄，民族英雄。用你的话说，就不是你所能悲悯的了。但他们由于个体的缺陷，也还只是初步的、自发的、带盲目性的集体英雄。这正是你写的、你所要写的，正为这才写的；你的人物，你的小说学，向你要求写成这样。而这是你最初所未想到的。它们把你带到一个你所未经历的境界，把作者、作品、人物都抬高了。"

"这听得真舒服！"

"你的作品，有集体的英雄，没有个体的英雄。《水浒》相反，鲁智深、林冲、杨志、武松，都是个体英雄，但一走进集体，就被集体湮没，寂寂无闻了。《三国演义》里的英雄，有许多是终身英雄，在集体里也很出色，可是就在集体当中，他也是个体英雄。没有使集体变为英雄。其实《三国》里的英雄都不算英雄，不过是精通武艺的常人或精通兵法的智士。关键在他们与人民无关，与反统治无关，或反而是反人民的，统治人民的。他们所争的是对人民的统治权，不过把民国初期的军阀混战推上去千多年，而又被写得仪表非俗罢了。法捷耶夫的《毁灭》不同，基本上是个人也是英雄，集体也是英雄，毁灭了更是英雄。但它缺少不自觉的个体英雄到集体这一从量到质的改变。比《生死场》还差点儿。"

"你真说得动听。你还说你不拍！"

"且慢高兴，马上要说到缺点了。不是有人说，你的人物面目不清，个性不明么？我也同感。但这是对小说，对作品应有的要求。如果对作者说，我又不完全同意。写作的第一条守则：写你最熟悉的东西。你对你的人物和他们的生活，究竟熟悉到什么程度呢？你写的是一件大事，这事大极了。中国的民族革命的个体到成集体英雄，集体英雄又反转来使那些不自觉的个体变为自觉的个体英雄。不用说，你写的是这大事中的一件小事（大事是由无数小事汇集而成的）。但是你作者是什么人？不过一个学生式的二十二三岁的小姑娘！什么面目不清，个性不明，以及还有别的，对于你来说，都是十分自然的。"

她掩着耳朵说："我不听了。听得晕头转向的。"一面说一面就跑了。

写《萧红选集》序，像本文开头所述，我是不胜任的。现在病卧在床，无力把《萧红选集》通读一遍，更深的研究，更谈不上。就把这与萧红同志的三段谈话回忆出来，聊以充数。这些谈话，一面虽是言犹在耳，景犹在目；一面究竟也相去四十多年，不免有些记不完全了，但有的地方，由于现在加了一些补充，或者反而比当时更完全了。

第一段，说明萧红虽然是我们大家公认的才女，她的著作，全是二十几岁时候写的。但要以为她是不学而能，未曾下过苦功，却是错误的。这种错误看法，很容易阻碍青年学习写作。"我没有萧红那种天生的才能，学习写作就学不好。"这样一想就万事都休了。

第二段，可以看出萧红是怎样推崇鲁迅，尤其是鲁迅的杂文。她用了旧小说上的某些陈词滥调，简直像开玩笑似的。但那些陈词滥调经她一用，都产生了新意，而且十分贴切真实，而又未经人道。由此可以看出萧红对鲁迅，对文学艺术，乃至对历史社会，乃于对其他的人和自己的一些作品的看法来。

第三段，是我对萧红的作品的看法。之所以只谈到《生死场》，那是因为我当时只看过她的两本书：《生死场》和《商市街》。以后虽然也看过别的，也不毫无所见。但那是以后的事，不好把它混到这里来。好在《生死场》是她的最具特色，当时的影响也最大，也就是成名作，代表作。

这究竟算是《萧红选集》序呢？还是算对一个文友的逝世快四十年的纪念文呢？

一九八〇年八月十五日于北京邮电医院

萧红年谱

章海宁

一九一一年(一岁)

六月一日(农历五月初五端午节),萧红出生于黑龙江省呼兰府(今哈尔滨市呼兰区)张家大院。乳名荣华,学名张秀环,后由外祖父改学名张廼莹。祖籍山东省莘县董杜庄镇梁丕营村。祖父张维祯,父亲张廷举(张维祯因婚后无子,过继堂弟张维岳三子张廷举为子),母亲姜玉兰。

一九一三年(三岁)

呼兰由府改县。

一九一四年(四岁)

弟弟张富贵出生。萧红常随祖父在后花园玩耍。

一九一五年(五岁)

张富贵夭亡。萧红对家中正屋储藏室旧物产生浓厚兴趣。

一九一六年(六岁)

萧红二弟弟张连贵(即张秀珂)出生。

夏,萧红祖母病逝。萧红随同族小伙伴第一次走出张家大院,到呼兰河边玩耍。

一九一七年(七岁)

祖父开始教萧红背诵古诗。萧红对祖父打洋车夫产生隔膜。

一九一九年(九岁)

春,萧红三弟张连富出生。

八月二十六日,母亲姜玉兰病故,年三十四岁。张连富被送到福昌号四弟家寄养。

十二月五日,张廷举续娶梁秀兰(后改名梁亚兰)。

一九二〇年(十岁)

春,萧红入县立第二初高两级小学(南关小学)女生部读一年级。

一九二一年(十一岁)

黑龙江发生鼠疫,萧红三弟连富被呼兰县城天主教堂英国传教士残酷"治疗"死亡。

一九二四年(十四岁)

夏,萧红初小毕业。

秋,升入县立第一初高两级小学女生部读书。

一九二五年(十五岁)

五月三十日,上海爆发五卅惨案。

六月四日,五卅惨案消息传到哈尔滨。呼兰随后举行抗议活动。

七月中旬,萧红与同学参加募捐等声援活动。

七月底,呼兰县学生联合会在县城西岗公园举办募捐答谢活动,萧红在话剧《傲霜枝》中扮演一角色。

一九二六年(十六岁)

五月三日,呼兰县遭暴雨、冰雹袭击,全县遭灾。

六月初,萧红作文《大雨记》获老师表扬。

七月,萧红高小毕业。

九月,萧红同班同学多升入齐齐哈尔、哈尔滨等地中学读书,萧红争取到哈尔滨读初中,因受父亲阻拦未果。萧红因升学读书受阻而"病"在家中。

秋,同班同学田慎如因抗婚出家到呼兰天主教堂当修女,此举对萧红有很大震动。

一九二七年(十七岁)

二月初,大伯父反对萧红去哈尔滨读书。

夏,萧红以出家为由,迫使父亲同意她去哈尔滨读书。

九月,萧红考入哈尔滨市"东省特别区区立第一女子中学校",该校前身为私立从德女子中学校。

一九二八年(十八岁)

五月十二日,萧红祖父八十寿辰,呼兰县长路克遵、审判厅长郭席珍等率呼兰各界出席祝寿活动。

六月四日,东北军阀张作霖在"皇姑屯事件"中被日本人炸死,日本人胁迫张学良签订《满蒙新五路协约》,东三省人民掀起反日护路示威活动。

九月中旬,张廷举由呼兰县教育局局长转任黑龙江省(省城在齐齐哈尔)教育厅秘书。

十一月五日至九日,萧红与同学一起参加"哈尔滨市学生维持路权联合会"发起的反日护路示威游行活动,萧红主动请求参加宣传鼓动工作。

一九二九年(十九岁)

二月,萧红祖父病危,回家探视。继母梁亚兰的妹妹开姨(《小城三月》翠姨的原型)因婚事抑郁而死。

六月七日,祖父病逝,萧红回家奔丧。

七月十日,"中东路事件"爆发。

十一月十七日,苏军以四万余兵力攻占满洲里和扎兰诺尔。是月中旬,萧红校方组织的"佩花"募捐活动。

一九三○年(二十岁)

春,学校组织赴吉林春游,归来在校刊上发表诗歌《吉林之游》,署名悄吟。

夏,萧红初中毕业,家中主张结婚,反对继续求学。萧红在徐淑娟等同学的鼓动下,准备随表哥陆振舜(一说陆哲舜)赴北平(北京)求学。

九月,萧红离家出走,随陆振舜赴北平,租住西单二龙坑西巷。萧红入北平女子师范大学附中读高中。受萧红出走的影响,张廷举被解除教育厅秘书一职,调巴彦县任督学。张秀珂随父亲去巴彦县中学读书。陆家在张家的压力下,欲中断陆振舜的生活费,萧红与陆振舜关系紧张。

一九三一年(二十一岁)

一月一日,萧红卧病在床,萧红好友李洁吾当掉棉被送煤为萧红取暖。

一月底,因陆振舜被断绝生活来源,萧红被迫与陆振舜回哈。后萧红与家庭妥协,答应与汪恩甲结婚。

二月末,萧红与汪恩甲同去北平,住二龙坑西巷。萧红向高原表示,不久"将要结婚",后萧红与汪恩甲回哈。

三月,汪家不满萧红出走北平而退婚。萧红不满退婚,告到法院,法院解除了婚约。因受不住舆论的压力,萧红的继母带着全家避居阿城福昌号屯(现哈尔滨市道外区民主镇光明村新昌屯),萧红被软禁在张家腰院,开始积累农村生活素材。

十月四日,萧红逃离张家腰院,在阿城乘火车来到哈尔滨,在表妹的帮助下到东省特别区第二女子中学校高中一年级插班。后因生活所迫,与汪恩甲恢复关系。

十一月,萧红发现自己怀孕,中断学业,与汪恩甲到哈尔滨市道外区东兴顺旅馆同居。

一九三二年(二十二岁)

二月五日,日军攻占哈尔滨。

春,萧红与汪恩甲同去呼兰外祖父梁家,当日回哈。萧红作《可纪念的枫叶》《静》《偶然想起》《栽花》《春曲》等诗。

五月,汪恩甲外出不归,因欠旅馆二百多元费用,萧红被旅馆扣为人质。

七月十日,萧红向哈尔滨《国际协报》副刊编辑裴馨园去信求救,裴馨园带孟希等人去东兴顺旅馆看望萧红。

七月十一日晚,裴馨园请朋友吃饭,商讨营救萧红,未果。

七月十三日,受裴馨园之托,舒群等人到旅馆看望萧红。

七月十六日,萧军受裴馨园之托,带小说和信件去旅馆看望萧红,经过与萧红交谈,俩人迅速建立了感情。

七月三十日,完成诗作《幻觉》。

八月七日夜,松花江在连日暴雨中决堤,哈尔滨市道外区一片汪洋。

八月九日,舒群带着馒头游泳到旅馆看望萧红。

八月十日,萧红搭一运柴船脱离险境,来到裴馨园家暂住。

八月底,萧红在哈尔滨市立医院产一女婴,因无力抚养,六天后女婴送人。因无钱缴产费,在医院住院三个星期,后被医院赶出来。

十月,因与裴馨园妻子摩擦,萧军接裴馨园五元钱帮助,与萧红搬出裴家,住进哈尔滨市道里区欧罗巴旅馆。

十一月,萧军找到家庭教师的职业,与萧红搬到道里区商市街(现红霞街)二十五号。

十二月,金剑啸组织"维纳斯赈灾画展",义卖画作救济灾民,萧红画两幅水粉画送展。

一九三三年（二十三岁）

春，经萧红等人的倡议，哈尔滨成立"维纳斯画会"。

四月十八日，萧红完成散文《弃儿》。

五月六日至十七日，《弃儿》在长春《大同报》副刊"大同俱乐部"连载，署名悄吟。

五月二十一日，完成小说《王阿嫂的死》。

六月九日，完成小说《看风筝》。

六月三十日，小说《看风筝》载《哈尔滨公报》副刊"公田"，署名悄吟。

七月十八日，小说《腿上的绷带》在长春《大同报》副刊"大同俱乐部"连载（至七月二十一日结束），署名悄吟。

七月中，参加"星星剧社"，排练《小偷》《姨娘》等剧目。

八月一日，完成散文《小黑狗》。

八月四日，小说《太太与西瓜》载长春《大同报》副刊"大同俱乐部"，署名悄吟。

八月六日，长春《大同报》周刊"夜哨"创刊，创刊号发表萧红的小说《两个青蛙》，署名悄吟。

八月十三日，散文《小黑狗》载长春《大同报》副刊"大同俱乐部"，署名悄吟；诗作《八月天》载长春《大同报》周刊"夜哨"第一期，署名悄吟。

八月二十七日，小说《哑老人》在长春《大同报》周刊"夜哨"第三期连载（至九月三日"夜哨"第四期结束），署名悄吟。完成小说《夜风》。

九月初，因参加"星星剧社"的排练，结识"牵牛坊"主人冯咏秋，开始参加"牵牛坊"文艺沙龙活动。

九月二十日，完成小说《叶子》。

九月二十四日，小说《夜风》开始在长春《大同报》周刊"夜哨"第六期连载（至十月八日"夜哨"第八期结束），署名悄吟。

九月中，完成散文《广告副手》。

十月三日，小说、散文集《跋涉》自费出版（与萧军合集），署名三郎、悄吟。

内收萧红小说《王阿嫂的死》《广告副手》《夜风》《看风筝》、散文《小黑狗》、诗作《春曲》(之一)。

十月十五日,小说《叶子》载长春《大同报》周刊"夜哨"第十期,署名悄吟。

十月二十九日,散文《中秋节》载长春《大同报》周刊"夜哨"第十一期,署名玲玲。

十月中,因白色恐怖笼罩哈尔滨,"星星剧社"解散。

十一月五日,小说《清晨的马路上》在长春《大同报》周刊"夜哨"第十二期连载(至十一月十二日"夜哨"第十三期结束),署名悄吟。

十一月十五日,完成小说《渺茫中》。

十一月二十六日,小说《渺茫中》载长春《大同报》周刊"夜哨"第十四期,署名悄吟。

十二月八日,完成散文《烦扰的一日》(收入《萧红散文》时改篇名为《一天》)。

十二月十七日,《烦扰的一日》在长春《大同报》周刊"夜哨"第十七期连载(至十二月二十四日"夜哨"第十八期,因"夜哨"停刊,未能载完。)署名悄吟。

十二月二十四日,《跋涉》在哈尔滨遭查禁。

十二月二十七日,完成散文《破落之街》。

一九三四年(二十四岁)

一月十八日,哈尔滨《国际协报》周刊"文艺"创刊,白朗任编辑。

二月十三日,完成小说《离去》。

二月二十一日,完成散文《夏夜》。

二月下旬,作家孙陵受长春报社朋友的委托,到哈尔滨商市街二十五号看望萧红、萧军。

三月六日,散文《夏夜》在哈尔滨《国际协报》副刊"国际公园"连载(至七日结束),署名悄吟。

三月八日,小说《患难中》在哈尔滨《国际协报》周刊"文艺"连载(至五月三日结束,目前该篇小说只发现其最后部分),署名田娣。完成小说《出嫁》。

三月十日,小说《离去》在哈尔滨《国际协报》副刊"国际公园"连载(至十一日结束),署名悄吟。

三月十六日,完成散文《蹲在洋车上》(在《萧红散文》中改篇名为《皮球》)。

三月二十日,小说《出嫁》载哈尔滨《国际协报》副刊"国际公园",署名悄吟。

三月三十日,散文《蹲在洋车上》在哈尔滨《国际协报》副刊"国际公园"连载(至三月三十一日结束),署名悄吟。

三月中,舒群来信,约萧红、萧军去青岛。梁山丁、唐景阳等到商市街二十五号拜访萧红、萧军。

四月二十日,小说《麦场》(即《生死场》前两章《麦场》《菜圃》)在哈尔滨《国际协报》副刊"国际公园"连载(至五月十七日,因萧红将离开哈尔滨而结束),署名悄吟。

四月中,与萧军等人过松花江铁路桥到江北,看到了战争中被打沉的战舰"利捷"号。

五月二十七日,诗作《幻觉》载哈尔滨《国际协报》副刊"国际公园",署名悄吟。

五月中,萧红病二十余日,被送往哈尔滨郊区萧军的友人家中休养。

五月下旬,北杨(金伯阳)到商市街二十五号,告知二萧尽快撤离哈尔滨,他被日本宪兵抓到,在口袋里搜到了写有二萧名字和地址的纸条。罗烽向中共满洲省委秘书长冯仲云汇报,为防不测,将筹款送悄吟(萧红)、三郎(萧军)离开哈尔滨。萧军到吉林省扶余县石城小镇,将一包剪报交给梁山丁代为保管,告知梁他和萧红将要离开哈尔滨。萧红的弟弟张秀珂与萧红通信,萧红鼓励弟弟离开齐齐哈尔,转学到哈尔滨读书。

六月三日,决定十日后离开哈尔滨。

六月十日,变卖家中生活用具。

六月十一日,离开商市街,暂居"天马广告社",罗烽、白朗、金剑啸、金人、侯小古等为二萧饯行。

六月十二日,乘火车离开哈尔滨赴大连。

六月十四日,在大连乘"大连丸"轮船去青岛。同日,散文《镀金的学说》在哈尔滨《国际协报》周刊"文艺"连载。

六月十五日,抵达青岛,暂住上四方村七十号舒群岳父家中。

六月十八日,罗烽因叛徒出卖,在哈尔滨被捕入狱。

六月底,舒群岳父租下观象一路一号底楼,供舒群夫妇、萧红、萧军居住。

六月里,二萧离开哈尔滨后,日伪特务到萧红的老家呼兰搜查,萧红的父亲张廷举托亲属与日伪当局通融,度过了危险。

七月,萧红继续创作《麦场》(即《生死场》)。

八月,张秀珂转学到了哈尔滨。

九月初,萧军、舒群去上海寻找鲁迅,未果。九月九日,萧红完成中篇小说《麦场》(《生死场》)。

九月二十七日,青岛市地下党遭到破坏,舒群夫妇被捕。

十月初,萧红、萧军给居住上海的鲁迅写信。

十月九日,鲁迅收到萧红、萧军的来信,当即回信,表示可以看看他们的书稿。

十月中旬,给鲁迅挂号邮寄《跋涉》和《麦场》复写稿。

十月二十二日,萧军完成了《八月的乡村》初稿,二萧到青岛海滨留影。

十月三十日,由孙乐文资助四十元旅费,萧红、萧军乘"共同丸"轮船离开青岛去上海。

十一月一日,萧红、萧军到上海,住进蒲柏路(现太仓路)一家公寓。

十一月二日,在拉都路北段路东(现襄阳南路二八三号)永生泰文具店后面二楼租一亭子间。

十一月三日,给鲁迅去信,请求见面。鲁迅接信,当即回复,拒绝了见面的请求。

十一月十三日,给鲁迅去信,向鲁迅借钱,请鲁迅帮忙找工作。鲁迅回信,工作难找,但钱已备好。

十一月二十七日,鲁迅来信,约萧红、萧军见面。

十一月三十日,与鲁迅夫妇、海婴见面。

十二月十九日,鲁迅在梁园豫菜馆招待萧红、萧军,并介绍茅盾、叶紫、聂绀弩夫妇与他们相识。

十二月二十日,鲁迅在给萧红、萧军信中说,已将《麦场》推荐给生活书店。

十二月三十日,白朗主编的哈尔滨《国际协报》周刊"文艺"停刊。

十二月下旬,聂绀弩、周颖夫妇到二萧住处看望二萧。

一九三五年(二十五岁)

一月一日,萧红、萧军搬到拉都路(现襄阳南路)四一一弄福显坊二十二号。

一月二十九日,鲁迅来信,《麦场》送审尚无回音。

一月十六日,萧红给新结识的朋友胡恒瑞送去她的小说《破落之街》和《王阿嫂的死》。

一月二十六日,完成小说《小六》。

一月三十日,与鲁迅、许广平、萧军等十四人参加孟十还在明湖春的宴请。

二月五日,完成散文《过夜》。

二月八日,鲁迅向上海《太白》半月刊主编陈望道推荐萧红的小说《小六》。

三月中,萧红开始写作纪实系列散文《商市街》。

三月五日,小说《小六》载上海《太白》第一卷第十二期,署名悄吟。同日,应鲁迅之约,与叶紫、萧军、黄源、曹聚仁等前往北四川路桥香中西菜馆晚餐,席间讨论成立奴隶社,出版叶紫的《丰收》、萧军的《八月的乡村》。后萧红的《生死场》也纳入了"奴隶丛书"出版。

四月一日,二萧搬到拉都路(现襄阳南路)三五一号三楼,与朋友合住。

四月七日,二萧友人陈涓在哈尔滨结婚,二萧去信祝贺。

五月六日,二萧搬家到萨坡赛路(现淡水路)一九〇号的"唐豪律师事务所"二楼。

五月十日,《商市街》创作接近尾声,萧军为《商市街》作《读后记》,署名郎华。

五月十五日,完成散文《最后一个星期》,《商市街》系列散文完稿,共计四十一篇散文。

六月一日,散文《饿》载上海《文学》第四卷第六号,署名悄吟。

六月十二日,完成散文《三个无聊人》。

七月十五日,罗烽、白朗夫妇流亡到上海,与萧红、萧军见面,暂住二萧家中。

七月十六日,散文《祖父死的时候》载上海《时事新报》,至十七日连载完,署名悄吟。

七月二十八日,散文《祖父死的时候》改篇名《祖父死了的时候》再刊于长春《大同报》副刊"大同俱乐部",署名悄吟。

七月中,二萧邀请胡风、梅志夫妇到家中作客。本月中,舒群出狱后到上海,与萧红、萧军见面。

八月四日,散文《小事》载上海《时事新报》,署名悄吟。

八月五日,散文《三个无聊人》载《太白》第二卷第十期,署名悄吟。

八月二十四日,鲁迅来信,信中说萧红的《麦场》(即《生死场》)被文学社退回,将由胡风转《妇女生活》。

八月三十一日,散文《雪天》载上海《时事新报》,署名悄吟。

九月十日,二萧请友人胡恒瑞看电影《暴风雨》,萧红赠胡恒瑞《太白》文学杂志一册,内有萧红的小说《小六》。

九月中旬,罗烽、白朗离开二萧居所。

九月二十三日,二萧友人胡恒瑞邀二萧看京剧《梅龙镇》。

九月下旬,胡风、梅志夫妇到二萧居所看望二萧。

十月,因《麦场》(即《生死场》)公开出版无望,萧红、萧军决定将自费出版。

十月二十日,从鲁迅来信中得知,《麦场》已经改名《生死场》。

十月二十七日,鲁迅夫妇去看望萧红、萧军,未遇。

十月里,黄源辞去《文学》编辑后,搬家到环龙路(现南昌路)苏顺里,晚间经常散步到二萧处。

十一月四日,鲁迅来信,约萧红、萧军到寓所吃饭。

十一月六日,二萧第一次到大陆新村九号鲁迅居所赴家宴。

十一月十四日,鲁迅看完《生死场》校稿,当夜为《生死场》作序。

十一月十五日,鲁迅将《生死场·序》邮寄给萧红。

十一月十六日,应萧红的请求,鲁迅回信附上亲笔签名,供《生死场》出版时制版使用。

十一月二十二日晨二时,胡风完成《生死场》的《读后记》。

十二月中,中篇小说《生死场》("奴隶丛书"之三)假托上海容光书局之名自费出版,鲁迅作《序》,胡风作《读后记》,署名萧红。

一九三六年(二十六岁)

一月初,端木蕻良到达上海。

一月五日,散文《初冬》载上海《生活知识》第一卷第七期,署名萧红。

一月七日,完成散文《访问》。

一月十六日,上海《妇女生活》第二卷第一期"读书栏"推荐萧红的《生死场》,称其为"一九三五年所产生的中国最好的作品之一"。

一月十九日,散文《访问》载上海《海燕》第一期(创刊号),署名萧红。

一月二十二日,鲁迅给胡风写信,劝他以后不要在大街上赛跑。因萧红与胡风此前晚间在上海大街上赛跑被鲁迅知道,鲁迅认为若被巡捕抓住,是很危险的事情。

一月二十七日,萧红向友人胡恒瑞赠送小说《生死场》,并向胡恒瑞借钱,增加《生死场》的印量。

一月底,陈涓回到上海,与萧红、萧军会面,萧军陷入与陈涓的情感纠结中,萧红与萧军的情感陷入危机。萧红开始写作诗作《苦杯》。

二月一日,散文《家庭教师》载上海《中学生》第六十二号,署名悄吟。

二月九日,与鲁迅、茅盾、黎烈文、巴金、吴朗西、萧军等八人,同赴黄源在宴宾楼的宴请,商讨《译文》复刊之事。

二月十五日,因《八月的乡村》《生死场》销路好,鲁迅致信萧军,向其索要两种书各数十本。

二月二十日,散文《过夜》载上海《海燕》第二期,署名萧红。

二月下旬,二萧为了照顾鲁迅,搬家到离鲁迅居所较近的北四川路底丰乐里。

二月中,完成短篇小说《手》。

三月一日,散文《广告员的梦想》载上海《中学生》第六十三号,署名悄吟。

三月八日,与白朗等一起去北四川路的青年会,参加上海妇女救国联合会举行的纪念国际"三八"妇女节大会,会后参加了万人示威游行。

三月中旬,应《作家》主编孟十还的邀请,与萧军到杭州玩了几天,在杭州买了白菊花茶和小竹棍。回上海后,将白菊花茶赠送了鲁迅先生。

三月二十日,上海《生活知识》第一卷第十一期刊发王梦野的文章《中国的反帝文学与国防文学》,称赞萧军《八月的乡村》、萧红的《生死场》,文章说:"《生死场》中老王婆,老赵三,二里半……写得那么生动;生活的场面,自然的风景与感情的波流都是那么活跃地出现在(我们)眼前。"

三月二十三日下午,与萧军去鲁迅居所,见到了史沫特莱、格兰尼奇、茅盾等人。后史沫特莱多次到鲁迅家,鲁迅向她介绍萧红的《生死场》是"一个中国女作家所著的最杰出的现实小说之一"。

三月二十八日,鲁迅邀二萧等七人到丽都影戏院观看电影《绝岛沉珠记》。

四月一日,散文《同命运的小鱼》载上海《中学生》第六十四号,署名悄吟。

四月三日,萧红给在西安的友人胡恒瑞写信,给他寄去旧作《看风筝》。

四月十日,散文《索非亚的愁苦》载天津、上海《大公报》副刊"文艺"第一二五期,署名萧红。

四月十二日,北平《清华周刊》第四十四卷第一期刊发了作者石撰写的《生死场》书评:"我们今天听不见一点东北弟兄的消息,有多少血和肉,都悄没声音的轧成了尘土,萧红抢着用快镜摄下来这一片段,看起来虽然有点血迹模糊,却深深的印在我们的心头了。"

四月十五日,小说《手》载上海《作家》第一卷第一号(创刊号),署名萧红。

四月二十日,北平《众生》第一卷第四期发表谷人的文章《国防文学与民众解放》，称赞萧军的《八月的乡村》和萧红的《生死场》"已揭起鲜明的旗帜，飘荡在空中"。

四月中，上海《作家》举行宴会，二萧在宴会上见到了作家陈荒煤，萧军向陈荒煤介绍了萧红，陈荒煤握着萧红的手说，他很喜欢《作家》创刊号上的萧红的小说《手》。

四月三十日，夜，萧军为陈涓送行。萧红情绪低落，与萧军关系恶化。

五月一日，散文《春意挂上了树梢》《公园》《夏夜》作为"随笔三篇"载上海《中学生》第六十五号，署名悄吟。陈涓离开上海北上。

五月二日，萧红在鲁迅家宴上见到了中共中央特派员冯雪峰，鲁迅称冯雪峰为"商人"。

五月三日，上海杂志公司为《译文》复刊在东兴楼饭店举办宴会，鲁迅、萧红、萧军、巴金、萧乾等参加了宴会。

五月六日，完成小说《马房之夜》。

五月十五日，小说《马房之夜》载上海《作家》第一卷第二号，署名萧红。

五月十六日，鲁迅病重。

五月底，萧红多日连续去探视病中的鲁迅。

五月里，斯诺受妻子的委托，去上海访问鲁迅，鲁迅在回答海伦的问题单子时说："田军（萧军）的妻子萧红是最有前途的女作家，看来她有可能接替丁玲女士，正如丁玲接替了冰心女士。"骆宾基自哈尔滨来到上海，尝试写作。

六月一日，散文《册子》《剧团》《白面孔》作为"随笔三篇"载上海《中学生》第六十六号，署名悄吟。散文《饿》载上海《文学》第四卷第六号，署名悄吟。

六月十三日，二萧的哈尔滨友人金剑啸在哈尔滨被捕。

六月十五日，鲁迅等七十七位作家在上海《现实文学》签名发表《中国文艺工作者宣言》，茅盾、巴金、胡风、萧红、萧军、靳以、赵家璧、丽尼、芦焚等在宣言上签名。

六月中，完成组诗《苦杯》。

七月一日，与鲁迅、蔡元培、柳亚子、巴金、萧军、黄源、聂绀弩等一百四十多人在上海中文拉丁化研究会发起的《我们对于推行新文字的意见》上签名。同日，散文《欧罗巴旅馆》载上海《文季》第一卷第二号，署名悄吟。

七月初，鲁迅病情好转，诊断为肺病和肋膜炎。萧红决定东渡日本一年，并期待与在日本留学的弟弟张秀珂团聚。

七月上旬，丁玲从软禁地南京到上海，胡风将她安排到北四川路俭德公寓，在这里丁玲看到了萧红的《生死场》、萧军的《八月的乡村》、叶紫的《丰收》等，胡风向丁玲介绍了这些书的作者。

七月十五日晚，鲁迅夫妇在寓所设宴为萧红饯行。

七月十六日，黄源设宴为萧红饯行，萧军参加。宴后到照相馆拍照留念。

七月十七日，萧红乘日本邮船公司的"长崎丸"离沪赴日。

七月二十日，萧红到达日本东京，暂住黄源夫人许粤华处。

七月下旬，萧红去找在东京早稻田大学预科读书的弟弟张秀珂，未能得见，误以为弟弟已经回国了。

八月一日，散文《十三天》《最后一星期》作为"随笔两篇"载上海《文季》第一卷第三期，署名悄吟。同日，上海《文学》第七卷第二期载端木蕻良的小说《鹭鸶湖的忧郁》，端木蕻良开始登上上海文坛。

八月九日，完成散文《孤独的生活》。

八月十四日，给萧军信，信中附短诗《异国》。

八月十五日，二萧友人金剑啸在齐齐哈尔遇难。

八月二十日，散文《孤独的生活》载上海《中流》第一卷第一期（创刊号），署名悄吟。

八月底，黄源的妻子许粤华因故回国，萧红陷入举目无亲境地。

八月中，散文集《商市街》作为巴金主编的"文学丛刊"第二集第十二册由上海文化生活出版社出版，署名悄吟，内收散文四十一篇。

九月二日，写作小说《家族以外的人》时，腹疼剧烈，被迫停笔。黄源与妻子许粤华拜访鲁迅，许粤华向鲁迅介绍萧红在日本的情况。

九月四日，完成小说《家族以外的人》。

九月五日，散文《孤独的生活》载上海《中流》第一卷第一期。

九月十日，去东亚学校日语补习班交学费。

九月十二日,日本刑事警察登门询问,萧红对此很上火。

九月十四日,日语补习班开课。

九月十五日,小说《红的果园》载上海《作家》第一卷六期。

九月十八日,散文《长白山的血迹》载上海《大沪晚报》副刊,署名萧红。

九月二十日,小说《王四的故事》载上海《中流》第一卷第三期。

九月中,散文集《商市街》再版。

十月一日,小说《牛车上》载上海《文季》第一卷第五期。

十月五日,鲁迅回茅盾信中提到:"萧红一去之后,并未给我一信,通知地址。"

十月十三日,写信表示不回国。从电影里看到上海北四川路,怀念鲁迅先生。完成散文《感情的碎片》。

十月十五日,小说《家族以外的人》连载于上海《作家》第二卷第一、二期。

十月十九日,鲁迅在上海病逝。

十月二十一日,看到报载鲁迅病逝消息,不愿相信。

十月二十二日,在靖国神社庙会上,确信鲁迅病逝,陷入极度痛苦中。

十月二十九至三十日,散文《女子装饰的心理》在上海《大沪联报》连载。

十一月三日,中国留学生在东京神田区日华学会集会,追悼鲁迅先生。日本作家佐藤春夫、中国作家郭沫若、萧红等参加了追悼活动。

十一月五日,九月二十四日致萧军信,以《海外的悲悼》为文题载上海《中流》第一卷五期。

十一月十六日,小说《亚丽》载上海《大沪晚报》。

十一月十八日,夜里发烧。自鲁迅病逝,自己"一直把工作停了下来"。

十一月二十九日,散文《感情的碎片》载天津、上海《大公报》副刊"散文特刊"。

十一月中,小说、散文集《桥》作为巴金主编的"文学丛刊"第三集第十二册由上海文化生活出版社出版,署名悄吟。

十二月五日,得知弟弟张秀珂到了上海。

十二月十二日,完成自传体散文《永远的憧憬和追求》。

十二月二十日,上海良友图书公司出版《二十人所选短篇佳作集》,收入萧红短篇小说《牛车上》《手》。

一九三七年(二十七岁)

一月三日,完成组诗《沙粒》。

一月九日,接到萧军来信,中断在日本的日语学习,乘火车到横滨,在横滨乘"秩父丸"回国。

一月十日,散文《永远的憧憬和追求》载上海《报告》第一卷第一期。

一月十三日,回到上海,与萧军住在吕班路(现重庆南路)二五六弄七号俄国人经营的公寓。

一月三十一日,散文《提篮者》载大连《泰东日报》副刊"辽水周刊"。

二月初春,为鲁迅扫墓。

二月十二日,二萧拜访友人胡恒瑞。萧红赠送载有《永远的憧憬和追求》文章的《报告》给胡恒瑞。

二月中,上海金城书局出版《名家近作集》,该书收入萧红的小说《牛车上》。

三月八日,完成诗歌《拜墓》。

三月十五日,组诗《沙粒》载上海《文丛》第一卷第一期,署名悄吟,首次将与萧军的感情危机公之于众。

三月中,日本作家小田岳夫、永松到上海,由鹿地亘、池田幸子陪同访问许广平,萧红、萧军、胡风、黄源、梅志、许粤华等在许广平家与几位日本作家相见。小田岳夫与许广平、萧红、萧军、胡风、鹿地亘、池田幸子留下一张合影。

四月十日,散文《感情的碎片》载上海《好文章》第七期。

四月二十一日,从上海北站乘火车去北平。

四月二十三日,诗作《拜墓》载上海《大公报》副刊"文艺"第三二七期。

四月二十四日,到北京住中央饭店,与李荆山、李洁吾等旧友会面。

四月二十五日,搬到北平东城北池子头条七号友人李洁吾家暂住。

四月二十六日,在王府井大街西口路北的北辰宫租下房间,房租每月二十四元。

五月二日，看电影《茶花女》。

五月三日，去东安市场。读瞿秋白的译著《海上述林》。

五月四日，给萧军信，表示自己心情比去日本时还坏。

月初，先期到京的舒群知萧红来北平，到李洁吾家看望她。两人同去北海作游。

五月十日，小说《两朋友》载上海《新少年》第三卷第九期，署名悄吟。

五月十二日，与舒群去看戏。萧军当日写信，提议月底与萧红去青岛。

五月十三日，与舒群去登长城，很兴奋。

五月十六日，在许广平的劝说下，萧军转变态度，写信给萧红借口身体不好，要萧红回沪。萧红接信后决定回上海。

五月二十日，李洁吾夫妇在东安市场的贵州馆子设宴为萧红饯行。

五月二十二日，回到上海，萧军在日记中说要"开始新的生活"。

五月二十三日，二萧去看望友人胡恒瑞，萧红送他《牛车上》，二萧与胡等人一起去看电影《慈母曲》。

五月下旬，萧红参加《鲁迅先生纪念集（评论与记载）》的资料搜集整理工作。

五月中，小说、散文集《牛车上》作为巴金主编的"文学丛刊"第五集第五册，由上海文化生活出版社出版，署名萧红。

本月，萧红的弟弟张秀珂在善钟路（现常熟路）陈亚丁的住处认识了在此居住的骆宾基。

六月一日，萧红、萧军与日本友人鹿地亘、池田幸子、早水等在北四川路的一家日本酒馆饮酒。

六月三日，去许广平家取稿费。晚饭后与萧军、鹿地亘、池田幸子散步去书店。

六月二十日，完成纪念友人金剑啸的诗歌《一粒土泥》。与萧军在吕班路（现重庆南路）所住公寓前留影。

六月二十七日，与茅盾、景宋（许广平）、巴金、胡风、聂绀弩、萧军、端木蕻良等一百四十人在《上海文艺界反对〈新地〉辱华片宣言》上签名。

六月三十日，萧军日记载他与萧红又吵架了，且决心要分开。

六月中,因与萧军情感的波折,萧红离开萧军,去爱文义路(现北京西路)白鹅绘画补习学校住校学习绘画,后被萧军找到带回家中。

七月七日,北平"卢沟桥事变"发生,全面抗战爆发。

七月十三日,萧红的弟弟张秀珂离开上海去陕北,参加抗日军队。

七月十九日,李洁吾致萧红信,记叙"卢沟桥事变"后的北平现状。

七月底,上海《作品》半月刊主编范泉、编辑郦子南到萧红寓所约稿。

七月里,萧红给萧军画了写作时背影的素描。

八月一日,完成散文《八月之日记之一》。将自己的诗歌整理后抄写在一本日制笔记本上。

八月二日,完成散文《八月之日记之一》。

八月五日,将七月十九日北京来信以《来信》为文题,载《中流》第二卷第十期。

八月十二日,半夜十一点,池田幸子来通知萧红,明晨四点上海要爆发中日战争。

八月十三日,"八一三"淞沪战争爆发,日本友人鹿地亘也来萧红家避难。

八月十四日,在家中目睹成群的飞机飞过,上海在战火中。完成散文《天空的点缀》。

八月十五日,萧红去大世界去看深深的弹坑。

八月十七日,完成散文《窗边》。

八月二十二日,完成散文《失眠之夜》。国民政府军事委员会宣布红军主力改编为国民革命军第八路军,八路军一一五师作为先遣队开赴抗日前线。萧红弟弟张秀珂去陕北途中经介绍加入工农红军,其所在部队改编为八路军一一五师。姐弟之间常有书信往来。

八月下旬,胡风召集作家们商讨筹办一种刊物。参加的作家有萧红、萧军、曹白、端木蕻良、艾青、彭柏山等人。萧红建议这个刊物的名字用《七月》,与"七七"全面抗战相关联。这个建议得以采用。

八月中,诗作《一粒土泥》收入纪念金剑啸烈士的《兴安岭的风雪》一书,由上海夜哨丛书出版社出版。

九月五日,舒群、罗烽、白朗、黄田等撤离上海去南京。

九月十一日,胡风主编的《七月》(周刊)在上海创刊,萧红的散文《天空的点缀》载第一期。

九月十七日,萧红、萧军、端木蕻良、曹白、彭柏山等作家在胡风寓所讨论《七月》出版事宜,晚间,萧红为大家煮面条。

九月十八日,散文《失眠之夜》载上海《七月》(周刊)第二期。

九月二十五日,散文《窗边》载《七月》(周刊)第三期。因胡风离开上海去武汉,《七月》在第三期出版后暂停。

九月二十八日,萧红、萧军从上海西站乘火车去南京。

九月二十九日,二萧到南京,在此等轮船去武汉。

九月三十日,萧红、萧军在南京下关码头乘轮船前往武汉。

十月四日,二萧到达武汉,暂住交通旅馆。晚饭后访聂绀弩。

十月六日,二萧迁往武昌小金龙巷蒋锡金处暂住。

十月九日,与萧军、罗烽、白朗一起到汉口汉润里四十二号拜访胡风。

十月十四日,与萧军一起参加生活书店组织的座谈会,商议开鲁迅纪念会事宜。

十月十六日,《七月》以半月刊的形式在武汉复刊,第一期载萧红散文《天空的点缀》《失眠之夜》《在东京》三篇。

十月十七日,完成纪念鲁迅的散文《逝者已矣!》。

十月十八日,散文《万年青》载武汉《战斗旬刊》第一卷第四期。

十月十九日下午,与萧军、胡风、聂绀弩、冯乃超等参加鲁迅逝世一周年纪念会。晚与萧军一起帮胡风搬家,从汉口的汉润里四十二号搬到武昌小朝街(现紫湖村)四十一号(金宗武家)。

十月二十日,胡风到二萧居住的武昌小金龙巷。

十月二十二日,完成散文《火线外(二章)》。

十月二十五日,与萧军、孙陵一起去访胡风。

十月里,萧红几次到汉口广播电台,参加由蒋锡金、穆木天组织的诗歌朗诵活动。

十一月一日,散文《火线外二章:窗边、小生命和战士》载武汉《七月》(半月刊)第一集第二期。同日,与萧军、胡风去茅盾所住的旅馆看望茅盾,晚在天津饭馆吃饭。

十一月七日,与蒋锡金、穆木天等参加在汉口光明大戏院举办的武汉劳军救亡歌咏大会。萧红、蒋锡金朗诵了诗作,萧红还独唱了歌曲。

十一月十三日,与萧军、胡风等参加在汉口黄陂路(现黎黄陂路)青年会举办的文化界招待第五路军政训处晚会。

十一月十六日,完成散文《两种感想》。

十一月二十日,散文《两种感想》,载汉口《妇女前哨》第二期,署名萧红。

十一月二十二日,端木蕻良到达武汉,住到二萧所住的小金龙巷蒋锡金住所。

十一月二十七日,完成散文《一条铁路底完成》。

十二月一日,散文《一条铁路底完成》载武汉《七月》第一集第四期。

十二月十一日,萧红、萧军、端木蕻良突遭当局拘留,艾青找胡风营救。

十二月十二日,胡风托人周旋,萧红、萧军、端木蕻良获救。

十二月十三日,完成散文《一九二九底愚昧》。

十二月十六日,散文《一九二九底愚昧》载武汉《七月》第一集第五期。

十二月中,参加东北作家在武汉的聚会,参加的作家有:萧军、萧红、罗烽、白朗、舒群、赵惜梦、陈纪滢、于浣非、杨朔、孙陵、黑丁、李辉英、孔罗荪等。

一九三八年(二十八岁)

一月二日,武汉文化界抗敌协会召开常务理事会,决议由老舍、胡风、萧红、冯乃超、萧军、端木蕻良、罗荪、艾青、蒋锡金、高兰、田间、白朗等三十六人组成文艺工作委员会。

一月三日,完成书评《〈大地的女儿〉与〈动乱时代〉》。

一月五日前后,黄源离开武汉,准备去参加新四军,萧红到火车站相送。

一月八至十日,萧红、萧军、端木蕻良等《七月》同仁参与武汉木刻展览会的筹备服务工作。

一月十六日,书评《〈大地的女儿〉与〈动乱时代〉》载武汉《七月》第二集第一期。萧红等人参加七月社召开的"抗战以来文艺活动动态和展望"讨论会。

一月二十一日,萧红等作家与到武汉的史沫特莱长谈。同日,史沫特莱在武汉《战斗旬刊》上刊文《我来自伟大的战场》,文中载萧红、萧军、胡风、田间、冯乃超、端木蕻良、罗荪等作家在向前线战士的致敬信上签名。

一月二十四日,端木蕻良在北平左联战友臧云远来武汉招山西民族革命大学教员。

一月二十七日,萧红萧军和端木蕻良、艾青、聂绀弩、田间等一行离武汉登车赴临汾的山西民族革命大学本部。

一月三十日,萧红等乘坐的火车在河南省陕县会兴镇出轨,萧红等在此滞留。

二月六日,萧红、萧军、端木蕻良等到达山西民族革命大学本部临汾。居住鼓楼东大街狮子巷北青狮子口(现青狮北街)。

二月初,由平津流亡同学会、"民先"队部组织欢迎会,欢迎萧红、萧军、端木蕻良等作家来到临汾山西民族革命大学。

二月二十日,完成散文《记鹿地夫妇》。西北战地服务团在丁玲率领下到达临汾,丁玲与萧红、萧军、端木蕻良等作家相见。

二月二十二日,因日军迫近临汾,临汾的山西民族革命大学决定转移。萧红、萧军在转移去向上意见不一。萧红希望萧军与她随西北战地服务团一起转移,萧军则要留下来去打游击,二萧发生激烈争吵。

二月二十三日夜,萧红、聂绀弩、端木蕻良等与西北战地服务团的团员们乘火车离开临汾,萧军向萧红告别。

二月二十四日,萧红一行到达运城,又转潼关。给在延安的高原信,表示"一星期内"可以到延安。

三月一日,过黄河。在火车上,萧红与塞克、端木蕻良等人编创话剧《突击》。

三月四日,到达西安,住进梁府街女子中学(陕西省立女子师范学校,现青年路小学)。

二月上旬,周恩来去武汉路过西安,在西安七贤庄八路军办事处听丁玲关于西北战地服务团的工作汇报,并接见萧红、聂绀弩、端木蕻良等作家。丁玲唱了《送郎当红军》,萧红唱了《五月的鲜花》。

三月十一日,完成三幕话剧剧本《突击》,由塞克执笔,与端木蕻良、聂绀弩等共同完成。

三月十六日,《突击》在西安武庙街(现西一路)易俗社剧场公演,引起轰动。

三月二十日,萧军辗转来到延安。萧军致信胡风,想在延安等待萧红。

三月二十六日,丁玲回延安述职,准备与萧红一起前往,被萧红拒绝。丁玲便与聂绀弩去了延安。

三月二十七日,中华全国文艺界抗战协会在汉口正式成立。

三月三十日,与端木蕻良致信胡风,希望将《突击》剧本在《七月》上发表。

四月一日,剧本《突击》载武汉《七月》第二集第十期。

四月七日,萧军随丁玲、聂绀弩回到西安。

四月十六日,萧红决定与萧军分手,结束六年同居生活。

四月十七日,萧军与塞克、王洛宾等离开西安前往兰州。

五月一日,散文《记鹿地夫妇》载广州《文艺阵地》第一卷第二期。

五月四日,萧红、端木蕻良离开西安前往武汉,诗人田间作诗《给萧红》。到达武汉后,萧红暂住池田幸子处,后与端木到小金龙巷居住。

五月十五日,完成散文《无题》。

五月十六日,散文《无题》载武汉《七月》第三集第二期。

五月二十九日,萧红、艾青、端木蕻良等人出席胡风主持的"七月社"的"现时文艺活动与七月"研讨会。

五月三十一日,萧红与端木蕻良、臧克家等四十余人参加文协举办的游园活动。

六月二日,萧军与王德芬在兰州订婚。

六月中,萧红与梅志找医生打胎,因打胎费太贵而作罢。

六月下旬,萧红与端木蕻良在汉口大同饭店结婚,艾青、池田幸子等出席了婚礼。

七月二日,聂绀弩离开武汉去安徽,准备参加新四军工作。临行前与萧红辞别。

七月十四日,日军飞机轰炸武汉,萧红、端木蕻良躲在胡风住处。

七月十六日,《七月》停刊。萧红在汉口三教街九号参加文协出版部举办的晚会。

七月下旬,艾青与夫人离开武汉湖南衡山,临行前向萧红、端木蕻良辞别。

八月五日,第九战区拟定保卫武汉计划。武汉市民开始撤离。

八月六日,萧红完成小说《黄河》。

八月初,萧红托罗烽购买去重庆的船票,因船票紧张,只买到一张,萧红决定让端木蕻良先走。

八月上旬,端木蕻良把萧红托付安娥照顾,先期与罗烽赴重庆。

八月十一日前后,武汉轰炸第二天,萧红迁到文协住地,与冯乃超夫妇、鹿地亘夫妇等为伴。

八月二十日,完成小说《汾河的圆月》。

八月二十六日,《汾河的圆月》载汉口《大公报》副刊"战线"第一七七期。

八月里,高原从延安到武汉,与萧红见面,给萧红留下五元钱。

九月六日,小说《汾河的圆月》转载香港《大公报》副刊"文艺"四〇七期。

九月十八日,散文《寄东北流亡者》载汉口《大公报》副刊"战线"第一九一号。

九月中旬,与冯乃超夫人李声韵等乘船赴渝。

九月下旬,到重庆,住进端木蕻良南开同学范士荣家。

九月中,经孙寒冰之请,端木蕻良在复旦大学新闻系任教,并与章靳以合编《文摘战时旬刊》的文艺副刊。

十月上旬,与端木蕻良搬到歌乐山乡村建设社居住。

十月中,完成小说《孩子的演讲》。

十月三十一日,完成小说《朦胧的期待》。

十一月上旬,萧红乘船到江津待产。

十一月十八日,小说《朦胧的期待》载《文摘战时旬刊》第三十六号。

十一月底,在江津的妇产医院生一子,不久幼子夭亡。

十二月上旬,离开江津返回重庆。

十二月二十二日,萧红、端木蕻良在枣子岚垭塔斯社重庆分社社长罗果夫的采访。

十二月二十九日,散文《我之读世界语》载重庆《新华日报》。

十二月底,日本战机开始轰炸重庆。

十二月中,快临产的池田幸子只身来到重庆,邀萧红与她同住照顾。不久绿川英子夫妇赴重庆,因寻住处困难,绿川英子也来小住一段时间。

一九三九年(二十九岁)

一月九日,完成散文《牙粉医病法》。

一月十五日,《牙粉医病法》载重庆《全民抗战》第四十八号。

一月二十一日,小说《逃难》载《文摘战时旬刊》四十一、四十二期合刊。

一月三十日,完成小说《旷野的呼喊》。

一月里,重庆大雾,日本战机停止轰炸。

二月一日,小说《黄河》载《文艺阵地》第二卷第八期。

二月初,池田幸子生一女孩。萧红搬回歌乐山乡村建设招待所。

三月五日,散文《滑竿》载重庆《全民抗战》第五十七号。

三月十四日,萧红给许广平去信,告之正在筹办《鲁迅》文艺刊物(后未果)。

三月,重庆生活书店出版三幕话剧剧本《突击》。

四月五日,散文《林小二》载重庆《全民抗战》第六十三号。同日,萧红三月十四日致许广平书信(摘录)以《离乱中的作家书简》为题,载上海《鲁迅风》第十二期上。

四月十七日,香港《星岛日报》副刊"星座"第二五二号起连载萧红小说《旷野的呼喊》(至五月七日连载结束)。

四月,完成散文《长安寺》。

四月,丽水浙江潮锋出版社出版张泓飞绘制、"大众战斗图画丛书"《生死场》连环画。

五月三至四日,日本战机连续轰炸重庆市区,人员伤亡惨重。

五月十二日前后,萧红到重庆市区,目睹了重庆大轰炸后的惨景。

五月十六日,完成小说《莲花池》。

五月中旬,萧红与端木蕻良搬到黄桷树镇东阳下坝复旦大学农场苗圃。

复旦大学教务处主任孙寒冰邀请萧红到复旦大学担任文学课课程,被萧红婉拒。

六月九日,完成散文《轰炸前后》。

六月十八日,端木蕻良给《文艺阵地》信中透露,萧红开始写作长篇小说《马伯乐》。

七月十一日,散文《放火者》(即《轰炸前后》)载重庆《文摘战时旬刊》第五十一至五十三期合刊。

七月二十日,完成小说《山下》。

七月二十四日,完成小说《梧桐》。

八月五日,小说《花狗》载香港《星岛日报》副刊"星座"第三七一号。

八月十八日,小说《梧桐》载《星岛日报》副刊"星座"第三七五号。

八月二十日,散文《轰炸前后》载上海《鲁迅风》第十八期。

八月二十八日,完成散文《茶食店》。

八月,萧红、端木蕻良从复旦大学农场苗圃搬到黄桷树镇王家花园附近的秉庄。此后,在此整理回忆鲁迅的一系列散文。

九月五日,散文《长安寺》载上海《鲁迅风》第十九期。

九月十日,萧红、胡风、端木蕻良、靳以等十七人参加文协北碚联谊会成立会并合影。

九月十六日,小说《莲花池》开始在重庆《妇女生活》第八卷第一期连载。

九月二十二日,完成散文《鲁迅先生生活散记——为鲁迅先生三周祭而作》。

九月二十七日,复旦大学"抗敌文艺习作会"在黄桷树镇竹林边开篝火晚会,萧红、方令儒等参加了晚会。

十月一日,《鲁迅先生生活散记》载重庆《中苏文化》第四卷三期"鲁迅逝世三周年纪念特辑"。

十月二日,散文《茶食店》载香港《星岛日报》副刊"星座"第四一九号。

十月十四日,散文《鲁迅先生生活散记》开始在新加坡《星洲日报》副刊"晨星"上连载(至十月二十日,连载结束)。

十月十八日,散文《记忆中的鲁迅先生》开始在香港《星岛日报》副刊"星座"第四二七号连载(至十月二十八日"星座"第四三二号结束)。

十月十九日,散文《忆鲁迅先生》开始在重庆《国民公报》副刊"文群"连载(至十月二十六日结束)。

十月二十日,散文《记我们的导师——鲁迅先生生活的片段》载桂林《中学生》(战时半月刊)第十期。

十月二十六日,端木蕻良为萧红《回忆鲁迅先生》(单行本)写《后记》。

十一月一日,散文《鲁迅先生生活散记》载广州《文艺阵地》第四卷第一期。

十一月七日,萧红、端木蕻良应苏联塔斯社重庆分社社长罗果夫的邀请,参加在重庆枇杷山苏联大使馆举办的苏联国庆日聚会。

十一月,上海新光出版社出版小说集"大时代文库"《血的故事》,收入萧红的小说《黄河》。

十二月二十四日,萧红、端木蕻良与罗果夫会面,年底,罗果夫回国。

十二月中,散文《忆鲁迅先生》改篇名《鲁迅先生生活忆略》载上海《文学集林》第二辑《望——》。

一九四〇年(三十岁)

一月七日,萧红应火焰山文艺社的邀请到北碚小学作文学创作方法的演讲。

一月中旬,复旦大学教务主任孙寒冰邀请端木蕻良为香港大时代书局主编一套"大时代文艺丛书",经与友人华岗商量,萧红、端木蕻良决定赴香港。

一月十四日晚,友人袁东告知,十七日有两张飞香港的飞机票,萧红、端木蕻良决定十七日飞香港。

一月十七日,萧红、端木蕻良乘飞机离开重庆赴香港。到港后住九龙尖沙咀金巴利道纳士佛台三号。

一月中,文艺突击丛书社出版小说集《五行山血曲》收小说《黄河》,署名萧红。

一月中旬,诗人戴望舒到纳士佛台拜访萧红和端木蕻良。

一月下旬,萧红、端木蕻良由纳士佛台搬到九龙尖沙咀乐道。

二月五日,全国文艺抗敌协会香港分会四十余人在港岛干诺道大东酒店聚会,欢迎萧红、端木蕻良到港,萧红在欢迎会上作报告。

二月十五日,小说《山下》载重庆《理论与现实》第二卷第四期。

二月十六日,散文《忆鲁迅先生》改篇名《鲁迅先生生活忆略》载永嘉游击文化出版社出版的《游击》第三卷第四期"文艺专号"。

二月中,萧红继续长篇小说《马伯乐》的创作。

三月三日晚,香港的女校在坚道女子中学举行纪念"三八"节座谈会,萧红应邀参加座谈会,与学生们讨论"女学生与三八妇女节"。

三月中,桂林上海杂志公司出版由郑伯奇主编的"每月文库"萧红短篇小说集《旷野的呼喊》,该集收入萧红短篇小说七篇。

三月,致信白朗,说在香港找不到知心的友人。同月,重庆文摘出版社出版小说集《大时代的小故事》,收萧红的小说《朦胧的期待》《逃难》。

四月十日,小说《后花园》在香港《大公报》副刊"文艺""学生界""文艺综合"连载(至四月二十五日结束)。

四月十四日,与端木蕻良参加香港文协第二届年会。

四月中,由上海文化生活出版社出版的《牛车上》(萧红短篇小说集)第二次重印,由上海文化生活出版社出版的《桥》第三次重印。

五月十一日,与端木蕻良应邀参加岭南大学师生组织的艺文社座谈会,演讲关于抗战与文艺方面的问题。

五月十二日,与端木蕻良参加由香港文协、中国文化协进会共同举办的"黄自纪念音乐欣赏会"。

五月二十七日,萧红与端木蕻良曾经居住过的重庆北碚黄桷树镇遭日机轰炸,复旦大学孙寒冰等百余人在轰炸中死亡。

五月二十九日,"艺文社"杂志《艺文专刊》刊登萧红、端木蕻良出席十一日座谈会的讲演记录《关于抗战文艺的几个问题》。

六月十日,散文《忆鲁迅先生》改篇名《鲁迅先生生活忆略》载上海《艺风》第二期(从《文学集林》第二辑《望——》转载)。

六月二十日,日本东京东成社出版《现代支那女流作家集》,收武田泰淳翻译的萧红小说《家族以外的人》。

六月二十四日，萧红给华岗（原重庆《新华日报》主编）信，信中说准备写"鲁迅诞辰六十周年纪念"文章，并说自己身体欠佳。

六月二十八日，完成书评《〈大地的女儿〉——史沫特烈作》。

六月三十日，书评《〈大地的女儿〉——史沫特烈作》载香港《大公报》副刊"文艺综合"第八七一期。

六月中，《萧红散文》作为"大时代文艺丛书"由重庆大时代书局出版，内收萧红散文十七篇。

七月七日，萧红给华岗信，提到华岗的《中国民族解放运动史》，因为纸张涨价，上海出版商尚未印刷。并打算在近期回内地。对胡风给许广平信中说她"秘密飞港，行止诡秘"的说法表示不满。

七月二十八日，萧红给华岗信，因香港局势好转，可在港住一时期，八月份"打算写完一部长篇小说"，并将《马伯乐》第一部复写稿邮寄华岗、曹靖华。

七月中，萧红应香港文协之约，完成哑剧《民族魂鲁迅》。本月，散文集《回忆鲁迅先生》由重庆《生活书店》出版。

八月三日下午三时，香港文协等团体在孔圣堂举办"纪念鲁迅先生六十生诞纪念会"，萧红在会上报告了鲁迅生平事迹。晚七时三十分，孔圣堂举行纪念晚会，上演话剧《阿Q正传》、哑剧《民族魂鲁迅》，《民族魂鲁迅》剧本由冯亦代等人根据萧红的剧本改编，萧红、端木蕻良、杨刚、冯亦代等人参加了纪念晚会。

八月二十五日，美国女作家史沫特莱抵达香港。

八月二十八日，萧红给华岗信，信中说，华岗的《中国民族解放运动史》（第一卷）一书已出版（上海鸡鸣书店一九四〇年八月初版）。

九月一日，长篇小说《呼兰河传》开始在香港《星岛日报》副刊"星座"第六九三号上连载（至十二月二十七日结束）。

九月底，小说《后花园》载桂林《中学生》战时半月刊第三十一、三十二号。

十月十九日，香港文协举办鲁迅逝世四周年纪念会，萧红、端木蕻良出席纪念会。

十月二十一日,哑剧《民族魂鲁迅》在香港《大公报》副刊"文艺""学生界"连载(至十月三十一日结束)。

十月,周鲸文提议创办《时代妇女》,由萧红负责,被萧红以写作忙而拒绝。

十二月一日,端木蕻良《科尔沁前史》开始在香港《时代批评》第三卷第六十期连载(至一九四一年二月十六日结束),萧红为之题写"题名"和"署名"。

十二月二十日,完成长篇小说《呼兰河传》。

十二月二十四日,萧红带着蛋糕到港岛弯仔连合道(现连道)七号拜访周鲸文。

十二月二十七日,香港《星岛日报》副刊"星座"《呼兰河传》连载结束。

一九四一年(三十一岁)

一月七日,皖南事变爆发,因抗日形势的恶化,重庆、桂林等地的进步文化人士开始陆续来港。

一月十五日,香港文协在坚道中华中学举办第二期"文艺讲习会"(至四月二十七日结束),讲习会期间,邀请萧红、端木蕻良去讲习会讲座。

一月二十九日,萧红给华岗信,说她在读华岗的《中国民族解放运动史》第二部,说香港的春节很热闹,但她有些"思念家园"。

一月,长篇小说《马伯乐》(第一部)由重庆大时代书局出版。本月,北京现代文艺出版社出版《短篇小说集》第一辑(现代文学名著选集之一),收萧红短篇小说《王四的故事》。

二月一日,长篇小说《马伯乐》(第二部)在香港《时代批评》杂志第六十四开始连载(至十一月《时代批评》四卷八十二期后停载)。

二月初,萧红、端木蕻良搬到九龙乐道八号二楼,此处与大时代书局为邻。

二月十四日,萧红给华岗信,因端木蕻良在港主编的《时代文学》就要出版(出版日期定为四月一日),萧红向华岗约稿。萧红称赞华岗的《中国民族解放运动史》第二部写得实在好,并约华岗来香港旅行。

二月二十五日,日本万里阁出版《苦闷的支那——现代作品与文学史》,

收中山樵夫翻译的萧红小说《红的果园》。

二月二十七日,香港文协等团体在香港思豪酒店举行茶话会,欢迎史沫特莱、夏衍、范长江、宋之的等人来港,萧红担任茶话会的主席。

二月中,萧红的长篇小说《马伯乐》(第一部)作为"大时代文艺丛书"由香港大时代书局出版(版权页写一月出版,实为二月出版)。

二月下旬,萧红弟弟张秀珂从报纸上得知萧红困居香港的消息,写信给萧红,希望她到苏北新四军根据地,此信萧红没有收到。

三月十四日,端木蕻良给华岗信,同时将萧红的《马伯乐》(第一部)转给华岗。

三月二十六日,完成小说《北中国》。

三月初,史沫特莱到乐道萧红居所拜访萧红,看到萧红身体不好,居住环境较差,让萧红随她到新界沙田道风山顶的灵隐台别墅疗养(此处为何明华主教的别墅,史沫特莱在港期间暂住于此)。

四月十三日,小说《北中国》在香港《星岛日报》副刊"星座"连载(至四月二十九日结束)。

四月十七日,香港文协在温莎餐厅举办"香港文艺界联欢会",欢迎茅盾等进步文化人士来港,萧红应邀出席。

四月中旬,原东北大学代理校长周鲸文在港倡议人权活动,端木蕻良、萧红等积极参与,萧红将史沫特莱介绍给周鲸文。

四月,史沫特莱劝萧红、端木蕻良去新加坡,萧红邀请茅盾一道赴新加坡,没有得到茅盾的响应。

四月,史沫特莱安排萧红去玛丽医院治疗妇科疾病,萧红住院手术。出院后,诗人杨骚曾到萧红居所拜访。

五月五日,散文《骨架与灵魂》载香港《华商报》副刊"灯塔"第二十一期。

五月初,史沫特莱离港,行前将萧红《生死场》等作品带往美国。

五月,长篇小说《呼兰河传》由桂林上海杂志公司出版。

本月,萧红因肺病住进玛丽医院。

本月,上海华新图书公司出版小说集《长子》,收萧红小说《旷野的呼喊》。

六月四日,美国作家辛克莱给萧红信,感谢她托史沫特莱带给他的"美好的礼物和问候",并将自己作品赠送萧红。

六月,胡风及家人因皖南事变撤离到香港,胡风曾到萧红居所看望病中的萧红。

七月一日,小说《小城三月》载《时代文学》第二期,题目为萧红手迹。端木蕻良为小说配了题头画和一幅插图。

七月初,因肺病复发,萧红再次住进玛丽医院(至十一月初)。

八月一日,《时代文学》出版第三期,该期刊有荒烟为萧红《生死场》作的木刻插图。在该期第四号预告中,将有《辛克莱致萧红女士信》等。

八月四日,萧红、端木蕻良去香港大学讲学。接到香港大学许地山病逝的消息。

九月一日,散文《给流亡异地的东北同胞书》载香港《时代文学》第四期。

九月十一日,骆宾基到香港,向端木蕻良求助,被安置到《时代批评》职工宿舍。

九月二十日,散文《九一八致弟弟书》载香港《大公报》副刊"文艺"。

九月二十六日,散文《九一八致弟弟书》载桂林版《大公报》(一九四一年三月十五日创刊)。

九月,美国女作家海伦·福斯特(笔名尼姆·惠尔斯)与他人合作翻译史沫特莱带回的萧红小说《马房之夜》,发表在自己主编的《亚细亚》月刊九月号。

九月,萧红、于毅夫、端木蕻良、周鲸文等三百七十四人在《旅港东北人士九一八十周年宣言》上签名。

十月八日,香港《青年知识》第十号在"文化广播"中提到,"萧红女士因肺病留玛丽医院已将三月"。

十一月一日,为维持骆宾基的生活,端木蕻良在《时代文学》第五、六两期合刊上停发自己的《大时代》,改发骆宾基的《人与土地》第一章。

十一月初,萧红从玛丽医院出院。骆宾基到萧红居所拜访。

十一月上旬,柳亚子到访,与萧红相识。

十一月七日,《致苏联人民书》在香港《华商报》发表,茅盾、郭沫若、柳亚子、胡风、夏衍、萧红、端木蕻良等百余人联名。

十一月十六日,茅盾、柳亚子、邹韬奋、萧红、端木蕻良等一百二十七人联合在香港《华商报》副刊"灯塔"上发表《敬祝沫若先生五十初度》。《时代批评》四卷八十三期刊登启事,因萧红患病,不能续写。自本期起,《马伯乐》暂停刊载。

十一月中旬,萧红因病重,再次住进玛丽医院。

十一月下旬,萧红因不满玛丽医院的服务,被于毅夫接回乐道寓所。

十一月二十五日,永安《现代文艺》第四卷第一期载谷虹的《呼兰河传》书评。

十一月三十日,柳亚子到萧红的寓所看望萧红。

十一月,于毅夫到玛丽医院看望萧红后,向党组织反映萧红的情况,党组织拿出五十港币,由于毅夫转交萧红。

十二月八日,日军偷袭珍珠港,太平洋战争爆发,日本对英美宣战。日军向香港九龙进攻。柳亚子到萧红寓所看望萧红。骆宾基电话中向端木蕻良告别,被挽留,帮助照料萧红。是夜,萧红从九龙被转移到港岛。

十二月九日,萧红被安排到思豪酒店张学良的弟弟张学铭的包房。

十二月十七日夜,因思豪酒店被日军炮火击中,萧红被转移到思豪酒店后山别墅,因山上也被炮击,复又下山。

十二月十八日,萧红被转移到周鲸文家,后又转移到哥罗士酒店。是夜,日军连续炮击,从香港岛北角等陆。

十二月二十三日,萧红被转移到士丹利街的一家裁缝铺。

十二月二十四日,萧红被转移至士丹利街的时代书店书库。

十二月二十五日,港英政府投降,日军举行"入城仪式",香港沦陷。全城停电、停水。

十二月二十八日,日军张贴布告,十元以上港币暂缓流通。香港陷入混乱中。

十二月三十日,伪满"新京"长春益智书店出版小说集《新作家》,收萧红小说《王四的故事》。

十二月,病中向骆宾基口述小说《红玻璃的故事》。

一九四二年（三十二岁）

一月九日，茅盾夫妇、邹韬奋等文化名人在营救中离开香港，萧红因病无法离开。

一月十二日，萧红呼吸困难，被送入跑马地养和医院治疗，医生李树培误诊为气管瘤，萧红治病心切，自己在手术单上签字。

一月十三日，萧红手术，喉中被插入金属管，发声困难。

一月十八日中午，萧红病情恶化，养和医院已无法治疗，被迫转入玛丽医院。

一月十九日夜，萧红醒来后在纸上写下"我将与蓝天碧水永处，留得半部'红楼'给别人写了。……半生尽遭白眼，冷遇，身先死，不甘，不甘！"

一月二十一日夜，玛丽医院被日军接管，萧红被转送一家法国医院，后法国医院也被军管，萧红又被送往圣士提反女子中学的临时救护站。

一月二十二日晨，萧红陷入昏迷。十时，病逝。端木蕻良留下萧红遗发，拍下萧红遗容。

一月二十四日，萧红遗体火化，骨灰分装在两个瓷瓶中。

一月二十五日，萧红部分骨灰安葬在浅水湾丽都酒店前花坛里，上立"萧红之墓"木牌。

一月二十六日，萧红剩余骨灰安葬在圣士提反女子中学后院土山坡下。

萧红创作年表

章海宁

一九三二年

《可纪念的枫叶》(诗歌),创作于一九三二年春,收入自编诗稿中,生前未公开发表,首刊于一九八〇年十月《中国现代文学研究丛刊》第三辑《萧红自集诗稿》。

《偶然想起》(诗歌),创作于一九三二年春,收入自编诗稿中,生前未公开发表,首刊于一九八〇年十月《中国现代文学研究丛刊》第三辑《萧红自集诗稿》。

《静》(诗歌),创作于一九三二年春,收入自编诗稿中,生前未公开发表,首刊于一九八〇年十月《中国现代文学研究丛刊》第三辑《萧红自集诗稿》。

《栽花》(诗歌),创作于一九三二年春,收入自编诗稿中,生前未公开发表,首刊于一九八〇年十月《中国现代文学研究丛刊》第三辑《萧红自集诗稿》。

《公园》(诗歌),创作于一九三二年春,收入自编诗稿中,生前未公开发表,首刊于一九八〇年十月《中国现代文学研究丛刊》第三辑《萧红自集诗稿》。

《春曲》(六首)(组诗),创作于一九三二年春。收入自编诗稿中。《春曲》(之一)收入一九三三年十月三日哈尔滨五画印刷社初版的《跋涉》(与萧军诗文合集)。首刊于一九八〇年十月《中国现代文学研究丛刊》第三辑《萧红自集诗稿》。

《幻觉》(诗歌),创作于一九三二年七月三十日,首刊于一九三四年五月二十七日哈尔滨《国际协报》副刊"国际公园",署名悄吟。

一九三三年

《弃儿》(散文),创作于一九三三年四月十八日,首刊于一九三三年五月六日至十七日长春《大同报》副刊"大同俱乐部",署名悄吟。

《王阿嫂的死》(短篇小说),完成于一九三三年五月二十一日,收入一九三三年十月哈尔滨五画印刷社初版《跋涉》(与三郎合著),署名悄吟。

《看风筝》(短篇小说),创作于一九三三年六月九日,首刊于《哈尔滨公报》副刊"公田",署名悄吟。收入一九三三年十月哈尔滨五画印刷社初版《跋涉》(与三郎合著),署名悄吟。

《腿上的绷带》(短篇小说),创作日期不详,首刊于一九三三年七月十八日至二十一日长春《大同报》副刊"大同俱乐部",署名悄吟。

《小黑狗》(散文),创作于一九三三年八月一日,首刊于一九三三年八月十三日长春《大同报》周刊"夜哨"第一期,署名悄吟。收入一九三三年十月哈尔滨五画印刷社初版《跋涉》(与三郎合著),署名悄吟。

《太太与西瓜》(短篇小说),创作日期不详,首刊于一九三三年八月四日长春《大同报》副刊"大同俱乐部",署名悄吟。

《两个青蛙》(短篇小说),创作于一九三三年八月六日,首刊于一九三三年八月六日长春《大同报》周刊"夜哨"创刊号,署名悄吟。

《八月天》(诗歌),创作日期不详,首刊于一九三三年八月十三日长春《大同报》周刊"夜哨"第一期,署名悄吟。

《哑老人》(短篇小说),创作于一九三三年八月二十七日,首刊于一九三三年八月二十七日、九月三日长春《大同报》周刊"夜哨"第三期、第四期,署名悄吟。

《夜风》(短篇小说),创作于一九三三年八月二十七日,首刊于一九三三年九月二十四日、十月一日、十月八日长春《大同报》周刊"夜哨"第七、第八、第九期,署名悄吟。收入一九三三年十月哈尔滨五画印刷社初版《跋涉》(与三郎合著),署名悄吟。

《叶子》(短篇小说),创作于一九三三年九月二十日,首刊于一九三三年十月十五日长春《大同报》周刊"夜哨"第九期,署名悄吟。

《广告副手》(散文),创作日期不详,收入一九三三年十月哈尔滨五画印刷社初版《跋涉》(与三郎合著),署名悄吟。

《跋涉》(诗歌、短篇小说、散文集),一九三三年十月,哈尔滨五画印刷社初版,萧红(悄吟)、萧军(三郎)诗文合集,收萧红、萧军作品十二篇,附萧军《书后》一篇。收入萧红的作品:《春曲》《王阿嫂的死》《广告副手》《小黑狗》《看风筝》《夜风》,署名悄吟。

《中秋节》(散文),创作日期不详,首刊于一九三三年十月二十九日长春《大同报》周刊"夜哨"第十一期,署名玲玲。

《清晨的马路上》(短篇小说),创作日期不详,首刊于一九三三年十一月五日、十月十二日长春《大同报》周刊"夜哨"第十二、十三期,署名悄吟。

《渺茫中》(短篇小说),创作于一九三三年十一月十五日,首刊于一九三三年十一月二十六日长春《大同报》周刊"夜哨"第十四期,署名悄吟。

《烦扰的一日》(散文),创作于一九三三年十二月八日,首刊于一九三三年十二月十七日、二十四日长春《大同报》周刊"夜哨"第十七、十八期,署名悄吟。收入一九三六年十一月上海文化生活出版社初版的《桥》(短篇小说、散文集)。收入一九四〇年六月重庆大时代书局初版的《萧红散文》时,改篇名为《一天》。

《破落之街》(散文),创作于一九三三年十二月二十七日,收入一九三六年十一月上海文化生活出版社初版的短篇小说、散文集《桥》,署名悄吟。

一九三四年

《离去》(短篇小说),创作于一九三四年二月十三日,首刊于一九三四年三月十日、十一日哈尔滨《国际协报》副刊"国际公园",署名悄吟。收入一九三六年十一月上海文化生活出版社初版的《桥》,署名悄吟。

《夏夜》(散文),创作日期不详,首刊于一九三四年三月六日、七日哈尔滨《国际协报》副刊"国际公园",收入一九三六年十一月上海文化生活出版社初版的《桥》,署名悄吟。收入一九四〇年六月重庆大时代书局初版的《萧红散文》。

《患难中》(短篇小说),创作于一九三四年三月八日,首刊于一九三四年三月至五月间的哈尔滨《国际协报》副刊"文艺",署名田娣。目前该篇小说仅发现刊于五月三日的最后一部分。

《出嫁》(短篇小说),创作于一九三四年三月八日,首刊于一九三四年三月二十日哈尔滨《国际协报》副刊"国际公园",署名悄吟。

《蹲在洋车上》(散文),创作于一九三四年三月十六日,首刊于一九三四年三月三十日、三十一日四月一日哈尔滨《国际协报》副刊"国际公园",署名悄吟。收入一九三六年十一月上海文化生活出版社初版的《桥》,署名悄吟。收入一九四〇年六月重庆大时代书局初版的《萧红散文》时,改篇名为《皮球》。

《麦场》(小说),创作日期不详,首刊于一九三四年四月二十日至五月十七日哈尔滨《国际协报》副刊"国际公园",署名悄吟。该篇为一九三五年十二月上海容光书局初版的《生死场》前两章(《麦场》《菜圃》)。

《镀金的学说》(散文),创作日期不详,首刊于一九三四年六月十四日、二十一日、二十八日哈尔滨《国际协报》副刊"文艺",署名田娣。

《进城》(短篇小说),创作日期不详,首刊于一九三四年夏《青岛晨报》副刊。该篇目前只存篇目,刊载的具体时间和署名不详。

《生死场》(中篇小说),创作完成于一九三四年九月九日,共十七章。作为"奴隶丛书"之三,一九三五年十二月由上海容光书局初版,署名萧红。该书由鲁迅作《序》,胡风作《读后记》。

《去年今日》,该篇只存篇目,首刊于一九三四年哈尔滨《国际协报》副刊,文体、创作日期、首刊的日期、署名均不详。

一九三五年

《小六》(散文),创作于一九三五年一月二十六日,首刊于一九三五年三月五日上海《太白》第一卷第十二期,署名悄吟。收入一九四〇年六月重庆大时代书局初版的《萧红散文》时,改篇名为《搬家》。

《过夜》(散文),创作于一九三五年二月五日,首刊于一九三六年二月二十日上海《海燕》第二期,署名萧红。收入一九三六年十一月上海文化生活出版社初版的《桥》,署名悄吟。收入一九四〇年六月重庆大时代书局初版的《萧红散文》时,改篇名为《黑夜》。

《饿》(散文),创作于一九三五年三月至五月间,首刊于一九三五年六月一日出版的上海《文学》第四卷第六号,署名悄吟。收入一九三六年八月上海文化生活出版社初版的《商市街》。

《广告员的梦想》(散文),创作于一九三五年三月至五月间,首刊于一九三六年三月一日上海《中学生》第六十三号,署名悄吟。收入一九三六年八月上海文化生活出版社初版的《商市街》。

《祖父死的时候》(散文),创作日期不详,首刊于一九三五年七月十六日、十七日上海《时事新报》副刊"青光",署名悄吟。一九三五年七月二十八日,改篇名《祖父死了的时候》再刊于长春《大同报》副刊"大同俱乐部",署名悄吟。

《雪天》(散文),创作于一九三五年三月至五月间,首刊于一九三五年八月三十一日上海《时事新报》副刊"青光",署名悄吟。收入一九三六年八月上海文化生活出版社初版的《商市街》。

《家庭教师》(散文),创作于一九三五年三月至五月间,首刊于一九三六年二月一日上海《中学生》第六十二号,署名悄吟。收入一九三六年八月上海文化生活出版社初版的《商市街》。

《同命运的小鱼》(散文),创作于一九三五年三月至五月间,首刊于一九三六年四月一日上海《中学生》第六十四号,署名悄吟。收入一九三六年八月上海文化生活出版社初版的《商市街》。

《春意挂上了树梢》(散文),创作于一九三五年三月至五月间,作为"随笔三篇"(之一)首刊于一九三六年五月一日上海《中学生》第六十五号,署名悄吟。收入一九三六年八月上海文化生活出版社初版的《商市街》。

《公园》(散文),创作于一九三五年三月至五月间,作为"随笔三篇"(之二)首刊于一九三六年五月一日上海《中学生》第六十五号,署名悄吟。收入一九三六年八月上海文化生活出版社初版的《商市街》。

《夏夜》(散文)，创作于一九三五年三月至五月间，作为"随笔三篇"(之三)首刊于一九三六年五月一日上海《中学生》第六十五号，署名悄吟。收入一九三六年八月上海文化生活出版社初版的《商市街》。

《册子》(散文)，创作于一九三五年三月至五月间，作为"随笔三篇"(之一)首刊于一九三六年六月一日上海《中学生》第六十六号，署名悄吟。收入一九三六年八月上海文化生活出版社初版的《商市街》。

《剧团》(散文)，创作于一九三五年三月至五月间，作为"随笔三篇"(之二)首刊于一九三六年六月一日上海《中学生》第六十六号，署名悄吟。收入一九三六年八月上海文化生活出版社初版的《商市街》。

《白面孔》(散文)，创作于一九三五年三月至五月间，作为"随笔三篇"(之三)首刊于一九三六年六月一日上海《中学生》第六十六号，署名悄吟。收入一九三六年八月上海文化生活出版社初版的《商市街》。

《欧罗巴旅馆》(散文)，创作于一九三五年三月至五月间，首刊于一九三六年七月一日上海《文季月刊》第一卷第二期，署名悄吟。收入一九三六年八月上海文化生活出版社初版的《商市街》。

《十三天》(散文)，创作于一九三五年三月至五月间，作为"随笔两篇"(之一)首刊于一九三六年八月一日上海《文季月刊》第一卷第三期，署名悄吟。收入一九三六年八月上海文化生活出版社初版的《商市街》。

《最后的一星期》(散文)，创作于一九三五年五月十五日，作为"随笔两篇"(之二)首刊于一九三六年八月一日上海《文季月刊》第一卷第三期，署名悄吟。收入一九三六年八月上海文化生活出版社初版的《商市街》。

《他去追求职业》(散文)，创作于一九三五年三月至五月间，收入一九三六年八月上海文化生活出版社初版的《商市街》。

《来客》(散文)，创作于一九三五年三月至五月间，收入一九三六年八月上海文化生活出版社初版的《商市街》。

《提篮者》(散文)，创作于一九三五年三月至五月间，收入一九三六年八月上海文化生活出版社初版的《商市街》。再刊于一九三七年一月三十一日大连《泰东日报》"辽水周刊"。

《搬家》(散文)，创作于一九三五年三月至五月间，收入一九三六年八月上海文化生活出版社初版的《商市街》。

《最末的一块木桦》(散文),创作于一九三五年三月至五月间,收入一九三六年八月上海文化生活出版社初版的《商市街》。

《黑列巴和白盐》(散文),创作于一九三五年三月至五月间,收入一九三六年八月上海文化生活出版社初版的《商市街》。

《度日》(散文),创作于一九三五年三月至五月间,收入一九三六年八月上海文化生活出版社初版的《商市街》。

《飞雪》(散文),创作于一九三五年三月至五月间,收入一九三六年八月上海文化生活出版社初版的《商市街》。

《他的上唇挂霜了》(散文),创作于一九三五年三月至五月间,收入一九三六年八月上海文化生活出版社初版的《商市街》。

《当铺》(散文),创作于一九三五年三月至五月间,收入一九三六年八月上海文化生活出版社初版的《商市街》。

《借》(散文),创作于一九三五年三月至五月间,收入一九三六年八月上海文化生活出版社初版的《商市街》。

《买皮帽》(散文),创作于一九三五年三月至五月间,收入一九三六年八月上海文化生活出版社初版的《商市街》。

《新识》(散文),创作于一九三五年三月至五月间,收入一九三六年八月上海文化生活出版社初版的《商市街》。

《牵牛房》(散文),创作于一九三五年三月至五月间,收入一九三六年八月上海文化生活出版社初版的《商市街》。

《十元钞票》(散文),创作于一九三五年三月至五月间,收入一九三六年八月上海文化生活出版社初版的《商市街》。

《几个欢快的日子》(散文),创作于一九三五年三月至五月间,收入一九三六年八月上海文化生活出版社初版的《商市街》。

《女教师》(散文),创作于一九三五年三月至五月间,收入一九三六年八月上海文化生活出版社初版的《商市街》。

《小偷车夫和老头》(散文),创作于一九三五年三月至五月间,收入一九三六年八月上海文化生活出版社初版的《商市街》。

《家庭教师是强盗》(散文),创作于一九三五年三月至五月间,收入一九三六年八月上海文化生活出版社初版的《商市街》。

《又是冬天》(散文),创作于一九三五年三月至五月间,收入一九三六年八月上海文化生活出版社初版的《商市街》。

《门前的黑影》(散文),创作于一九三五年三月至五月间,收入一九三六年八月上海文化生活出版社初版的《商市街》。

《决意》(散文),创作于一九三五年三月至五月间,收入一九三六年八月上海文化生活出版社初版的《商市街》。

《一个南方的姑娘》(散文),创作于一九三五年三月至五月间,收入一九三六年八月上海文化生活出版社初版的《商市街》。

《生人》(散文),创作于一九三五年三月至五月间,收入一九三六年八月上海文化生活出版社初版的《商市街》。

《又是春天》(散文),创作于一九三五年三月至五月间,收入一九三六年八月上海文化生活出版社初版的《商市街》。

《患病》(散文),创作于一九三五年三月至五月间,收入一九三六年八月上海文化生活出版社初版的《商市街》。

《拍卖家具》(散文),创作于一九三五年五月,收入一九三六年八月上海文化生活出版社初版的《商市街》。

《三个无聊人》(散文),创作于一九三五年六月十二日,首刊于一九三五年八月五日上海《太白》第二卷第十期,署名悄吟。收入一九三六年十一月上海文化生活出版社初版的《桥》,署名悄吟。收入一九四〇年六月重庆大时代书局初版的《萧红散文》。

《初冬》(散文),创作于一九三五年初冬,首刊于一九三六年一月五日上海《生活知识》第一卷第七期,署名萧红。收入一九三六年十一月上海文化生活出版社初版的《桥》,署名悄吟。收入一九四〇年六月重庆大时代书局初版的《萧红散文》。

一九三六年

《访问》(散文),创作于一九三六年一月七日,首刊于一九三六年一月十九日上海《海燕》第一期（创刊号），署名萧红。收入一九三六年十一月上海文化生活出版社初版的《桥》，署名悄吟。收入一九四〇年六月重庆大时代书局初版的《萧红散文》。收入一九四一年地球出版社（上海）"文青丛刊"第二辑《第一流（续编）》。

《桥》（短篇小说），创作于一九三六年，具体日期不详。首刊于一九三六年三月十五日天津、上海《大公报》副刊"文艺"第一百一十期，署名悄吟。收入一九三六年十一月上海文化生活出版社初版的《桥》，署名悄吟。

《手》（短篇小说），创作于一九三六年三月，首刊于一九三六年四月十五日上海《作家》第一卷第一号，署名萧红。收入一九三六年十一月上海文化生活出版社初版的《桥》，署名悄吟。收入一九三七年五月英文月刊上海《天下》第四卷第五期，任玲逊译。收入一九四〇年一月日本《中国文学月报》，长野贤日译。

《索非亚的愁苦》（散文），创作日期不详，首刊于一九三六年四月十日天津、上海《大公报》副刊"文艺"第一二五期，署名萧红。收入一九三六年十一月上海文化生活出版社初版的《桥》，署名悄吟。收入一九四〇年六月重庆大时代书局初版的《萧红散文》。

《马房之夜》（短篇小说），创作于一九三六年五月六日，首刊于一九三六年五月十五日上海《作家》第一卷第二号，署名萧红。

《苦杯》（组诗），该组诗共十一首，约创作于一九三六年七月去日本之前，生前未公开发表，收入作者自编诗稿中，首刊于一九八〇年十月《中国现代文学研究丛刊》第三辑《萧红自集诗稿》。

《孤独的生活》（散文），创作于一九三六年八月九日，首刊于一九三六年九月五日上海《中流》第一卷第一期，署名悄吟。收入一九三七年五月上海文化生活出版社初版的《牛车上》（短篇小说、散文集），署名萧红。

《异国》（诗歌），创作于一九三六年八月十四日（致萧军书信：一九三六年八月十四日），生前未公开发表，收入一九八一年一月黑龙江人民出版社初版的《萧红书简辑存注释录》。

《商市街》（系列散文集），创作于一九三五年三至五月间，一九三六年八月，作为巴金主编的"文学丛刊"第二集第十二册，由上海文化生活出版社初版,署名悄吟。内收散文四十一篇:《欧罗巴旅馆》《雪天》《他去追求职业》《家庭教师》《来客》《提篮者》《饿》《搬家》《最末的一块木枠》《黑列巴和白盐》《度日》《飞雪》《他的上唇挂霜了》《当铺》《借》《买皮帽》《广告员的梦想》《新识》《牵牛房》《十元钞票》《同命运的小鱼》《几个欢快的日子》《女教师》《春意挂上了树梢》《小偷车夫和老头》《公园》《夏夜》《家庭教师是强盗》《册子》《剧团》《白面孔》《又是冬天》《门前的黑影》《决意》《一个南方的姑娘》《生人》《又是春天》《患病》《十三天》《拍卖家具》《最后的一星期》,后附郎华(萧军)的《读后记》。

《家族以外的人》(短篇小说),创作于一九三六年九月四日,首刊于一九三六年十月十五日、十一月十五日上海《作家》第二卷第一号、第二号,署名萧红。收入一九三七年五月上海文化生活出版社初版的《牛车上》,署名萧红。

《红的果园》(短篇小说),创作于一九三六年九月初,首刊于一九三六年九月十五日上海《作家》第一卷第六号,署名萧红。收入一九三七年五月上海文化生活出版社初版的《牛车上》,署名萧红。

《长白山的血迹》(散文),创作日期不详,首刊于一九三六年九月十八日上海《大沪晚报》第三版,署名萧红。

《王四的故事》(短篇小说),创作于一九三六年,首刊于一九三六年九月二十日上海《中流》第一卷第二期,署名萧红。收入一九三七年五月上海文化生活出版社初版的《牛车上》,署名萧红。

《牛车上》(短篇小说),创作日期不详,首刊于一九三六年十月一日上海《文季月刊》第一卷第五期,署名萧红。收入一九三七年五月上海文化生活出版社初版的《牛车上》,署名萧红。

《女子装饰的心理》(散文),创作日期不详,首刊于一九三六年十月二十九日至三十日上海《大沪晚报》第七版,署名萧红。

《海外的悲悼》(书信),一九三六年十月二十四日致萧军,首刊于一九三六年十一月五日上海《中流》第一卷第五期,署名萧红。

《亚丽》(短篇小说),创作日期不详,首刊于一九三六年十一月十六日上海《大沪晚报》第三版,署名萧红。

《感情的碎片》(散文),创作日期不详,首刊于一九三六年十一月二十九日天津、上海《大公报》副刊"文艺"第二五七期,署名萧红。再刊一九三七年四月十日上海《好文章》第七期。

《桥》(短篇小说、散文集),作为巴金主编的"文学丛刊"第三集第十二册,一九三六年十一月由上海文化生活出版社初版,署名悄吟。内收小说、散文十三篇:《小六》《烦扰的一日》《桥》《夏夜》《过夜》《破落之街》《访问》《离去》《索非亚的愁苦》《蹲在洋车上》《初冬》《三个无聊人》《手》。

《永久的憧憬和追求》(散文),创作于一九三六年十二月十二日,首刊于一九三七年一月十日上海《报告》第一卷第一期,署名萧红。

一九三七年

《沙粒》(组诗),该组诗共三十七首,创作完成于一九三七年一月三日,其中三首生前未公开发表。另三十四首,首刊于一九三七年三月十五日《文丛》(上海)第一卷第一期,署名悄吟。后收入一九三七年上海《好文章》第七期。组诗中三十六首收入作者自编诗稿中,该自编诗稿首刊于一九八〇年十月《中国现代文学研究丛刊》第三辑。其中的《沙粒》与《文丛》公开发表的《沙粒》部分词句稍有不同。

《拜墓》(诗歌),创作于一九三七年三月八日,首刊于一九三七年四月二十三日天津、上海《大公报》副刊"文艺"第三二七期,署名萧红。收入作者自编诗稿中。

《两朋友》(短篇小说),创作日期不详,首刊于一九三七年五月十日上海《新少年》第三卷第九期,署名悄吟。

《牛车上》(短篇小说、散文集),作为巴金主编的"文学丛刊"第五集第五册,一九三七年五月由上海文化生活出版社初版,署名萧红。内收短篇小说四篇、散文一篇:《牛车上》《家族以外的人》《红的果园》《王四的故事》《孤独的生活》。

《一粒土泥》(诗歌),创作于一九三七年六月二十日,收入上海夜哨丛书出版社一九三七年八月一日初版《兴安岭的风雪》附录中。后收入自集诗稿中。

《来信》(书信),摘编自一九三七年七月十九日北京友人李洁吾的来信,首刊于一九三七年八月五日《中流》第二卷第十期,署名萧红。

《八月之日记一》(散文),创作于一九三七年八月一日,首刊于一九三七年十月二十八日、二十九日汉口《大公报》副刊"战线"第三十六号、三十七号,署名萧红。

《八月之日记二》(散文),创作于一九三七年八月二日,首刊于一九三七年十一月三日汉口《大公报》副刊"战线"第四十一号,署名萧红。

《天空的点缀》(散文),创作于一九三七年八月十四日,首刊于一九三七年九月十一日上海《七月》(周刊)第一期,署名萧红。再刊于一九三七年十月十六日《抗战半月刊》(上海)第一、第二期合刊。同日,再刊于武汉《七月》(半月刊)第一集第一期。

《失眠之夜》(散文),创作于一九三七年八月二十二日,首刊于一九三七年九月十八日上海《七月》(周刊)第二期,署名萧红。再刊于一九三七年十月十六日武汉《七月》(半月刊)第一集第一期。再刊于一九三七年十一月上海《好文章·战时文摘》第三期。

《窗边》(散文),创作于一九三七年八月十七日,首刊于一九三七年九月二十五日上海《七月》(周刊)第三期,署名萧红。后与《小生命和战士》一起,篇名为《火线外(二章)》再刊于一九三七年十一月二日武汉《七月》(半月刊)第一集第二期,署名萧红。

《在东京》(散文),创作于一九三七年八月,首刊于一九三七年十月十六日武汉《七月》(半月刊)第一集第一期,署名萧红。收入一九四〇年六月重庆大时代书局初版的《萧红散文》时,改篇名为《鲁迅先生记(二)》。

《逝者已矣!》(散文)创作于一九三七年十月十七日,首刊于一九三七年十月二十日汉口《大公报》副刊"战线"第二十九号,署名萧红。

《万年青》(散文),创作日期不详,首刊于一九三七年十月十八日武昌《战斗旬刊》第一卷第四期"鲁迅先生周年祭特辑",署名萧红。收入一九四〇年六月重庆大时代书局初版的《萧红散文》时,改篇名为《鲁迅先生记(一)》。

《小生命和战士》(散文),创作于一九三七年十月二十二日,与《窗边》另题为《火线外(二章)》,刊于一九三七年十一月一日武汉《七月》(半月刊)第一集第二期,署名萧红。

《火线外(二章)》(散文),该篇包括《窗边》和《小生命和战士》,刊于一九三七年十一月一日武汉《七月》(半月刊)第一集第二期,署名萧红。

《两种感想》(散文),创作于一九三七年十一月十六日,首刊于一九三七年十一月二十日汉口《妇女前哨》第二期,署名萧红。

《一条铁路底完成》(散文),创作于一九三七年十一月二十七日,首刊于一九三七年十二月一日武汉《七月》(半月刊)第一集第四期,署名萧红。收入一九四〇年六月重庆大时代书局初版的《萧红散文》。

《一九二九年底愚昧》(散文),创作于一九三七年十二月十三日,首刊于一九三七年十二月十六日武汉《七月》(半月刊)第一集第五期,署名萧红。

一九三八年

《〈大地的女儿〉与〈动乱时代〉》(书评),创作于一九三八年一月三日,首刊于一九三八年一月十六日武汉《七月》(半月刊)第二集第七期,署名萧红。

《记鹿地夫妇》(散文),创作于一九三八年二月二十日,首刊于一九三八年五月一日广州《文艺阵地》第一卷第二期,署名萧红。

《突击》(剧本),三幕剧,与塞克、端木蕻良、聂绀弩等共同创作于一九三八年三月初,由塞克整理完成,首刊于一九三八年四月一日武汉《七月》(半月刊)第二集第十二期,署名萧红、塞克、端木蕻良、聂绀弩。

《无题》(散文),创作于一九三八年五月十五日,首刊于一九三八年五月十六日武汉《七月》(半月刊)第三集第二期,署名萧红。

《黄河》(短篇小说),创作于一九三八年八月六日,首刊于一九三九年二月一日香港《文艺阵地》第二卷第八期,署名萧红。再刊于一九四〇年二月七日至十六日重庆《国民公报》副刊"文群"。收入一九四〇年三月桂林上海杂志公司初版的《旷野的呼喊》(短篇小说集),署名萧红。

《汾河的圆月》(短篇小说),创作于一九三八年八月二十日,首刊于一九三八年八月二十六日汉口《大公报》副刊"战线"第一七七期,署名萧红。再刊于一九三八年九月六日香港《大公报》副刊"文艺"第四〇七期,署名萧红。

《寄东北流亡者》(散文),创作日期不详,首刊于一九三八年九月十八日汉口《大公报》副刊"战线"第一九一号,署名萧红。

《朦胧的期待》(短篇小说),创作于一九三八年十月三十一日,首刊于一九三八年十一月十八日重庆《文摘战时旬刊》第三十六期，署名萧红。收入一九四〇年三月桂林上海杂志公司初版的《旷野的呼喊》，署名萧红。

《孩子的演讲》(短篇小说)，创作于一九三八年十月，首刊于一九三九年三月十五日上海《大路》综合图画月刊第二号，署名萧红。收入一九四〇年三月桂林上海杂志公司初版的《旷野的呼喊》(短篇小说集)，署名萧红。

《我之读世界语》(散文)，创作日期不详，首刊于一九三八年十二月二十九日重庆《新华日报》第四版"纪念柴门霍夫专刊"，署名萧红。

一九三九年

《牙粉医病法》(散文)，创作于一九三九年一月九日，首刊于一九三九年一月十五日重庆《全民抗战》第四十八号，署名萧红。收入一九四〇年六月重庆大时代书局初版的《萧红散文》。

《逃难》(短篇小说)，创作日期不详，首刊于一九三九年一月二十一日重庆《文摘战时旬刊》第四十一、四十二期合刊，署名萧红。再刊于一九三九年四月上海《文献》附刊《妇女文献》。收入一九四〇年三月桂林上海杂志公司初版的《旷野的呼喊》，署名萧红。

《旷野的呼喊》(短篇小说)，创作完成于一九三九年一月三十日，首刊于一九三九年四月十七日至五月七日香港《星岛日报》副刊"星座"第二五二至二七二号，署名萧红。再刊于一九四〇年一月二十日至二月十三日重庆《国民公报》副刊"文群"，署名萧红。收入一九四〇年三月桂林上海杂志公司初版的《旷野的呼喊》，署名萧红。

《滑竿》(散文)，创作于一九三九年春，首刊于一九三九年三月五日重庆《全民抗战》第五十七号，署名萧红。收入一九四〇年六月重庆大时代书局初版的《萧红散文》。

《离乱中的作家书简》(书信)，写于一九三九年三月十四日(致许广平信)，首刊于一九三九年四月五日上海《鲁迅风》(周刊)第十二期，署名萧红。该篇名为编辑所加。

《林小二》(散文)，创作于一九三九年春，首刊于一九三九年四月五日重庆《全民抗战》第六十三号，署名萧红。收入一九四〇年六月重庆大时代书局初版的《萧红散文》。

《长安寺》(散文),创作于一九三九年四月,首刊于一九三九年九月五日上海《鲁迅风》(半月刊)第十九期,署名萧红。收入一九四〇年六月重庆大时代书局初版的《萧红散文》。再刊一九四〇年八月一日上海《天地间》第二期。

《莲花池》(短篇小说),创作于一九三九年五月十六日,首刊于一九三九年九月十六日、十月十六日、十一月五日重庆《妇女生活》第八卷第一、第二、第三期,署名萧红。收入一九四〇年三月重庆上海杂志公司初版的《旷野的呼喊》,署名萧红。

《放火者》(散文),创作于一九三九年六月九日,首刊于一九三九年七月二十一日重庆《文摘战时旬刊》第五十一、五十二、五十三期合刊,署名萧红。后以《轰炸前后》为篇名,刊于一九三九年八月二十日上海《鲁迅风》第十八期,署名萧红。收入一九四〇年六月重庆大时代书局初版的《萧红散文》。

《山下》(短篇小说),创作于一九三九年七月二十日,首刊于一九四〇年二月十五日重庆《理论与现实》第一卷第四期,署名萧红。收入一九四〇年三月重庆上海杂志公司初版的《旷野的呼喊》,署名萧红。

《梧桐》(短篇小说),创作于一九三九年七月二十四日,首刊于一九三九年八月十八日香港《星岛日报》副刊"星座"第三七五号,署名萧红。

《花狗》(短篇小说),创作日期不详,首刊于一九三九年八月五日香港《星岛日报》副刊"星座"第三七一号,署名萧红。

《茶食店》(散文),创作于一九三九年八月二十八日,首刊于一九三九年十月二日香港《星岛日报》副刊"星座"第四一九号,署名萧红。

《鲁迅先生生活散记——为鲁迅先生三周祭而作》(散文),创作于一九三九年九月二十二日,首刊于一九三九年十月一日重庆《中苏文化》第四卷第三期,署名萧红。再刊于一九三九年十月十四日至二十八日新加坡《星洲日报》副刊"晨星",署名萧红。

《记忆中的鲁迅先生》(散文),首刊于一九三九年十月十八日、二十日、二十二日、二十四日、二十六日、二十八日香港《星岛日报》副刊"星座"第四二七至四三二号"鲁迅先生三周年纪念特辑",署名萧红。

《忆鲁迅先生》(散文),首刊于一九三九年十月十九日、二十一日、二十四日、二十六日重庆《国民公报》副刊"文群",署名萧红。后改篇名《鲁迅先生生活忆略》再刊于一九三九年十二月上海《文学集林》第二辑《望——》。一九四〇年二月十六日,游击文化社(永嘉)出版的《游击》第三卷第四期"文艺专号"部分转载了上海《文学集林》第二辑《望——》中的《鲁迅先生生活忆略》。一九四〇年六月十日,上海《艺风》全文转载了上海《文学集林》第二辑《望——》中的《鲁迅先生生活忆略》。

《记我们的导师——鲁迅先生生活的片段》(散文),首刊于一九三九年十月二十日桂林《中学生》(战时半月刊)第十期,署名萧红。该篇部分文字转载于一九三九年十一月一日武汉《文艺阵地》第四卷第二期。

一九四〇年

《旷野的呼喊》(短篇小说集),作为郑伯奇主编的"每月文库",一九四〇年三月由桂林上海杂志公司初版,署名萧红。该集收入短篇小说七篇:《黄河》《朦胧的期待》《旷野的呼喊》《逃难》《山下》《莲花池》《孩子的讲演》。一九四六年五月,上海杂志公司再版时,删去《黄河》。

《后花园》(短篇小说),创作于一九四〇年四月,连载于一九四〇年四月十日至二十五日香港《大公报》副刊"文艺""学生界""文艺综合",署名萧红。再刊于一九四〇年九月二十日、十月五日桂林《中学生》(战时半月刊)第三十一、三十二期,署名萧红。

《〈大地的女儿〉——史沫特烈作》(散文),创作于一九四〇年六月二十八日,首刊于一九四〇年六月三十日香港《大公报》副刊"综合书汇"第八七一期,署名萧红。

《萧红散文》(散文选集),作为"大时代文艺丛书",一九四〇年六月由重庆大时代书局初版,内收散文十七篇:《一天》《皮球》《三个无聊人》《搬家》《黑夜》《初冬》《索非亚的愁苦》《访问》《夏夜》《鲁迅先生记(一)》《鲁迅先生记(二)》《一条铁路底完成》《牙粉医病法》《滑竿》《林小二》《放火者》《长安寺》。

《民族魂鲁迅》(哑剧剧本),创作于一九四〇年七月,首刊于一九四〇年十月二十一日至三十一日香港《大公报》副刊"文艺"九五二至九五九期、"学生界"二三六至二三八期,署名萧红。

《回忆鲁迅先生》(散文),一九四〇年七月,重庆妇女生活社初版,署名萧红。该书《后记》为端木蕻良作,附录收许寿裳的《鲁迅的生活》和景宋(许广平)的《鲁迅和青年们》。

《呼兰河传》(长篇小说),创作完成于一九四〇年十二月二十日,首刊于一九四〇年九月一日至十二月二十七日香港《星岛日报》副刊"星座",署名萧红。一九四一年五月三十日,桂林上海杂志公司初版。

一九四一年

《马伯乐(第一部)》(长篇小说),创作日期不详,作为"大时代文艺丛书",一九四一年一月由重庆大时代书局初版,署名萧红。

《马伯乐(第二部)》(长篇小说),创作日期不详,首刊于一九四一年二月一日至十一月一日香港《时代批评》第六十四至八十二期,因萧红病重,该篇未能完稿,连载到第九章结束,全文未完。一九八一年九月,黑龙江人民出版社将《马伯乐》第一部、第二部合并出版。

《北中国》(短篇小说),创作完成于一九四一年三月二十六日,首刊于一九四一年四月十三日至二十九日香港《星岛日报》副刊"星座""学生园地"第九〇一至九一七号,署名萧红。

《骨架与灵魂》(散文),完成于一九四一年六月,首刊于一九四一年五月五日香港《华商报》副刊"灯塔"第二十一号,署名萧红。

《小城三月》(短篇小说),完成于一九四一年六月,首刊于一九四一年七月一日香港《时代文学》第一卷第二期,署名萧红。

《给流亡异地的东北同胞书》(散文),该篇在《寄东北流亡者》一文基础上改写,改写日期不详,首刊于一九四一年九月一日香港《时代文学》第四期,署名萧红。

《九一八致弟弟书》(散文),创作日期不详,首刊于一九四一年九月二十日香港《大公报》副刊"文艺"第一一八六期,署名萧红。再刊于一九四一年九月二十六日桂林《大公报》副刊"文艺"。

萧红作品版本简目

章海宁

第一编：单行本文集

《跋涉》

一九三三年十月，哈尔滨五画印刷社初版，毛边本，与三郎（萧军）合集；

一九七九年十月，黑龙江省文学艺术研究所复制，毛边本，与三郎（萧军）合著，附《〈跋涉〉复制本说明》；

一九八〇年，日本横田书店复制本；

一九八〇年，香港文学研究社新版，"中国新文学"丛书，刘以鬯主编，附萧军《初版书后》《〈跋涉〉第三版序言》；

一九八三年十一月，广州花城出版社新版，附萧军《〈跋涉〉第五版前记》、原版《书后》《附记》；

香港中流出版社据一九八〇年香港文学研究社版复制，出版时间不详。

《生死场》

一九三五年十二月，上海容光书局初版，毛边本，"奴隶丛书"之三，鲁迅作《序》，胡风作《读后记》；

一九三六年三月，上海容光书局再版；

一九三六年四月，上海容光书局三版；

一九三六年十一月，上海容光书局六版；

一九三八年一月,上海容光书局七版;

一九三八年九月,上海容光书局八版;

一九四五年十一月,上海容光书局十版;

一九四六年四月,大连文化界民主建设协进会重印;

一九四六年五月,大连文化界民主建设协进会再版;

一九四七年,上海文化生活出版社初版;

一九四七年二月,上海生活书店初版;

一九四七年四月,哈尔滨鲁迅文化出版社初版;

一九四七年八月,哈尔滨东北书店初版;

一九五三年三月,上海新文艺出版社初版;

一九五五年一月,上海新文艺出版社再版;

一九五八年五月,香港中流出版社初版;

一九七五年,香港中流出版社再版;

一九七八年一月,香港中流出版社新版;

一九七九年十月,香港中流出版社四版;

一九八〇年五月,哈尔滨黑龙江人民出版社初版;

一九八一年五月,北京人民文学出版社初版;

一九八五年,上海书店据容光书局初版影印;

一九八五年四月,哈尔滨黑龙江人民出版社再版;

一九八七年六月,哈尔滨北方文艺出版社初版;

一九八八年八月,台湾谷风出版社初版;

一九九〇年五月,台湾钟文(智扬)出版社初版;

一九九六年五月,沈阳出版社初版;

一九九九年一月,台北里仁书局初版。

《商市街》

一九三六年八月,上海文化生活出版社初版,"文学丛刊"第二集第十二册,巴金主编;

一九三六年九月,上海文化生活出版社再版;

一九九四年五月,石家庄河北教育出版社初版,附《编辑例言》、萧军《读后记》;

一九九六年六月,沈阳出版社初版,星河文库"萧红作品精粹"丛书。

《桥》

一九三六年十一月,上海文化生活出版社初版,"文学丛刊"第三集第十二册,巴金主编;

一九三七年三月,上海文化生活出版社再版;

一九四〇年四月,上海文化生活出版社三版;

一九四八年十月,上海文化生活出版社四版;

一九八一年四月,广州广东人民出版社初版;

一九八二年六月,广州花城出版社重印。

《牛车上》

一九三七年五月,上海文化生活出版社初版,"文学丛刊"第五集第五册,巴金主编,署名萧红;

一九四八年八月,上海文化生活出版社三版。

《旷野的呼喊》

一九四〇年三月,上海杂志公司初版,"每月文库"丛书,郑伯奇主编;

一九四六年五月,上海杂志公司新版,删去《黄河》一篇;

一九九八年,北京中国文联出版公司初版,"中国现代小说名家名作原版库"丛书,据上海杂志公司一九四六年五月版《旷野的呼喊》排印;

香港创作书社影印版,日期不详。

《萧红散文》

一九四〇年六月,重庆大时代书局初版,"现代文学丛书"之六,署名萧红;

一九四二年四月，重庆大时代书局三版；

一九四三年九月，重庆大时代书局四版；

香港波文书局据大时代书局一九四〇年六月初版《萧红散文》复制，复制日期不详。

《回忆鲁迅先生》

一九四〇年七月，重庆妇女生活社初版，附端木蕻良《后记》、许寿裳《鲁迅的生活》、景宋（许广平）《鲁迅和青年们》；

一九四一年三月，重庆妇女生活社再版；

一九四六年十月，上海生活书店新版；

一九四六年十月，北平生活书店新版；

一九四八年八月，北平生活书店再版；

一九四九年十月，北京三联书店新版。

《马伯乐》

一九四一年一月，重庆大时代书局初版（第一部）；

一九四一年六月，重庆大时代书局再版（第一部）；

一九四三年，桂林大时代出版社重印（第一部）；

一九四三年三月，重庆大时代书局三版（第一部）；

一九四四年，时代书局重印（第一部）；

一九七五年一月，香港创作书社初版（第一部）；

一九七九年三月，香港创作书社新版（第一部）；

一九八一年九月，哈尔滨黑龙江人民出版社新版，第一部、续集合本；

一九八七年五月，哈尔滨北方文艺出版社新版第一部、续集合本；

一九九六年五月，沈阳出版社新版，星河文库"萧红作品精粹"丛书第一部、续集合本。

《呼兰河传》

一九四一年五月三十日，桂林上海杂志公司初版，"每月文库"第二辑之

六,郑伯奇主编;

一九四三年六月,桂林河山出版社新版,松竹文丛社编辑;

一九四七年六月,上海寰星书店初版,茅盾序文;

一九五四年五月,上海新文艺出版社初版;

一九五八年,香港新艺出版社初版;

一九七五年十月,香港新文学研究社初版;

一九七九年,香港中流出版社初版;

一九七九年十二月,哈尔滨黑龙江人民出版社初版;

一九八〇年二月,香港新艺出版社新版;

一九八七年七月,台北联合文学出版社初版;

一九八七年五月,哈尔滨北方文艺出版社初版;

一九八八年六月,香港中流出版社再版;

一九九一年,台北金枫出版社初版;

一九九六年五月,沈阳出版社初版;

一九九八年,台北九仪出版社初版;

一九九八年七月,台北金枫出版社再版,林明峪导读;

一九九八年十一月,台北里仁书局初版,二〇〇六年三月三印。

《小城三月》

一九四八年一月,香港海洋书屋初版,"万人丛书";

一九四八年十一月,香港海洋书屋再版。

第二编:作品全集

《萧红全集》

一九九一年五月,哈尔滨出版社初版,上、下两册;

一九九一年六月,哈尔滨北方文艺出版社初版,第一卷(只出第一卷);

一九九八年十月,哈尔滨出版社初版,上、中、下三册;

二〇一〇年六月,南京凤凰出版集团、凤凰出版社初版,五卷本:《小城三

月》《呼兰河传》《马伯乐》《商市街》《八月天》,章海宁主编;

二○一一年五月,黑龙江大学出版社初版,四卷本,《萧红全集》编委会编辑。

《萧红大全集》

二○一二年十月,北京新世界出版社初版。

《萧红经典全集》

二○一三年二月,哈尔滨出版社初版。

《萧红散文全编》

一九九四年五月,杭州浙江文艺出版社初版,彭晓风、刘云编,"现代经典作家诗文全编书系"。

《萧红散文全集》

一九九六年十二月,郑州中原农民出版社初版,张军、琼熙编,"中国现代四大才女散文全集丛书"。

《萧红小说全编》

一九九五年十二月,杭州浙江文艺出版社初版,刘云编。

《萧红小说全集》

一九九六年五月,北京中国文联出版公司初版,乐齐主编,"中国现代名家小说丛书";

一九九六年五月,长春时代文艺出版社初版,二○○○年一月三印,二○○三年十二月四印,"二十世纪中国小说经典作家全集丛书";

一九九六年六月,长春时代文艺出版社初版,上、下二册,"现代名家名作全集"家庭图书馆书系;

二○○○年六月,长春时代文艺出版社新版,"家庭图书馆"书系,上、下二册;

二○○一年九月,北京中国致公出版社初版,"中国现代文豪书系";

二○○九年三月,长春时代文艺出版社二版,全八册,郭俊峰、王金亭主编,"二十世纪中国小说经典作家全集丛书"。

《萧红小说经典全集》

二○○三年六月,长春时代文艺出版社初版,二○○三年十二月二印,"中国现代名人文库"。

第三编:作品改编本、缩微胶片

《生死场》

一九三九年四月,华威顿印刷出版公司初版,连环画,张鸿飞画;

一九八五年一月,哈尔滨黑龙江美术出版社初版,连环画,阴衍江画;

一九九○年八月,香港学林出版社初版,缩写插图本;

二○○○年,北京威翔音像出版社、大恒电子出版社初版,话剧,DVD 光盘,田沁鑫导演;

二○○○年一月,哈尔滨黑龙江美术出版社新版,连环画,阴衍江画;

二○○五年,北京全国图书馆微缩中心出版,缩微胶片,据鲁迅文化出版社版微缩;

二○○六年,北京中国科学文化出版社出版,话剧,DVD 光盘,田沁鑫导演;

二○一○年四月五日,电影剧本,萧红原著,郭玉斌改编,载《电影文学》二○一○年第七期(总第五○八期)。

《呼兰河传》

一九九○年十一月,哈尔滨黑龙江美术出版社初版,连环画,侯国良画;

二○○三年,北京全国图书馆文献缩微中心、山西省图书馆出版,缩微胶

片,一卷,一百六十拍;

二〇〇七年十月,吉林美术出版社新版,连环画,侯国良画;

二〇〇七年十月,吉林美术出版社初版,连环画手稿,侯国良画;

二〇〇八年一月,天津人民出版社初版,缩写插图本,宋阳改编,"世界文学名著青少年必读丛书";

二〇一〇年八月,北京华夏出版社初版,缩写插图本,宋阳改编,"世界文学名著青少年必读丛书"。

第四编：作品译本

《手》(英汉对照)

一九四三年五月,桂林远方书店初版;

一九四七年二月,世界英语编译社初版,任玲逊翻译。

《呼兰河传》(日文本)

一九六二年九月,日本平凡社初版,日文本,译者不详;

《萧红小说选》(英汉对照)

一九九九年八月,北京外语教学与研究出版社,"中国文学宝库·现代文学系列丛书";

The Field of Life and Death & Tales of Hulan River (《生死场与呼兰河传》英译本),Cheng & Tsui,2006,7. Howard Goldblatt. (Cheng & Tsui 2006 年 7 月初版,[美]葛浩文译)。

《染布匠的女儿》(中英文对照)

二〇〇五年,香港中文大学出版社初版,萧红原著,葛浩文译,"中国现代文学中英文对照系列"丛书。

其他

The Field of Life and Death · Tales of Hulan River, (《生死场·呼兰河传》

英译本）Indiana University Press, 1979. Howard Goldblatt. （印第安那大学出版社 1979 年初版,［美］葛浩文译）；

Selected Stories of Xiao Hong（《萧红小说选》英文版）,一九八二年,《中国文学》杂志社初版,熊猫丛书;一九八七年二印；

Market Street: A Chinese Woman in Harbin（《商市街: 在哈尔滨的中国女人》英文版）, University of Washington Press, 1986. Howard Goldblatt. （华盛顿大学出版社 1986 年初版,［美］葛浩文译）；

Frühling in einer kleinen Stadt. Erzählungen（《小城之春: 短篇小说集》）,［德］Ruth Keen 翻译, Käln: Cathay 1985 年版；

Terre de vie et de mort Xiao Hong（《萧红小说选》法译版）,一九八七年,《中国文学》杂志社初版,熊猫丛书；

Tales of Hulan River（《呼兰河传》英译本）,一九八八年,三联书店香港有限公司初版,英译本,［美］葛浩文译；

Xiao Hong: Der Ort des Lebens and des Sterbens（《生死场》德译版）, Freiburg: Herder, 1989. Karin Hasselblatt. （［德］弗莱堡: 赫尔德出版社 1989 年版, Karin Hasselblatt 译）；

Xiao Hong: Geschichten vom Hulanflub（《呼兰河传》德译本）,［德］法兰克福岛屿出版社,一九九〇年版, Ruth Keen 翻译。

萧红作品篇目首字笔画检索

一画

二画

三画

四画

五画

六画

七画

八画

九画

十画

十三画

十四画

十七画

图书在版编目（CIP）数据

萧红全集：全5卷／萧红著. —北京：北京燕山出版社，
2013. 11（2023. 11 重印）
ISBN 978-7-5402-3361-7

Ⅰ. ①萧⋯ Ⅱ. ①萧⋯ Ⅲ. ①萧红（1911～1942）-
全集 Ⅳ. ①I216. 2

中国版本图书馆 CIP 数据核字（2013）第 257747 号

萧红全集（全五卷）

Xiaohong Quanji

萧　红 著
章海宁 主编
插　　图／陈行哲 等
责任编辑／尚燕彬
装帧设计／80四·小贾
内文排版／张　佳

北京燕山出版社出版发行
北京市西城区椿树街道琉璃厂西街 20 号　邮编 100052
全国新华书店经销
北京市松源印刷有限公司印刷

开本 850mm×1168mm　1/32　印张 55　插页 72　字数 923,000
2014 年 4 月第 1 版　2023 年 11 月第 6 次印刷

定价：580. 00 元

ISBN 978-7-5402-3361-7

9 787540 233617 > 02

定价: 580.00元 (全五卷)